te SEDUZCO

Tinta Rebelde #4

TRACY LORRAINE

SINOPSIS

Odiaba jugar con ella... Pero no me había dejado otra opción.

Destinos cruzados ni siquiera alcanza a describir lo que ocurrió hace diecisiete años, cuando me enamoré de la chica a la que no debería haber mirado.

Prohibida. Mi rival. El enemigo.

Piper Collins.

Era perfecta, a pesar de su apellido. Demasiado buena para ser verdad... lástima que fuera una soplona que se había infiltrado en nuestro club.

Supongo que arrancarme el corazón fue un extra.

Y cuando se descubrió la verdad, ella y su familia recibieron el trato que merecían a manos de mi padre y yo enterré mis sentimientos, sabiendo que nunca la volvería a ver.

Pero mientras intento encaminar a mi hija por una nueva senda, el destino me toma por sorpresa y me encuentro cara a cara con ella.

Ella jugó conmigo, y ha llegado el momento de la venganza.

Porque ahora tengo un plan.

Y ella es el peón perfecto.

PRÓLOGO

Dawson - Hace cinco años…

—Deja eso, ya has hecho bastante por hoy —dijo la abuela, deteniéndose a mi lado y apoyó su mano fría en mi antebrazo, impidiéndome limpiar más vasos abandonados esparcidos por su sala.

—Está bien. No quiero dejarte con todo esto.

Soltó un suspiro triste. El día de hoy ya ha sido bastante duro para ella; lo último que necesitaba era estar sola para limpiar el desastre que ha dejado toda la gente que había venido aquí para el velorio de mi abuelo.

—Por favor, ve y siéntate. Te prepararé una taza de té.

—Dawson, tú no… —La inmovilicé con una mirada que cortó lo que iba a decir—. Vale, estaré en el invernadero.

Con los hombros caídos por la derrota, se dirigió a su habitación favorita de la casa.

Me dolía el corazón por ella. Ha perdido a su mejor amigo y, aunque hoy hubo mucha gente aquí con ella para celebrar su vida, yo fui el único miembro de nuestra familia.

Ojalá pudiera hacer más, pero creo que llevamos demasiado tiempo sin funcionar como para intentar arreglarlo.

Puse el agua a hervir y saqué su tetera y su taza favoritas que teníamos guardadas en el armario, así como unas galletas. Lo puse todo en una bandeja con un azucarillo y se lo llevé.

La encontré mirando las queridas rosas de mi abuelo con los ojos llenos de lágrimas.

—Hoy le habría gustado —dije en voz baja mientras deje la bandeja en la mesa frente a ella.

—Es cierto —ella estuvo de acuerdo—. Gracias, Dawson. Eres un buen chico.

Le sonreí. Solo mi abuela podría llamarme buen chico a mí, un barbudo de veintinueve años cubierto de tatuajes.

—Desearía que...

—Por favor, no lo hagas. No puedo pensar en eso ahora.

Asentí, dándole lo que necesitaba. Pero eso no me impidió desear que al menos hubiera intentado acercarse a mi madre. Sé que han pasado más de treinta años, pero no solo mi abuela perdió a alguien a quien quería. Mi madre perdió a su padre. Podría haber sido el momento perfecto para reconectar, o al menos para intentar salvar la distancia.

—Necesito... Necesito hablar contigo de algo —dijo después de servirse una taza de té de la tetera y añadir un terrón de azúcar y el chorrito perfecto de leche.

—Vale, te escucho —dije, inclinándome hacia delante para apoyar los codos en las rodillas, presintiendo que está a punto de decirme algo importante.

—El testamento de tu abuelo.

—Abuela, no necesitas hacer esto. Ahora no. No es importante.

—Lo es —dijo con firmeza, y las lágrimas y la tristeza del día dejaron paso a la mujer fuerte e independiente a la que estaba más acostumbrado. Puede que la abuela se haya pasado la vida como ama de casa, pero sería de tontos pensar que eso es todo. Es una fuerza para tener en cuenta. Por eso mi madre nunca peleó hace tantos años.

Asentí, dejando que diga lo que tenga que decir.

—Te lo ha dejado todo a ti.

Se me cayó la barbilla al suelo.

—Lo siento. ¿Qué?

Suspiro, probablemente intentando no corregirme.

—Después de… todo, ambos habíamos escrito a tu madre fuera de nuestros testamentos. Tu hermano también. Eres nuestra familia, Dawson. Eres el único que entendió nuestra decisión, pero luchó de todos modos. Te pertenece.

—N-no. Te pertenece a ti. Eres su mujer, debería ser tuyo.

—Oh, muchacho —dijo, tomando un sorbo—. Tengo más que suficiente para mis últimos años. No tienes que preocuparte por mí.

No me sorprendieron sus palabras. No es ningún secreto que mis abuelos son muy ricos. El tamaño de la casa en la que vivíamos lo demuestra. Pero su dinero nunca fue la razón por la que me acerqué a ellos hace tantos años.

La razón fue Emmie. Mi hija.

Gracias a la enemistad entre mi madre y mis abuelos, había crecido sin ellos. No iba a permitir que se perdieran nada con Emmie. En cuanto aparecí y vi la amplia sonrisa de mi abuela, supe que había hecho lo correcto. Desde entonces, adora a Emmie.

—Hay una estipulación.

—Ah, ¿sí? —pregunte, levantando las cejas con curiosidad. Mi abuelo era… peculiar. Podía estar a punto de decir cualquier cosa.

—La herencia sólo se liberará una vez que estés comprometido.

—¿Comprometido? —pregunte, con el ceño fruncido—. ¿Por qué?

Los puntos de vista tradicionales de mis abuelos no son nuevos para mí. Supongo que debería haber visto venir algo así. No estaban de acuerdo con las decisiones de mi madre y, aunque quieren a Emmie con todo su corazón, no les gustaba que su madre y yo no estemos juntos y que la hayamos tenido fuera del matrimonio. Supongo que este es su extraño intento de que lo haga bien la próxima vez.

Pero les falto algo. No me importa el dinero, y esto no va a hacer que me mueva más rápido a la hora de sentar la cabeza. Sólo me he enamorado una vez, y después de cómo acabó y el dolor que me causó, no estaba seguro de estar dispuesto a volver a intentarlo.

Estar soltero con algunas citas regulares cuando me siento solo es mucho más sencillo.

Sin promesas, sin compromisos y, lo que es más importante, sin corazones rotos cuando todo se derrumbaba a nuestros pies.

—Sólo queremos verte feliz, Dawson.

—Puedo ser feliz, soltero, ya sabes.

Suspiró, la tristeza la invadió.

—Tu abuelo era mi mejor amigo. Conocerlo, crear una vida con él, fue… —Ahogo un sollozo—. Lo fue todo. Quiero eso para ti. Quiero que encuentres a tu alma gemela y creen una vida juntos.

—¿Y crees que la oferta de dinero hará que eso ocurra más rápido?

—Considéralo un estímulo.

Solté una carcajada. Quiero decirle que sus acciones son equivocadas, pero no puedo. La esperanza lleno sus ojos llorosos y lo único que pude hacer es darle las gracias.

—¿Puedo preguntar una cosa?

—Claro, abuela.

—Trata de que suceda mientras todavía estoy por aquí. Me encantaría verte casado.

Me acerque y le agarre la mano.

—Veré lo que puedo hacer.

Capítulo Uno

Dawson

—Emmie —llamo subiendo las escaleras—. tenemos que irnos. Ahora.

Levanto la mano y me la paso por el cabello, mientras la frustración que me produce mi rebelde hija empieza a apoderarse de mí.

Una de las cláusulas para que se viniera a vivir conmigo era que se matriculase en sexto. No iba a dejar que se mudara aquí y anduviera por ahí. Ella tenía que terminar su educación, y ese fue el final de la discusión.

Lo necesita. Sus resultados de hace dos semanas no me llenaron precisamente de alegría. Es hora de ponerla en orden y asegurarnos de que tenga perspectivas de futuro, al menos algunas más de las que le ofrecía su madre.

—Emmie —ladro una vez más antes de que la puerta de su habitación se abra por fin y sus pasos se dirijan hacia mí.

Sus piernas aparecen en lo alto de las escaleras y mis dientes empiezan a rechinar al ver sus jeans rotos y sus botas de motera.

Puede que sea la hija de su padre en cuanto a su sentido de la vestimenta, pero no es precisamente apropiado para el lugar al que vamos.

—Vaya, ¿vas a un funeral o algo así, viejo?

—No, te voy a llevar a una entrevista. Te sugiero que vuelvas a subir esas escaleras y te cambies. Puedo ver tu sujetador, Em.

—Es sólo sexto año. A nadie le importa.

Mis puños se crispan de frustración.

—A dónde vamos, les importará.

—¿Y adónde vamos exactamente? Has sido demasiado reservado sobre esto para mi gusto.

—Por una muy buena razón. Ahora ve y encuentra un par de pantalones que no tengan más rasgaduras que tela y un top que no muestre lo que has crecido debajo.

—Dios, eres un mojigato.

—No soy… —Me lanza una mirada que hace que mis palabras titubeen—. Eres mi niña. Lo siento si quiero que te vistas adecuadamente. Ahora, *¿quieres* ir a cambiarte?

—Ugh —se burla, moviéndose hacia las escaleras de nuevo—. Pero sólo porque me lo pediste amablemente.

Se levanta dando pisotones, resoplando para demostrar lo descontenta que está.

—Date prisa. Ya vamos tarde.

Quince minutos más tarde de lo que yo quería, Emmie sube por fin a la parte trasera de mi moto y nos ponemos en marcha.

Volamos a través de la ciudad en un tiempo récord. Tuve que mover algunos hilos para que la tuvieran en cuenta, así que lo último que necesitamos es llegar tarde.

Cuando nos acercamos a la entrada de la escuela, Emmie me aprieta el estómago. Imagino su cara en este momento y no puedo evitar sonreír.

Apago el motor y bajo el caballete para dejarla bajar.

—¿Qué demonios, papá? —gime en cuanto se quita el casco de la cabeza—. No puedo ir al colegio aquí. —Señala con el brazo el enorme y elaborado edificio que hay detrás.

—Puedes y lo harás. —Aseguro nuestros cascos en la moto antes de dar un paso hacia la entrada—. ¿Vienes?

—No. —Hace una pataleta.

—Vale, entonces adivinaré qué clases quieres llevar.

Me voy, dejándola enfurruñada detrás de mí.

Empiezo a contar mentalmente y no puedo evitar sonreír para mis adentros cuando oigo sus pies contra la grava después de sólo tres.

—Esto no me gusta nada —murmura una vez que me ha alcanzado.

—Lo sé.

—No pertenezco a un lugar como éste —murmura para sí misma mientras abro la enorme puerta que nos conduce a la recepción.

—Eso está todo en tu cabeza, Em. Eres tan digna como cualquiera aquí.

—Claro, sigue diciéndote eso, viejo. Sólo una pregunta…

—Dispara.

—¿Cómo piensas pagar esto? Sabes que tienes que pagar miles por trimestre por un lugar como este, ¿verdad?

—Sí, listilla. Soy consciente.

—No sabía que eras un millonario secreto.

—Deja que yo me preocupe de eso. Sólo tienes que entrar y salir por el otro lado con unas notas decentes y un futuro brillante por delante.

—Sí, eso has dicho. Empiezas a sonar como un disco rayado.

—No me importa. No voy a permitir que tengas una vida sin opciones. Y este lugar te dará lo máximo, así que aguántate y pon una sonrisa en la cara.

Pone los ojos en blanco, pero sigue avanzando a mi lado mientras yo me acerco a la señora inmaculadamente vestida que está sentada en la recepción.

—Buenos días, señor. —Sus ojos se detienen en mi cara durante un segundo antes de mirar a Emmie. No tengo ni idea de lo que ve en la cara de mi hija, probablemente un ceño fruncido, pero sus ojos se abren ligeramente—. ¿En qué puedo ayudarle?

—Tenemos una cita esta mañana para Emmie Ramsey sobre su inscripción.

—De acuerdo, genial. El señor Davenport está en una reunión urgente, así que la señorita Hill se reunirá con ustedes. Si ambos pueden tomar asiento, le haré saber que están aquí.

—No puedo creer que realmente pienses que esto es una buena idea —se enfurruña Emmie en cuanto nos sentamos.

—Te advertí que vivir conmigo venía con condiciones.

—Sí, pensé que te referías a un toque de queda, no a que tendría que ir a un colegio pijo. Sabes que todo el mundo me odiará aquí, ¿verdad?

—No estarás aquí para caer bien, Em. Estás aquí por tu futuro.

—Dios, ¿podrías sonar más como un padre? —Pone los ojos en blanco con tanta fuerza que no puedo evitar preguntarme si le ha dolido.

—Sólo hago mi trabajo, nena.

—¿En serio? —suelta, entrecerrando los ojos.

—Confía en mí, ¿sí?

—Ya veremos.

Mi teléfono suena en el bolsillo y lo saco rápidamente para silenciarlo antes de entrar en la reunión. Desgraciadamente, la mujer con la que vamos a reunirnos camina hacia nosotros mientras me distraigo.

—¿Emmie Ramsey? —pregunta, su suave voz resuena en mis oídos y me produce escalofríos.

Esa voz.

Vuelvo a meter el teléfono en el bolsillo y miro a la mujer que tenemos delante. Su cuerpo está envuelto en un vestido rojo, la mitad superior cubierta por una americana negra entallada. Su cabello rubio le cuelga de los hombros y su cara…

Joder.

Maldita sea.

Mierda.

—Piper —suspiro. Hay tanto silencio que creo que ninguna de las dos me oye mientras Emmie se levanta para saludarla.

—Hola, soy la señorita Hill, soy la directora de Bienestar Estudiantil aquí en el colegio *Knight's Ridge*. ¿Le gustaría seguirme y podemos discutir tu inscripción aquí?

Emmie se levanta mientras mis ojos siguen clavados en Piper.

¿Por qué está aquí?

¿Cómo es que está aquí?

¿Y por qué se llama señorita Hill?

Se llama Piper Collins, y pensé que era… *joder.*

—Señor Ramsey —dice, volviendo sus ojos violetas hacia mí. En cuanto los miro, es como si alguien me golpeara el pecho con un bate de béisbol.

A medida que nuestra conexión se mantiene, es como si los años volvieran a caer. De repente, tengo dieciocho años y miro fijamente a los ojos de la única chica que ha tenido mi corazón en sus manos.

Mi pecho se contrae mientras lucho por aspirar el aire que necesito. Los recuerdos me dan vueltas en la cabeza.

Recuerdo estar en la calle y ver cómo ardía la casa. Recuerdo a mi padre diciéndome que me fijara bien porque eso es lo que pasa cuando alguien se nos cruza. Recuerdo que me dijo que le habían confirmado que ya se habían encargado de los tres antes de que empezara el incendio. Aquel día no importaba que me hubiera traicionado; la chica a la que amaba más que a nada había ardido en aquella casa, y nunca llegaría a oírla suplicarme perdón después de haberme utilizado como lo hizo.

Nadie se mete con los Royal y se sale con la suya. Oigo la voz de mi padre como si fuera ayer.

Ese fue el día en que decidí que el estilo de vida en el que me había criado no era para mí. Fue el día en que vi morir la esperanza de mi padre de que siguiera sus pasos cuando le entregué mi parte y me marché. Si quería que uno de sus hijos tomara el relevo algún día, tendría que recurrir a Cruz, mi hermano pequeño.

—Estamos aquí abajo—. Señala el pasillo y da un paso en esa dirección.

—Papá, ¿estás bien? Parece que acabas de ver un fantasma.

Sí, porque lo he hecho.

—Estoy bien. Vamos a meterte aquí, ¿vale?

Me levanto y sigo a mi hija por el pasillo, pero mis ojos no se apartan de *su* espalda.

Señorita Hill...

Creo que la señorita Hill y yo tenemos mucho que discutir.

Capítulo Dos

Piper

—Hola, ha llegado tu cita —me avisa Lisa asomando la cabeza en mi despacho.

—Vale, genial.

—Sonaría un poco más entusiasta si estuviera a punto de sentarme frente a este tipo. Está *bueno* con mayúsculas.

—¿Ah, sí? —pregunto, sabiendo que Lisa no es exactamente exigente cuando se trata de hombres.

—Sí, y no hay ninguna mujer en el horizonte. Estoy pensando… padre soltero rico y buenorro que busca pasar un buen rato.

—Eres insufrible, lo sabes, ¿verdad? —pregunto riendo.

—Han pasado dos semanas, Piper. Dos malditas semanas. Me estás matando.

Niego con la cabeza mientras tomo mi brillo de labios.

—No sé cómo sobrevives —murmuro. Puede que lo haya tenido más recientemente, pero no puedo decir que fuera nada del otro mundo. De hecho, diría que no merece la pena perder el tiempo con el, pero es lo único que tengo ahora mismo y me niego a jugar al juego de Tinder como Lisa. Prefiero tener una mala experiencia a encontrarme con un asesino en serie que me mate mientras duermo. Ya esquivé esa bala una vez en mi vida. No necesito que se repita.

—Lo sé, ¿verdad? El dolor es real.

Pongo los ojos en blanco y ella sale corriendo de mi despacho hacia la recepción, mientras yo me aliso el cabello y agarro la americana.

Al salir, miro directamente al pasillo para ver lo bueno que está este padre… pero, cuando mis ojos se fijan en él, no es su increíble belleza lo que me deja sin aliento. Son los recuerdos los que me golpean como un puto camión.

Dawson Ramsey.

Mi amor de la adolescencia y el único chico que he amado.

Vuelvo a mi oficina mientras el corazón me late en el pecho y me tiemblan las manos.

—Joder —murmuro.

Sabía que existía la posibilidad de que llegara ese día. Sabía que volver a Londres era un riesgo, pero echaba de menos mi ciudad natal. Pensé que aquí estaría a salvo. Claramente, estaba equivocada.

Me tomo dos minutos para serenarme antes de alisarme el vestido por los muslos, mantener la cabeza alta y caminar directamente hacia él.

Si está aquí para terminar el trabajo que su padre empezó hace tantos años, entonces no tiene sentido huir. Acaba de demostrar que al final me alcanzarán.

Cometí un error hace tantos años y escapé. Es hora de que pague el precio.

Respiro hondo, cuadro los hombros y me dirijo hacia donde está sentado con una niña. ¿Su hija? Tal vez. ¿O sólo un peón en su juego para llegar a mí? Es mucho más probable.

Puede que me haya dado cuenta, pero eso no significa que mi cuerpo no reaccione en cuanto sus ojos se clavan en los míos. Mantengo la mirada fija en la chica, Emmie, demasiado asustada para mirarle a los ojos. Mi temperatura se dispara y mi estómago se revuelve con una mezcla de nervios y miedo. Me pican los dedos para hacer algo, para expulsar la energía que me recorre, pero no tengo nada más que el borde de mi americana.

Siempre fue capaz de desarmarme con una mirada a sus ojos oscuros y misteriosos. No creo que nada haya cambiado, sobre todo sabiendo cómo reacciono cuando estoy cerca de él.

Y tengo razón, porque en cuanto me vuelvo hacia él, se me corta la respiración y siento como si el mundo se me fuera de las manos.

Dawson siempre ha sido guapo, más que guapo, pero los años le han sentado bien. Ahora es más ancho y tiene los gestos más ásperos, pero en el buen sentido. Tiene la barbilla cubierta de una gruesa capa de vello que hace que se me contraigan los muslos con solo mirarlo, y tiene tatuajes asomando por el cuello y los puños de su camisa negra.

El mero hecho de pronunciar su nombre me resulta extraño, y en cuanto le miro a los ojos me doy cuenta de que estaba equivocada. No está aquí para matarme. No esperaba verme.

Esto le sorprende tanto a él como a mí.

Nuestra mirada se sostiene durante un segundo antes de que me separe y haga un gesto a Emmie y a él para que me sigan.

Siento que las piernas me flaquean mientras bajo a mi despacho.

¿Es realmente una coincidencia? ¿Realmente está aquí para matricular a su hija?

Joder. Tiene una hija, lo que significa que podría estar casado. Podría tener los hijos, ser feliz y la casita perfecta. O podría haber tomado la posición que le corresponde y reemplazado a su padre como presidente de los *Royal Reapers*, y aunque no vino aquí por mí, podría irse con intenciones muy diferentes.

La cabeza me da vueltas con un millón de posibilidades para cuando empujo la puerta y espero a que entren.

Emmie entra como si ya hubiera estado aquí un millón de veces. Su padre, en cambio, se detiene delante de mí. Me mira a la cara como si no pudiera creer que sea yo. Supongo que es normal cuando te encuentras con alguien que creías muerto.

Sacude la cabeza antes de continuar hacia la oficina y dejarse caer en la silla junto a Emmie.

Intento respirar, pero al cerrar la puerta, siento como si hubiera aspirado todo el aire de mi pequeño despacho.

—Entonces, Emmie. ¿Te gustaría matricularte en *Knight's Ridge* para sexto año?

—Parece que sí —dice, mirando mal a su padre.

Respira hondo y se inclina hacia delante en su asiento, haciendo que yo vuelva a apretarme contra el mío para mantener el mayor espacio posible entre nosotros.

—Emmie no tuvo la mejor experiencia en la escuela secundaria.

—Pfff —ella se burla, poniendo los ojos en blanco.

Tengo que luchar contra mi sonrisa. Ya me gusta. Me recuerda a mí cuando era más joven.

—Por lo que a mí respecta, tiene dos años para darle la vuelta y abrirse el mayor número posible de oportunidades. Es una chica brillante, pero su anterior colegio no consiguió inspirarla. Espero que *Knight's Ridge* sea el lugar donde descubra su potencial.

—Seguro que sí. —Mantengo mis ojos en Emmie. Si miro a su padre, temo que toda esta reunión se vaya a la mierda.

Ya sé que voy a aprobar su solicitud. No sólo Henry me dijo que le ofreciera un lugar cuando se escapó de esta reunión, sino que no hay manera de que pueda rechazar a la hija de Dawson. Eso sólo podría empeorar las cosas para mí.

—Entonces, Emmie, háblame de ti y de por qué crees que *Knight's Ridge* sería una buena opción para ti.

—Porque mi padre cree que es una buena idea. Honestamente, no encajaré aquí. No soy rica. No vengo del dinero. Vengo de un vecindario donde la gente se pasa el día drogándose en vez de pensar en sus perspectivas. Creo que es una idea terrible.

Esta vez, me río entre dientes.

—Me gustas, Emmie. Me gusta tu honestidad.

—¿Qué sentido tiene mentir? ¿Adónde me va a llevar eso en la vida? —pregunta inocentemente.

Mis ojos vuelan a los de Dawson mientras los suyos se entrecierran en acusación. Me trago los nervios antes de volverme hacia Emmie para hablar de la elección de temas.

Durante toda la conversación con su hija, la mirada de Dawson no se aparta de mí. La piel me sigue hormigueando y la sangre me corre por las venas justo por debajo del punto de ebullición.

Relleno el papeleo necesario para su solicitud antes de llegar a la parte que tengo que discutir con Dawson.

—Así que, respecto a los honorarios… —Deslizo un trozo de papel hacia él, pero sus ojos no se posan en él. En lugar de eso, se quedan con los míos.

Puedo ver un millón y una preguntas girando en sus oscuras profundidades. No me sorprende. Si yo estuviera en su lugar, también me haría preguntas.

—Tengo el dinero. No tienes que preocuparte por eso.

Un movimiento en el rabillo del ojo me llama la atención y, cuando miro a Emmie, la encuentro mirando a su padre con los ojos entrecerrados.

—¿Cómo? —ella resopla.

Él sacude la cabeza.

—Tengo el dinero. No tienes que preocuparte de nada más que de sacar las notas que espero de ti.

Ella palidece y se hunde un poco en la silla.

Sus ojos vuelven a mirarme y jadeo. Son más oscuros que antes, incluso más peligrosos, y en ese momento me doy cuenta de que debe de haberse apoderado del club. Si no, ¿cómo podría conseguir el dinero que necesita para pagar la matrícula?

Su familia nunca tuvo mucho, pero como presidente de un MC, el mundo es tuyo y puedes sacar dinero de donde quieras. Si tienes las pelotas para ello, que no dudo que Dawson las tiene.

—Bueno —toso, intentando aclararme la garganta—. Qué bien. ¿Te apetece un tour?

—Me muero de ganas —dice Emmie con sarcasmo, lo que le vale una mirada de advertencia de su padre. A ella no parece afectarle en absoluto. No sé si yo sentiría lo mismo si él me dirigiera esa advertencia a mí.

Sólo hay un par de personas a las que he temido en mi vida.

Dawson es uno de ellos.

Mientras caminamos por el campus y le señalo a Emmie los diferentes edificios, Dawson se queda atrás, con sus ojos clavados en mi espalda y haciéndome sentir un cosquilleo en la piel.

—¿De verdad tengo que llevar eso? —Emmie se enfurruña cuando le señalo a una de nuestras alumnas de sexto superior que sale de la biblioteca—. Creía que sexto significaba aceptar quién eres y ser tú misma.

—No —ladra Dawson, demostrando que, aunque tenga los ojos en otra parte, en realidad está prestando atención—. Sexto año es para descubrir quién eres y qué quieres de la vida.

—Suena divertido —murmura para mi diversión—. Ahora me dirás que no hay fiestas.

—Espero que no. No voy a pagar para que sigas jodiéndote la vida.

Emmie niega con la cabeza, pero no dice nada más mientras seguimos el camino de vuelta al edificio de administración y a mi despacho.

Le hablo de todo lo que va a necesitar saber, le entrego las listas de lectura, los requisitos de los uniformes y toda la demás información importante para que empiece aquí dentro de una semana. Todo el tiempo, igual que cuando estábamos fuera, Dawson me mira fijamente. Es totalmente desconcertante, y cada vez que me arriesgo a levantarle la vista, descubro que su rostro es una máscara de indiferencia y totalmente ilegible. No tengo ni idea de si su constante atención se debe a que está interesado -probablemente no después de todo lo que ha pasado- o simplemente a que está buscando la forma más rápida y fácil de matarme -lo más probable, sin duda-.

—Hablas como si estuviera dentro —dice Emmie, revolviendo todo el papeleo que le he pasado por encima.

—Lo estás.

—No has aceptado suficientes casos de caridad para llenar tu cuota este año escolar, ¿eh?

—Emmie —la regaña Dawson, con una voz tan grave que me produce un cosquilleo al sur de la cintura. Antes no recordaba que su voz fuera tan grave y, bueno… ardiente.

—Estamos encantados de tenerte, Emmie. Creo que, a pesar de tus reservas, lo harás muy bien aquí.

—Ya veremos.

Terminamos y Emmie coloca de mala gana todo lo que le he dado dentro de la carpeta antes de empujar para ponerse en pie, lista para correr hacia la puerta.

—Fue un placer conocerte, Emmie. Espero verte por el campus.

Me gruñe mientras agarra el pomo de la puerta.

—Emmie —gruñe Dawson, una vez más haciendo cosas que no debería hacer en mi interior.

—Gracias, señorita Hill. Ha sido un placer conocerla. —El desprecio gotea de cada palabra, pero todo lo que hago es sonreírle. No es la primera chica que conozco que odia lo que le ha tocado en suerte. Demonios, yo era una de ellas hace sólo unos años.

—Emmie, por favor ve y espera afuera.

Todo mi cuerpo se estremece cuando sus palabras me golpean. No puedo estar sola en un lugar con este hombre. Es peligroso, potencialmente en más de un sentido.

El silencio nos rodea antes de que el chasquido de la puerta al cerrarse me haga casi saltar del susto.

—¿A qué hora terminas esta noche?

—Esto… ¿Qué?

—Ya me has oído. —me espeta, apenas capaz de controlar su irritación.

—Probablemente terminaré a las cuatro. Cuatro y media a más tardar. ¿Por qué? —No sé por qué pregunto; ya sé la respuesta. Desde que su hija se marchó, se le ha caído un poco la máscara y puedo leer un poco más sus intenciones. Aunque el hecho de poder hacerlo no calma el malestar que bulle en mi interior.

—Te recogeré. —Se levanta de un empujón, con el ceño fruncido y los ojos clavados en mí, retándome a desafiarle.

—Tengo planes.

—Cancélalos. Me lo debes, Piper.

—No puedo…

—Sí, sí puedes. Cancela tus planes. Estaré esperando.

Mis labios se separan para discutir, pero él es más rápido, porque para cuando levanto la vista, está abriendo la puerta de un tirón y atravesándola.

—No me decepciones, Piper. Parece que tuviste suerte la primera vez. Me aseguraré de que no vuelva a ocurrir.

Cuando la puerta se cierra tras su advertencia, me dejo caer en la silla y dejo caer la cabeza entre las manos mientras el miedo me recorre la columna vertebral.

Siempre pensé que tenía suerte, que por alguna razón estaba destinado a sobrevivir a la ira de los *Royal Reapers*, pero ahora mismo, estoy pensando que morir ese día junto a mi familia podría haber sido la mejor opción.

CAPÍTULO TRES

Dawson

—Vamos —le digo bruscamente a Emmie cuando me acerco a donde está de pie con la carpeta de *Knight's Ridge* bajo el brazo, mirando fijamente el conjunto de fotografías y certificados de los logros de los alumnos.

—Pensé que nunca me lo pedirías —murmura, no ayudando con mis niveles de frustración.

—¿Era mucho pedir que mantuvieras la bocaza cerrada?

—¿Me traes a un lugar como este, esperas que me alegre de asistir con todos estos gilipollas ricos, y crees que voy a mantenerme callada sobre cómo me siento al respecto? Sí, es como si ni siquiera me conocieras.

Exhalo un suspiro, intentando que los acontecimientos de la última hora se alineen en mi cabeza.

Iba a ser una simple reunión para matricular a Emmie y hablar de su futuro. No estaba destinado a caminar de cabeza hacia mi pasado. Un pasado que creía muerto desde hacía mucho tiempo.

—Creo que deberíamos ir a celebrarlo —anuncia una vez que estamos junto a mi moto.

—¿Celebrar? ¿Celebrar qué? —Lo único que quiero hacer ahora mismo es irme a casa y ahogarme en una botella de Jack, pero viendo que tengo una hija a la

28

que cuidar y una mujer a la que interrogar dentro de unas horas, difícilmente podré hacerlo.

—Entré en un colegio pijo. No todos los días una chica como yo lo consigue.

—Oh, ¿así que ahora estás feliz por ello?

—No, pero cualquier excusa es buena para comer pizza. Vamos, me muero de hambre.

Me hace un gesto con la cabeza para que suba a la moto, y yo lo hago. No porque lo diga mi hija de dieciséis años, sino porque ha mencionado la pizza y tengo un hambre de mierda.

Conduzco de vuelta a la ciudad y estaciono en la calle de nuestra pizzería favorita.

—Entonces, ¿cómo lo hiciste? —pregunta, con los ojos entrecerrados por la sospecha mientras da sorbos a su vaso de Coca-Cola—. El abuelo tuvo algo que ver, supongo.

—No, en realidad. Lo arreglé. Tu abuelo no es el único con conexiones.

—Pero en última instancia, es de él, ¿verdad?

Suelto un suspiro.

—Bien. Sí. ¿Contenta?

Me sonríe, pero es totalmente falsa.

—Sería feliz si me dejaras ir a una escuela normal con todos mis compañeros.

—¿Y joder durante dos años y no salir de ello mejor? Ni de coña, Em.

—Sabes, pensé que mudarme contigo sería divertido —se enfurruña—. pero hasta ahora, sólo eres un duro.

—Nunca pretendí ser otra cosa, chica.

***

Pasamos la tarde en la tienda de uniformes comprando todo lo que Emmie va a necesitar para empezar el colegio. Acabamos teniendo que encargar casi todo, ya que es bajita, pero aun así me cuesta un ojo de la cara. Sabía que esta idea iba a ser cara, pero confío plenamente en que valdrá la pena. Ella lo necesita. Necesita el reto y la concentración, y yo necesito sentir que por fin he hecho lo correcto por ella. Lo he intentado desde el día en que nació, pero la mayoría de mis esfuerzos se han visto bloqueados por su madre, una mujer de la que realmente me gustaría arrepentirme, pero lamentablemente, debido al impresionante resultado de esa noche poco memorable, no puedo. Sólo desearía haber elegido a una mujer un poco más relajada y menos psicótica a la que utilizar en mi necesidad de ahogar mis penas por aquel entonces.

Pensar en lo que estaba huyendo la noche que conocí a la madre de Emmie me lleva directamente a mi problema actual.

Piper Collins. La chica a la que entregué mi corazón, sólo para que lo pisoteara con sus mentiras y su traición, no está a dos metros bajo tierra como me hicieron creer. Camina, habla y respira el mismo aire que yo, y lo ha hecho todo este tiempo.

Me tiemblan los dedos para agarrar el teléfono y preguntarle a mi padre. Nunca me dio ninguna razón para creer que pensaba que Piper se había librado de su ira después de descubrir la verdad sobre lo que tramaba su viejo. Pero si empiezo a hacer preguntas y él realmente no sabe que ella está viva, podría enviarlo directo a su puerta. Y ahora que la he encontrado, no voy a rendirme tan fácilmente después de cómo me la ha jugado.

Es hora de que me divierta un poco.

Me ducho, me cambio y salgo por la puerta mucho antes de que ella diga que ha terminado por hoy, por si decide escaparse antes y darme largas.

El sol sigue pegando fuerte cuando entro en el aparcamiento de la escuela. Paro la moto junto a la entrada y a un par de ventanas de su despacho. Su ventana está abierta, así que no hay ninguna posibilidad de que no haya oído mi llegada, si es que está dentro.

Apago el motor, me quito el casco y me pongo los lentes de sol. Apoyo la pierna en la moto, con un tobillo cruzado sobre el otro y los brazos cruzados sobre el pecho.

Cada segundo pasa como si durara cinco minutos. Mi reloj se burla de mí mientras pasa el tiempo y ella no aparece.

Estoy a punto de entrar furioso para sacarla yo mismo cuando den las cinco menos cuarto, pero justo cuando estoy a punto de empujar desde mi moto, aparece una figura detrás de las puertas.

La observo, con los ojos fijos en ella, mientras le dice algo a la señora que nos ha recibido antes de volverse hacia mí y cruzar las puertas.

—¿No lo olvidaste? —me pregunta, deteniéndose delante de mi moto.

Mis dedos se agitan para quitarme las gafas y poder mirarla mejor, pero no quiero que lea lo que estoy pensando. Ya me ha costado bastante mantener una máscara neutra en la cara esta mañana.

Desciendo los ojos por su cuerpo. Va vestida igual que esta mañana, con ese vestido rojo ceñido al cuerpo que no disimula en absoluto las curvas que ha desarrollado desde la última vez que la vi. Pero juraría que se acaba de maquillar.

Se me dibuja una sonrisa en los labios al ver que se ha esforzado por mí.

Cuando vuelvo a subir por su cuerpo, la encuentro de pie, con la mano en la cadera y una ceja levantada, como si la estuviera aburriendo.

—Súbete. —Tiro la pierna por encima de la moto y espero a que se una a mí.

—Estás bromeando, ¿verdad?

—¿Parece algo de esto una broma?

Dejo caer las gafas en el cuello de la camiseta, tiro del casco por el asa y lo arrastro sobre la cabeza.

—Pero…

—He dicho que te subas a mi puta moto, Piper —gruño.

Sus ojos se abren de par en par, con una mezcla de sorpresa y miedo, y yo lucho contra mi sonrisa. Al menos no soy la única que se ha quedado perpleja hoy.

—El casco está en el maletero.

Me doy la vuelta y arranco el motor, dejando que el ruido me tranquilice mientras espero su contacto.

Me digo a mí mismo que no será lo mismo que hace tantos años. No hará que mi cuerpo arda de necesidad con el más simple y breve de los toques. Ahora los dos somos personas diferentes. Han pasado demasiados años para que esa conexión siga existiendo.

Pero lo es. Lo sentiste en cuanto oíste su voz antes.

Aparto la vocecilla y aprieto los dientes cuando la moto se mueve al apoyar su peso en el escalón.

Un jadeo se escapa de mis labios cuando sus muslos rodean los míos.

Agacho la cabeza, luchando contra mi necesidad de darme la vuelta y averiguar qué aspecto tiene con el vestido recogido alrededor de las caderas.

Espero un momento para ver si va a rodearme la cintura con los brazos, pero cuando no lo hace, supongo que ha optado por las asas. La decepción me invade. Tendré que idear otra forma de poner a prueba mi teoría sobre nuestra conexión más adelante. Es imposible que siga existiendo. De ninguna manera. Habrá muerto como debería haber muerto ella aquel día.

No me molesto en decir nada; simplemente asumo que, después de todos los años que lleva rodeada de motos, sabe lo que se espera de ella.

Salimos volando del estacionamiento de la escuela, con la gravilla levantándose detrás de nosotros.

Mi cuerpo arde por sentirla rodearme con sus brazos, pero en ningún momento se mueve para hacerlo.

Me había pasado toda la tarde intentando decidir la mejor manera de jugar a esto. Pero incluso ahora, con ella sentada detrás de mí, no tengo ni idea de qué es lo correcto.

La necesito. Matricular a Emmie en *Knight's Ridge* fue un gran riesgo. Puede que tenga una herencia esperando a que la reclame, pero no la tengo en mis manos, y desde luego tampoco tengo los requisitos necesarios para hacerme con ella ahora mismo.

Las palabras de la abuela de hace tantos años llenan mi mente.

—*La herencia que te corresponde sólo se liberará cuando estés comprometido.*

Cuando la madre de Emmie decidió hace tres semanas que era el momento perfecto para renunciar a todas las responsabilidades de nuestra hija tras años de pelearse conmigo, supe que tenía que intensificar mi juego si quería que Emmie tuviera la mejor oportunidad en la vida.

Hasta ahora no había tenido motivos para necesitar esa herencia. Tengo todo lo que necesito; trabajo para conseguir todo lo que quiero. Nunca he sido el tipo de persona que depende de las limosnas de mis abuelos ricos. Es su dinero, no el mío. No me pertenece.

Pero, de repente, podría darle un buen uso, así que pensé que podría intentarlo.

Todo lo que necesito es un anillo y una mujer que haga el papel. Si mi abuela aún viviera, me sentiría culpable por engañarla, pero murió sólo dos años después que mi abuelo. Pero mi hija puede usar este dinero, y sé que mi abuela nunca le negaría nada a Emmie.

A pesar de mis palabras, un escalofrío de culpabilidad me recorre la espalda. Lo asumiré si eso significa que Emmie no acaba siguiendo un camino similar al de su madre: un trabajo a tiempo parcial en la tienda de la esquina sin perspectivas, y lo único que le espera son las copas y las drogas que le aguardan después de su turno.

Sacudo la cabeza. ¿Por qué pensé que era una buena idea?

Conozco la respuesta. Era joven, estúpido y tenía el corazón roto. Aún así no es excusa, pero es lo que es.

Detengo la moto un poco más abajo de donde he reservado mesa para esta noche y apago el motor.

Se levanta de la acera más rápido de lo que creía posible. Me quito el casco de la cabeza y alargo la mano para coger el suyo, pero me quedo paralizado cuando empieza a ajustarse el vestido.

—¿Qué? —suelta cuando se da cuenta de que la estoy mirando.

—N-nada.

—¿Adónde me llevas? —pregunta, mirando hacia la calle en busca de pistas. Puede que esté de pie, con los hombros anchos y tratando de parecer segura

35

de sí misma, pero puedo ver que el miedo persiste en sus ojos. Parece que ha olvidado su máscara, porque cuando éramos jóvenes era experta en ocultar la verdad.

No tenía ni idea de que estaba jugando conmigo.

Siempre pensé que podía leerla. Creía cada mentira que salía de sus labios cuando éramos niños.

Bueno, ahora no. Soy mayor, más sabio y mucho más contaminado por la mierda que es la vida, especialmente una relacionada con el MC más notorio de la ciudad.

Guardo los cascos y aseguro mi moto antes de volverme hacia ella.

Traga saliva nerviosa y yo lucho contra la necesidad de sonreír, sabiendo lo ansiosa que está.

—Vamos. —Aprieto mi mano en la parte baja de su espalda y la empujo hacia delante, sin perderme el estremecimiento que la recorre ante mi contacto.

Capítulo Cuatro

Piper

Mis piernas se tambalean tanto mientras Dawson me guía por la calle que temo estar a punto de desplomarme sobre el cemento en cualquier momento.

Su mano quema a través de mi chaqueta y mi vestido, lo que hace que mi temperatura se dispare. Su aroma varonil a recién duchada que me asalta la nariz tampoco ayuda.

No huele como los hombres con los que paso mis días en la escuela. Huele a… hombre. Como mi pasado. Me inunda de emociones contradictorias. Una parte de mí quiere sentirse segura con él. Es como siempre me hizo sentir: segura y protegida.

Pero sé que sería una tontería permitir que eso ocurriera.

Puede que siga siendo Dawson, el chico del que me enamoré hace tantos años, pero no puedo olvidar que le traicioné. Que tomé cada pizca de confianza que habíamos construido juntos y la destrocé.

Estoy segura de que no hay vuelta atrás de lo que hice, y por eso estoy tan asustada de a dónde me está llevando. Supongo que lo único bueno ahora mismo es que no estamos caminando hacia su padre, porque por muy influyente que sea, estoy segura de que no estaría esperándome en uno de los bares y restaurantes que bordean esta calle. Cuando me ponga las manos encima, será en algún lugar mucho menos poblado donde pueda cobrarse su venganza.

Se me revuelve el estómago al pensarlo. Conozco demasiado bien el tipo de cosas que ocurren a puerta cerrada en su club con gente como nuestros padres y sus conocidos.

Mis ojos se abren de sorpresa cuando me gira hacia un restaurante y me guía al interior.

El aroma de la llama de la parrilla me hace la boca agua y el estómago gruñe.

No comí en el almuerzo. No podía. Después de tener a Dawson en mi despacho, no podía respirar bien mientras los recuerdos de nuestro tiempo juntos se reproducían en mi cabeza como una puta película.

—¿Qué es esto?

—Un restaurante.

—Listillo —murmuro mientras se acerca al anfitrión que nos recibe.

—Tengo una mesa reservada para Ramsey —dice en voz baja, tan baja que casi no me entero. Aunque lo que no me pasa desapercibido es el rápido movimiento de su mano al deslizar una nota al camarero.

Mi estómago se revuelve, mi apetito anterior desaparece en un abrir y cerrar de ojos.

—Por supuesto. Por favor, sígame.

Dawson no se mueve. En lugar de eso, espera a que dé un paso adelante y, una vez más, me pone la mano en la espalda para guiarme a través del restaurante y salir por la puerta del otro extremo de la enorme sala.

—¿Adónde vamos? —pregunto vacilante, insegura de si realmente quiero la respuesta a esa pregunta o no.

—He organizado una sorpresa.

—Joder —murmuro en voz baja.

No puede matarte en un restaurante concurrido —dice una vocecita, pero no ayuda a calmar la inquietud que me invade.

Caminamos por el luminoso pasillo antes de que el anfitrión empuja otra puerta y nos hace un gesto para que pasemos.

Dentro hay una pequeña habitación con una mesa en el centro. Los altavoces emiten música suave y las velas parpadean en los muebles desparejados.

Sería un buen lugar para una cita romántica. Sólo que no puede ser eso, ¿verdad?

—Bienvenidos. Freya será su mesera esta noche. Acomódense y ella pasará a tomar su orden de bebidas en breve.

El tipo se marcha mientras yo me asomo a la puerta, más confusa que nunca.

—¿Qué es esto? —Tartamudeo mientras Dawson me empuja hacia el interior de la habitación.

—Una sorpresa. Ven y siéntate.

Me rodea y me acerca una silla.

La aprensión se apodera de mí y lucho contra la necesidad de girarme para mirar hacia la puerta y saber que tengo una vía de escape.

El corazón me late desbocado en el pecho mientras doy un paso vacilante hacia él.

—¿Qué pasa, Piper? No muerdo. Bueno, no fuerte.

Trago saliva, aunque el nudo que se me ha hecho en la garganta desde que oí por primera vez su moto detenerse en el colegio no se mueve.

—¿Agua? —pregunta en cuanto se sienta frente a mí.

Asiento y él levanta la jarra de agua y empieza a servir en dos vasos.

Sabiendo que debo ser sensata, espero a que beba un sorbo antes de hacerlo yo. Aunque, difícilmente va a matarme tan temprano en nuestra velada envenenando mi agua. Probablemente quiera disfrutar primero de su comida. Para interrogarme sobre lo que pasó cuando éramos jóvenes. Es el postre del que debería cuidarme.

Me tiembla la mano al agarrar mi vaso, pero antes de que mis dedos toquen algo frío, encuentran los suyos.

—Estás temblando. ¿De verdad doy tanto miedo?

—Dawson —suspiro. Tan aterrorizada como estoy, apenas puedo creer que esto esté pasando.

Los primeros meses de mi regreso a Londres, miraba por encima del hombro cada pocos minutos, pensando que aparecería él o alguno de los otros *Royal*. Pero nunca aparecían. Así que, en algún momento, dejé de mirar. Nunca bajé la guardia del todo y, desde luego, nunca lo olvidé. Pero las cosas se volvieron más fáciles.

—Yo… esto… Me has pillado por sorpresa, eso es todo —admito, retirando la mano y asegurándome esta vez de coger mi vaso.

Me lo llevo a los labios y trago su contenido. El agua fresca me sienta bien, pero no me distrae lo suficiente.

—¿Más?

Asiento y me rellena el vaso.

Sus ojos no se apartan de mí en todo el tiempo que lo bebo. Es tan desconcertante como familiar. Siempre solía desarmarme con una sola mirada; parece que eso es algo que no ha cambiado.

—Así que —empiezo, necesitando acabar con este silencio opresivo que ha caído entre nosotros—. ¿Cómo estás?

—¿Cómo estoy? —pregunta como si fuera la frase más absurda que ha oído en su vida.

Me mira a los ojos, pero lo que veo en ellos me hace apartar la mirada a pesar de la atracción que siento. La ira que me devuelve cada vez que lo miro es demasiado.

Debería haberme sacado de mi miseria cuando me encontró.

—Entonces, ¿tienes una hija? ¿Casado? —pregunto, mirando su dedo anular desnudo.

Lleva enormes anillos en los otros dedos, junto con tinta que cubre cada uno de ellos. El calor me invade mientras recorro los dibujos con la mirada.

Estábamos a punto de tomar algunas decisiones serias sobre nuestras vidas cuando nuestro tiempo juntos terminó. Me pregunto qué fue a hacer. O si su padre lo puso directamente a trabajar para los *Royal*. Los anillos seguro que apuntan en esa dirección.

Apuesto a que causan un dolor serio a cualquier tipo en el otro extremo.

Se aclara la garganta, arrastrando con éxito mis ojos hasta los suyos oscuros.

Mirarlos fijamente es como ver acercarse una tormenta. Sólo que yo podría capear una tormenta. ¿Dawson? No tanto.

Pase lo que pase entre nosotros ahora, ya sé que no sobreviviré a él una segunda vez.

—No, no estoy casado. Nunca lo he estado. Emmie fue un feliz accidente hace poco más de diecisiete años.

Afortunadamente, sus ojos se suavizan un poco cuando habla de ella. Algo dentro de mí se relaja. Puede que bajo el dolor y la rabia aún quede algo del chico dulce que recuerdo tan bien.

—Ella es especial.

Se ríe, y el sonido me provoca cosas raras por dentro. Cosas que quiero seguir sintiendo a su lado en lugar del miedo constante.

—Lo es. Tiene tanto potencial…

—De ahí *Knight's Ridge*.

Asiente.

—Ha vivido con su madre hasta hace unas semanas. No era la mejor influencia.

—Ahora tendrá todas las oportunidades a su alcance.

—Ese es mi plan. Suponiendo que pueda hacer que asista —murmura, para mi diversión.

Algo me dice que la pequeña cantidad de descaro que experimenté de ella antes no es nada comparado con lo que es capaz de hacer.

—Parece encantada con la perspectiva; no me imagino que no quiera asistir. —Mi sarcasmo es alto y claro, pero no parece calar en Dawson porque me mira con los ojos entrecerrados. Y se quedan ahí cuando un suave golpe llena el lugar y se nos une nuestro mesera.

—Hola, soy Freya, les serviré esta noche. ¿Puedo ofrecerles algo de tomar?

Incapaz de apartar mi mirada de la penetrante que tengo delante, mantengo los ojos clavados en los de Dawson.

—Agua mineral, por favor —susurro.

—¿Señor?

—Coca-Cola.

—Muy bien, ahora vuelvo.

Nos deja solos una vez más, y juro que se lleva todo el aire con ella.

—¿Qué quieres de mí, Dawson? —pregunto, incapaz de quedarme sentada y seguir jugando a este juego con él.

Se sienta y estira sus largas piernas por debajo de la mesa. Una de ellas roza mi pantorrilla desnuda y jadeo al sentir la electricidad que me recorre con solo tocarla.

Una sonrisa perversa se dibuja en una comisura de sus labios.

—Supongo que tendrás que esperar para averiguarlo.

El pavor se arremolina a mi alrededor como una tormenta, pero me niego a dejarle ver que me afecta.

—Muy bien. Voy a ir al baño.

Asiente y me observa mientras me dirijo a la puerta. No es hasta que salgo al pasillo que consigo aspirar una bocanada de aire y siento que el mundo vuelve a enderezarse.

No puedo estar en una habitación pequeña a solas con ese hombre. Es peligroso.

La tentación de huir es grande, pero mientras me miro la piel enrojecida y los ojos muy abiertos en el espejo del baño, me doy cuenta de que, en mi prisa por escapar, me he dejado el bolso colgando del respaldo de la silla.

—Joder —susurro para mí misma.

Afortunadamente, el baño está vacío, lo que me da la oportunidad de tener mi pequeño arrebato a solas.

Me ha llevado a un restaurante y ha arreglado que tengamos una habitación privada. ¿A qué está jugando?

Mi cabeza da vueltas mientras intento predecir cuáles serán sus próximos movimientos. Pero hasta ahora, me ha sorprendido a cada paso.

Todavía no sé cómo se siente al encontrarme. Está enfadado, claro. Pero hay algo más que eso. Simplemente no puedo poner mi dedo en la llaga.

Maldito sea él y su máscara.

Nunca estuvo ahí de niño. Era el tipo de chico que consigue lo que ve. Es una de las razones por las que me sentí atraída por él. Todos los demás en mi vida siempre estaban jugando. Pero Dawson, a pesar de su educación, era simplemente Dawson. El artista desenfadado y un poco melancólico.

Hizo mi trabajo demasiado fácil. Me dejó entrar sin cuestionarlo, y nos ayudamos a convencernos mutuamente de que lo que estábamos haciendo no estaba mal y potencialmente iba a hacer que nos mataran a los dos.

Puede que aún respiremos, pero me temo que el Dawson que conocí hace tiempo que desapareció.

Yo lo maté, y en su lugar, él ha erigido esa máscara. La misma que yo veía a diario en mi padre, y la misma que estoy segura de que Dawson experimentó de niño en el suyo, posiblemente la experimente incluso ahora, suponiendo que no acabara con el mismo destino que mi padre.

Sacudo la cabeza. No hay ninguna posibilidad. Charles Ramsey era demasiado poderoso. Incluso entonces. Solía temblar de miedo con sólo estar en la misma habitación que él. Nadie, aparte de mi propio padre hambriento de poder, sería tan estúpido como para enfrentarse a él. Nació para gobernar. Aún está por ver si inculcó ese mismo control y poder a su hijo mayor.

Realmente espero que no. Porque si se parece en algo a su padre, no quiero estar en esa habitación a solas con él esta noche.

Cuando llego a la puerta, me entran ganas de salir corriendo, pero me las trago, echo los hombros hacia atrás y mantengo la cabeza alta.

Puede que no sepa a qué está jugando, pero sé que soy más fuerte que para echarme atrás.

Soy Piper Collins. Mi padre me crio para que nunca me inclinara ante un Ramsey.

¿Y qué, me robó el corazón a los dieciocho y nunca me lo devolvió? Sigue siendo el enemigo.

Cuando abro la puerta, descubro que está hablando por teléfono.

Sus ojos encuentran los míos en cuanto entro antes de descender por mi cuerpo.

Mi temperatura se dispara mientras sus ojos me devoran y sus labios carnosos envuelven las palabras que pronuncia en su teléfono.

No oigo nada. Estoy demasiado perdida en la sensación. Hasta que un nombre me devuelve a la realidad.

—Cruz, no te preocupes, hermano. Yo me encargo. —Sus palabras son como un cubo de agua helada sobre mí.

Le miro a los ojos y juro que la emoción baila en ellos.

—Sí, hermano. Dile que no se preocupe. Tengo un plan.

Asiente mientras Cruz, su hermano menor, dice algo antes de despedirse y colgar el teléfono.

—Lo siento —dice, guardándose el teléfono y haciéndome un gesto para que vuelva a sentarme—. La mesera volverá enseguida. Quiere tomarnos la orden.

—Me acerca el menú, pero no puedo leerlo, aunque quisiera. Mi cabeza sigue repitiendo las cosas que le dijo a Cruz. Hablaba de mí, eso era obvio.

Capítulo Cinco

Dawson

Lucho contra mi necesidad de sonreír mientras toda la sangre se le escurre de la cara en cuanto pronuncié el nombre de mi hermano.

Me divierte que piense que la entregaría a Cruz y a mi padre tan rápido. Pensé que me conocería mejor que eso. Que esperaría que me divirtiera un poco antes de que empiece el verdadero dolor. Porque ocurrirá, de eso no hay duda. Sólo necesito asegurarme de que no la descubran hasta que la haya usado para lo que necesito.

Se queda mirando el menú, pero sé que no lo está viendo. Podría estar escrito en japonés y no se daría cuenta.

Está asustada, al límite, exactamente donde la quiero.

La llamada de Cruz no podría haber llegado en mejor momento, aunque yo mismo lo hubiera planeado.

Su miedo es el recordatorio que necesito para lo que está pasando aquí. Tengo que pensar en el final, porque después de unos minutos juntos, siento que empiezo a caer de nuevo bajo su hechizo.

Cuando vi que le temblaba la mano, lo único que quise hacer fue asegurarle que no voy a hacerle daño, que está a salvo conmigo. Pero no puedo.

Porque no lo es.

—¿Están listos para pedir ya? —La mesera se acerca a la mesa cuando asiento y saca su bloc de notas.

—Oh um… —Piper duda—. Err… solomillo, por favor. Término medio.

La estudio mientras da el resto de su pedido. Me resulta tan familiar y diferente al mismo tiempo. Es una mierda en mi cabeza.

Tiene los mismos ojos violetas únicos que yo solía mirar durante horas, pero ahora hay algo más oscuro en ellos. Tiene la misma nariz ligeramente torcida de cuando se la rompió al caerse de la bicicleta de niña, pero sus pecas son mucho más tenues. Sus labios siguen siendo los mismos: carnosos, besables, probablemente dulces, sólo que ahora están teñidos de un rojo oscuro.

Me muevo un poco en el asiento, incómodo al pensar en cómo me quedarían esos labios oscuros alrededor de la polla.

—Señor, ¿para usted?

Al sentir que dos pares de ojos me miran fijamente, saco la cabeza de mis sucios pensamientos y vuelvo al aquí y ahora.

Levanto la vista, no hacia el camarero que me espera pacientemente, sino hacia la mujer que tengo enfrente.

—Lomo, poco hecho.

Me sostiene la mirada y su vacilación anterior se disipa ante mis ojos. Seguro que ahora no se siente segura. Puede que no sea mi padre ni Cruz, pero no soy un maldito osito de peluche.

—Oh —digo cuando Freya está a punto de desaparecer de la habitación—. Y una botella de… —Me quedo en blanco, esperando que Piper lo rellene por mí.

—Shiraz —dice, leyendo mi silencioso pedido.

—Ya lo tienes.

Se hace el silencio, aunque pesado por los millones de preguntas que ambos tenemos.

—Tampoco estás casada, por lo que veo. —Señalo con la cabeza su mano izquierda desnuda.

—N-no.

Nos invade un silencio incómodo. Piper se retuerce en su asiento mientras mis ojos permanecen clavados en ella a pesar de que no puede aguantarme la mirada.

—¿Me tienes miedo?

Levanta los ojos y entreabre los labios, pero debe de pensar mejor su respuesta porque se traga su reacción instintiva.

Cuadra los hombros, intentando parecer valiente, pero veo la grieta en su armadura.

—¿Debería?

—¿Después de lo que hiciste? Sí, deberías.

Se estremece visiblemente, pero antes de que ninguno de los dos pueda decir nada más, Freya reaparece con la botella de vino de Piper.

—Sírvelo —suelta Piper cuando le ofrecen probarlo. Freya palidece ligeramente, pero hace lo que le dice.

—¿Señor? —ofrece, volviéndose hacia mí.

—No, gracias. Otra Coca-Cola sería genial.

—Pediste una botella sabiendo que no ibas a tomar nada. ¿Por qué?

—¿Por qué no lo hacemos? ¿Por qué hacemos las cosas que hacemos? —Levanto una ceja y Piper lucha por mantener sus ojos fijos en los míos.

Alarga la mano, agarra su copa y apura el vino. Estoy seguro de que ni siquiera lo saborea.

—¿Quitando los nervios?

—No estoy segura de que nada pueda hacer eso ahora mismo —murmura, para mi diversión.

Una parte de mí se alegra de que esté asustada. Otra parte, el chico ingenuo de dieciocho años que aún vive dentro de mí, quiere darme una patada en el culo por hacerle esto. Pero tengo que mantener la cabeza fría. Ya no soy un joven que entrega su corazón a alguien por primera vez. Ahora soy un hombre, mirando fijamente a la mujer que le traicionó de la forma más engañosa.

¿Hizo bien mi padre en perseguirla a ella y a su familia después de que se supiera la verdad? No, probablemente no. Pero después de haber renunciado a su club, no estoy exactamente en un lugar para discutir con la forma en que maneja su negocio.

Una pequeña sonrisa se dibuja en un lado de mis labios, pero ella no parece nada contenta con la situación. Cuanto más tiempo pasamos aquí sentados, más aterrorizada se siente.

La estudio mientras se remueve en el asiento y bebe un sorbo de vino. Lo que daría por conocer sus pensamientos ahora mismo. Saber qué ha pasado realmente y cómo se siente sentada ante mí una vez más.

Podría exigir respuestas, pero me temo que no se abriría. Al menos, todavía no. Al final, opto por otra pregunta apremiante.

—¿Por qué has vuelto?

—Das por hecho que me he ido —se burla, inclinando el vaso una vez más y vaciándolo.

—Bueno...

—Sí, me fui. Pero Londres es mi hogar. No podría verme siendo feliz en otro sitio.

—¿Incluso con la amenaza de ser atrapada?

—Eso parece, ¿no?

—¿Eres consciente de lo que pasará cuando mi padre te encuentre?

Ella se encoge de hombros.

—Me niego a pasarme la vida huyendo de mis errores, Dawson. Este lugar es mi hogar. Es donde soy feliz. Tendré que cruzar ese puente cuando llegue el momento. —Traga saliva nerviosa, los dos somos más que conscientes de que el puente está más cerca que nunca. Todo lo que tengo que hacer es mencionar su nombre a mi padre y va a estar buscando sangre.

Todavía estoy tratando de formular una respuesta que no delate mis intenciones de no ir directamente al viejo sobre esto cuando nos interrumpe una vez más Freya entregando nuestra cena.

Creí que si reservaba una habitación privada tendríamos tiempo para estar a solas; no esperaba que nuestro camarero se uniera a nosotros cada pocos minutos. Quizá debería haberla llevado a casa, donde podría haberle sacado la información que necesitaba. *Y darle un susto de muerte en el proceso.*

La necesitas, Dawson. Mantenla de tu lado.

—¿Desea algo más? —Freya pregunta amablemente antes de alejarse de la mesa.

—No, gracias —responde Piper mientras yo me limito a asentir.

—Vale, bueno… que disfruten la cena.

En cuanto la puerta se cierra tras ella, la tensión vuelve a ser intensa.

La mirada de Piper se clava en mí, pero en mi necesidad de aparentar que su presencia no me afecta, cojo el cuchillo y el tenedor y pico.

El filete, como siempre en este lugar, es perfecto. Es casi lo suficientemente bueno como para distraerme de mi compañía. Casi.

—¿Vas a comer? —pregunto cuando voy por la mitad y ella sigue sentada, mirándome con una expresión ilegible en la cara.

—Yo… sí —tartamudea antes de agarrar sus propios cubiertos y cortar delicadamente un trozo y llevárselo a la boca.

Observo cómo pasa por sus labios y mastica. Sus ojos se entornan ligeramente al sentir el sabor, pero no es hasta que saca la lengua para lamerse los jugos de los labios cuando me doy cuenta de que puedo tener un problema.

***

Rechacé cualquier posibilidad de tomar un postre -no creo que Piper pudiera aguantar uno, ya que se dejó la mitad de la cena- y en su lugar pedí la cuenta.

Puede que aquí estemos más solos, pero las interrupciones empiezan a molestarme.

—¿Lista? —pregunto una vez que he pagado, empujando mi silla detrás de mí.

Termina su actual copa de vino antes de empujar para ponerse de pie conmigo.

—Claro. Pediré a un Uber.

En cuanto tiene el teléfono en la mano, se lo arrebato y me lo meto en el bolsillo.

—¿Qué coño? —jadea, sus ojos revolotean entre mi mano y mi bolsillo.

—No necesitas un Uber. Dime tu dirección. Te llevaré a casa.

—N-no. De verdad que no creo… —Me acerco a ella, nuestros cuerpos separados por un suspiro.

—Dime tu dirección —le digo—. Te llevaré a casa. —Mi voz es grave y no deja lugar a discusiones.

—Dawson, yo…

Levanto la mano y ella respira sorprendida cuando le rodeo la nuca con los dedos. Al contacto, un escalofrío recorre su espalda.

Bajo la cabeza y dejo que mis labios rocen su oreja.

—¿De verdad crees que estás en condiciones de discutir conmigo ahora mismo?

Traga ruidosamente mientras sus temblores comienzan a hacerse más violentos.

—¿Tienes miedo, pequeña? —susurro, usando el nombre con el que solía llamarla antes.

—No —escupe.

—Curioso, porque tu cuerpo me dice otra cosa—.

Sin esperar respuesta, la hago girar y la dirijo a través de las mesas y comensales del restaurante principal hasta que nos detenemos junto a mi moto.

—Toma. —Le doy el otro casco.

Mira por encima del hombro hacia el restaurante y luego hacia la calle.

—Si esperas que alguien te rescate, creo que te vas a llevar una amarga decepción.

—Yo no… —Levanto una ceja, y con éxito corta su argumento.

—Casco, entonces necesito tu dirección.

Afortunadamente, hace lo que se le dice y, después de ponerse la correa, dice su dirección.

—Genial. Estoy impaciente por conocer el lugar —digo mientras ella sube a la moto detrás de mí. Se queda inmóvil ante mis palabras, pero no intenta discutir—. Agárrate fuerte. Todo ese vino puede haberte dejado sin fuerzas.

Me arrepiento de las palabras en cuanto sus manos rozan mis costados. El contacto me hace estallar rayos eléctricos por todo el cuerpo, pero ninguno más fuerte que los que se disparan directamente a mi polla.

—Hijo de puta —murmura mientras enciendo el motor.

Sus brazos me rodean la cintura, sus pechos me oprimen la espalda y sus muslos me agarran con fuerza las caderas.

Mis dedos se aprietan alrededor del manillar hasta que mis nudillos se vuelven blancos.

La electricidad que me recorre cuando me toca no debería ser tan poderosa después de tanto tiempo. Después de todos los años que he pasado odiándola.

Capítulo Seis

Piper

No debería haberme bebido el vino. Lo sabía incluso antes de que la primera gota cayera en mis labios. Pero lo hice de todos modos, porque la presencia de Dawson es demasiado para soportarla sobria. La forma en que me mira… es apabullante. No tengo ni idea de si quiere follarme o matarme. Y cuanto más tiempo pasaba allí sentada, mirando fijamente sus ojos oscuros, más me daba cuenta de que en realidad no me importaba mucho qué camino tomara, si eso significaba pasar más tiempo con él.

Podría pensar que todo lo que había entre nosotros fue mentira, que todo era falso para que yo pudiera hacer el trabajo sucio de mi padre. Pero no lo era. Todo lo que sentía por él era real. Demasiado real, por eso ahora siento que todo mi mundo se ha puesto patas para arriba.

Tampoco debería haberme subido a la parte trasera de su moto. Ni haberle abrazado como solía hacer. Pero sabía que tenía razón. Los efectos del vino están empezando a golpearme con toda su fuerza, y sería estúpida si confiara en aferrarme a las pequeñas asas que tengo a los lados. Podría estar de acuerdo con que Dawson acabara con todo por mí, pero mi imaginación me dice que eso ocurriría mientras tiene sus manos sobre mí. Caerme de la parte trasera de su moto y ser aplastada por un autobús londinense no es mi idea de una buena forma de morir.

Vuela por las calles, en dirección a mi edificio.

Una parte de mí quería darle una dirección falsa. Habría sido tan fácil darle la de Lisa y fingir que vivo allí con ella. Pero no quiero arrastrarla a esto. Los *Royal* no se lo pensarían dos veces antes de herir a un inocente para servir a su venganza.

En lo que parecen sólo unos minutos, arrastra la moto hacia el aparcamiento exterior de mi edificio. Las vibraciones de la moto desaparecen en cuanto apaga el motor, y todos los músculos de mi cuerpo se bloquean.

¿Y ahora qué?

Ya ha aludido al hecho de que voy a permitirle subir.

¿Es ahí donde pretende acabar esto? ¿Dejándome muerto en mi piso para que Lisa o Henry me encuentren dentro de unos días cuando no vaya a trabajar?

Mi estómago da volteretas mientras me bajo de su moto y me quito el casco de la cabeza.

Hacía años que no me subía a lomos de una moto, pero me resulta tan natural como si lo hubiera hecho ayer. Supongo que eso es lo que pasa cuando pasas tu infancia sobre una.

Me paro torpemente mientras le devuelvo el casco una vez que él se ha quitado el suyo, indicando que no mentía al decir que había visto dónde vivo.

—¿Vas a invitarme a tomar un café? —me pregunta, con un tono un poco más ligero que el que utilizó cuando salimos del restaurante… el que me hizo sentir un cosquilleo en la parte baja del estómago.

Recuerdo que me susurraba al oído con ese tono tan grave mientras me hacía el amor. Solía decirme que no importaba cuál fuera mi apellido, que una vez que termináramos la escuela nos escaparíamos y estaríamos juntos como estábamos destinados a estar. Pero eso era entonces, cuando pensaba que mis intenciones con él eran totalmente honorables. Ahora sabe la verdad, y sé que no va a empezar a susurrarme ninguna promesa que no sea dónde podría esconder mi cuerpo.

—No sabía que necesitabas invitación. Creía que tomabas lo que querías —respondo por encima del hombro mientras me dirijo a la entrada.

Se ríe a mis espaldas y mis muslos se estremecen de deseo. Mentiría si dijera que no he pensado una o dos veces en cómo se sentiría la barba ahí abajo mientras me miraba por encima de la mesa del restaurante.

Joder, no debería haberme bebido ese vino.

—Es bueno saber que estás aprendiendo, pequeña.

Me estremezco al oír el apodo que me pone, pero me trago lo que siento. La adolescente que despierta dentro de mí necesita seguir dormida. Ya no hay amor juvenil ni promesas de un *felices para siempre*.

Somos adultos llenos de dolor y traición, y de soledad, aunque no puedo hablar por Dawson sobre esto último, pero es una mala mezcla, y una que ya sé que no debería combinarse con nosotros solos en mi piso.

Ya he cometido suficientes errores hoy, ¿qué es uno más?

No me molesto en mirar atrás para ver si me sigue o si va a alcanzar la puerta por la que acabo de pasar. Sé que está ahí. Puedo sentir su presencia, su mirada.

Decido no agarrar el ascensor, diciéndome a mí misma que unos minutos más subiendo las escaleras podrían ayudarme a aclarar mis ideas y permitirme formular un plan, pero en realidad lo único que estoy haciendo es aplazar lo inevitable.

Con ascensor o sin él, estamos a punto de quedarnos solos en mi pequeño piso. Cualquier cosa podría estar a punto de suceder.

Ha tenido ideas dando vueltas en su cabeza desde el momento en que me vio antes en la escuela. Ojalá supiera cuáles son.

—Esto es… mono —dice mientras me sigue a mi salita de planta abierta.

Reprimo una carcajada. Oír su voz grave y áspera pronunciar la palabra —mono— es cómico.

—Sí, supongo. —No alquilé el lugar por el espacio interior. Lo elegí por el pequeño balcón y la vista sobre el parque. La falta de espacio exterior es lo único que no eché de menos de Londres en mi tiempo fuera.

Un movimiento detrás me hace girar sobre mis talones para ver qué está haciendo. Lo encuentro levantando, estudiando y luego dejando en su sitio los marcos de fotos que hay en mi cómoda. Sus hombros se tensan visiblemente mientras mira fijamente la fotografía de mis padres y yo. No necesito acercarme para ver que sus ojos están fijos en mi padre. Puede que me odie, pero sé que eso no tiene nada que ver con lo que debe de sentir por él. Nada de esto habría ocurrido si no fuera por su necesidad de poder y control.

—Se ha ido. —No quiero que las palabras salgan en voz alta, y jadeo cuando me doy cuenta de que lo han hecho, dirigiendo su oscura mirada hacia mí.

—¿Pero y tu? Pensé que tú también, y sin embargo aquí estás, de pie ante mí y respirando el mismo maldito aire que yo.

—Los dos murieron aquel día —confirmo, intentando que la emoción no se apodere de mi voz. Puede que fuera hace años, pero cada vez que pienso en cómo murieron mis padres amenaza con consumirme.

Debería haber estado allí con ellos. Estaba destinada a morir ese día a manos del padre de Dawson.

Como no quiero que vea las lágrimas que me queman el fondo de los ojos, me alejo de él y me dirijo a la cocina.

—¿Café? —pregunto por encima del hombro.

—Claro. Negro, sin azúcar.

61

—Bastante dulce, ¿eh?

Se ríe, aunque no oigo nada de humor.

—Creo que los dos sabemos que eso no es cierto, ¿verdad, nena?

—No lo sé. Recuerdo un poco de dulzura. —Me arrepiento de las palabras al segundo de salir de mis labios. Maldito vino que me afloja.

—Tal vez entonces. Yo era joven. Ingenuo. Fácil de engañar.

Me trago el nudo de miedo que me sube por la garganta cuando sus pasos empiezan a acercarse.

Me quito la chaqueta y la tiro sobre la encimera, sintiéndome de repente como si hubiera entrado en una sauna, no sólo en mi piso.

El ruido de la cafetera llena el pequeño espacio, pero no es suficiente para tapar sus pasos ni el cosquilleo que recorre mi cuerpo ante su proximidad.

El tiempo parece ralentizarse casi hasta detenerse a medida que se acerca, pero finalmente, el calor de su frente me quema a lo largo de la espalda.

Levanta la mano y me aparta el pelo del cuello, pasándomelo por encima del hombro. Su aliento acaricia mi piel sensible mientras deja caer sus labios sobre la concha de mi oreja.

—Puede que efectivamente murieran ese día, pero lo que quiero saber es por qué no lo hiciste *tú*.

Trago saliva, intentando desesperadamente que mi cerebro funcione y no se centre solo en lo bien que se siente su cuerpo apretado contra el mío.

—Él… él sabía que iba a pasar.

—¿Cómo? —suspira, pero a pesar de la suavidad de su voz, es imposible pasar por alto la exigencia en su pregunta.

—No lo sé. Pero esa mañana… me hizo hacer la maleta. Me dio una dirección para poner en mi GPS y me dijo que nunca mirara atrás.

—¿Adónde fuiste? —Me tenso ante la pregunta, sin querer meter en esto a la mujer que me sostuvo mientras lloraba por mis padres y por el chico al que amaba, pero al que había agraviado. Puede que no seamos familia de sangre, pero a todos los efectos, ella es mi familia. Es todo lo que tengo.

—¿Importa?

—Supongo que no.

El silencio se extiende entre nosotros durante unos segundos mientras los dedos de Dawson se extienden por mi estómago.

Dios mío. ¿Cómo es que esto todavía se siente tan bien?

—Ese día me quedé allí mirando. Papá me contó lo que habías hecho y me obligó a quedarme allí y ver cómo ardía tu casa.

Un gemido sale de mis labios cuando su mano empieza a moverse hacia arriba.

—Vi cómo sacaban tres cadáveres de ese edificio una vez controladas las llamas.

Su mano sigue subiendo y no puedo evitar el grito ahogado que sale de mis labios cuando las yemas de sus dedos rozan uno de mis pezones.

Ante mi reacción, sus caderas empujan con más fuerza contra mí hasta que los huesos de mi cadera

63

chocan con el borde del mostrador, de modo que queda atrapada sin posibilidad de escapar.

Su ascenso no se detiene hasta que sus dedos calientes y ásperos envuelven mi garganta.

Otro gemido retumba ante su movimiento posesivo. Probablemente debería parecerme amenazador, pero no es así.

—¿De quién era el cuerpo, Piper? —Su voz es apenas audible mientras me hace la pregunta al oído.

Sus dedos me aprietan la garganta cuando no respondo inmediatamente.

—Oh Dios —gimo. Su agarre, su calor, su olor. Es demasiado. Mi cerebro está fallando cuando sé que al menos debería intentar tener algo de control en esta situación. Pero eso es lo que pasa con Dawson, exactamente lo que mi padre subestimó cuando me envió a mi misión. Me llama como ningún otro. Me *afecta como ningún otro*.

—Piper —advierte—. ¿Vas a decirme lo que necesito saber o tengo que buscar otra forma de sonsacártelo?

—No sé quién era. No tenía ni idea de lo que estaba pasando hasta que terminó.

—Mentirosa —retumba, haciéndome sobresaltar.

—No lo sé. Lo siento. No tengo ni idea.

—Siempre mintiendo, joder —murmura. Su mano que me rodeaba la cintura, ayudándome a mantenerme en mi sitio, se mueve hasta que tira del nudo que me sujeta el vestido.

—Dawson —advierto a medias, gimo a medias cuando la tela se rompe. Levanto los brazos en un intento de cubrirme, pero sus dedos me rodean las muñecas para detenerme.

—¿Quieres que pare, pequeña?

¿Quiero? ¿Quiero que pare?

Debería. Esto está jodido. Pero su tacto, su olor, incluso sus viciosas palabras… Ansío todo eso. Lo he hecho desde el día en que me fui, y ahora que está aquí, con su duro cuerpo apretado contra el mío, lo necesito -a él- más que nunca.

—¿Sí? —No quiero que parezca una pregunta, pero la batalla entre mi cabeza y mi corazón me confunde demasiado. Por no hablar del vino.

—Las manos en el mostrador. No las muevas.

Se ríe mientras las yemas de sus dedos tocan mi vientre desnudo. Respiro con fuerza.

Un solo toque y el mundo entero deja de existir.

Es una sensación embriagadora, que sólo he sentido con él.

La primera vez que estuve con otro, pensé que era porque era un inútil en la cama. Pero luego conocí a otra persona, luego a otra persona, y pronto llegué a la decisión de que no eran los chicos. Era yo.

Estaba destrozada.

Me rompió, y nunca iba a volver a ser la misma.

—Tus mentiras te van a traer aún más problemas. —Su mano acaricia mi pecho cubierto de encaje mientras sus dedos alrededor de mi garganta se tensan un poco—. ¿Por qué lo hiciste?

—¿Hacer qué? —pregunto, con la cabeza dándome vueltas, y mi percepción de la realidad se desvanece rápidamente cuando me rodea el pezón, ya en punta, a través de la tela del sujetador.

—Tócame. ¿Por qué lo hiciste, nena?

—P-porque no tenía elección —admito.

—Mejor. Ves, sabía que por fin empezaríamos a sacarte la verdad. Y no me opongo a un poco de… *persuasión.*

—Mierda —chillo cuando el encaje que me cubre es arrancado y el aire frío de la habitación rodea mi pecho desnudo.

Sus dedos pellizcan hasta que duele, enviando un rayo de lujuria entre mis piernas.

—Dawson —gimo, apretando descaradamente el culo contra su cuerpo. Él gime ante mi movimiento. Le estoy afectando tanto como él a mí.

—¿Lo disfrutaste? —me pregunta, su mano se separa de mí y me dan ganas de suplicar que me la devuelva—. ¿Te fascinó ver cómo me enamoraba de ti, sabiendo que ibas a arrancarme el corazón?

—¿Qué? No, no, Dawson. No fue así…

—Mentira —escupe mientras el familiar sonido de un cuchillo abriéndose golpea mis oídos.

El miedo me desgarra.

—Dawson, ¿qué estás…?

Me pone el cuchillo delante de la cara.

—¿Te acuerdas de esto? —pregunta.

—Sí. —Trago saliva mientras mis ojos recorren el escudo de los *Royal* grabado en el mango. Es casi igual a la que yo tengo, solo que esta lleva el escudo del club de mi padre.

Me la dieron a los trece años, como le habría pasado a Dawson, para protegerme en caso de necesidad. Nunca he usado el mío. Sé que cuando teníamos dieciocho Dawson tampoco lo había hecho. Me pregunto si eso habrá cambiado.

—Bien. Así que ya sabes lo afilada que es. Lo… *mortal que* puede ser.

Asiento mientras la punta me presiona la clavícula.

Oh, mierda. Aquí es. Aquí es donde muero, y a manos del único hombre que he amado.

Lo baja por mi pecho, la hoja apenas me besa la piel hasta que lo engancha bajo el centro de mi sujetador y tira hasta que la tela se desprende de mi cuerpo.

El calor me inunda por dentro mientras me gruñe al oído y su longitud se endurece hasta hacerse imposible contra mi culo.

—Siempre te ha gustado experimentar —murmura, y sus dientes se hunden en mi oreja hasta que grito—. Pero nunca pasamos al dolor, ¿verdad?

—Dawson, sea lo que sea que quieras hacerme, acaba de una vez.

—¿Qué tiene eso de divertido, nena? Sabes tan bien como yo que la mayor parte de la diversión es la anticipación. La emoción de la persecución.

La punta de la cuchilla rodea mi pezón antes de pasar al otro. Se me escapa la respiración mientras el corazón me retumba en el pecho, pero lucho como una loca por quedarme quieta, no dispuesta a sentir cómo la hoja me corta la piel con facilidad.

—¿Es eso lo que disfrutabas? ¿Sabiendo que me estabas traicionando y esperando a que te atraparan?

—No. No fue así —grito.

—¿En serio? —ladra, apartando el cuchillo. Me agacho aliviada, pero su agarre en mi garganta se tensa un instante antes de que se deslice por mi nuca y me empuje hacia delante hasta que mi mejilla presiona contra el mostrador que tengo delante.

La frialdad del mármol muerde mi piel sensible, pero hace poco por enfriar el infierno que arde en mi interior.

CAPÍTULO SIETE

Dawson

La necesidad de causarle dolor, de vengarme, aunque sea un poco de lo que me hizo, me quema tan fuerte que es imposible ignorarla.

Le aprieto la nuca, obligándola a permanecer inclinada sobre el mostrador mientras muevo la otra mano para apartarle la tela del vestido del cuerpo.

Lo tiro al suelo y recorro con la mirada su piel de porcelana. Está tan perfecta como siempre, y me pican los dedos por marcarla, por marcarla para que nunca olvide a quién pertenece. Puede que nunca haya sido mía, no realmente, pero me pertenece. Su dolor, su placer, su posible futuro están ahora en mis manos. De un modo u otro, aprenderá lo equivocada que estaba al jugar conmigo como lo hizo entonces.

Con la mejilla aplastada contra el mármol, me observa por encima del hombro.

—Adelante entonces —se burla—. Castígame. Hazme daño. Rómpeme. Me lo merezco —gime, con los ojos entrecerrados en los míos.

—Cállate —ladro, levantando de nuevo el cuchillo y cortando rápidamente la fina cinta de encaje de sus caderas.

Sus bragas flotan hasta sus tobillos antes de apartarlas de un puntapié y ampliar su postura, arqueando la espalda todo lo que puede y contoneando el culo hacia mí, tentándome.

—¿Te hará sentir mejor sobre todo esto si me follas como un animal? ¿Calmarás a la bestia que llevas dentro?

—No tienes ni idea de lo que hará falta para satisfacer mi necesidad de venganza, nena. Un polvo rápido apenas arañará la superficie.

El cuchillo cae al suelo cuando me abro la bragueta y empujo la tela de los vaqueros y los calzoncillos hacia abajo lo suficiente para liberar mi dolorida polla.

—No creo ser capaz de hacer lo que te mereces —admito. Debe de oír mi advertencia alto y claro, porque un escalofrío la recorre—. Pero conozco a algunos hombres a los que nada les gustaría más que darte una lección que nunca olvidarás. Una vez que haya terminado contigo.

No me molesto en comprobar si está preparada. Ya sé que lo está. Recuerdo muy bien lo que me dice. Y tengo razón cuando empujo la cabeza de mi polla contra su entrada y la encuentro húmeda para mí.

—Igual que entonces, intentas hacerte la inocente, pequeña. Pero tus mentiras siempre serán expuestas.

Me abalanzo sobre ella y la lleno hasta la empuñadura. Mueve las caderas mientras se adapta a mi invasión, pero sólo le doy un segundo antes de sacarla casi por completo y volver a meterla de golpe. La cabeza de mi polla golpea su cuello uterino y ella grita de placer. Sus paredes me aprietan tanto que me preocupa no poder aguantar.

Quiero sacar cada segundo de placer de esto. Me lo merezco.

—Joder —ladro, incapaz de mantener la boca cerrada. No quiero que piense que estoy disfrutando más de lo que ella puede sentir. Cierro los labios de golpe antes de delatarla demasiado y me concentro en contenerme para aguantar un poco más.

Le aprieto la nuca con los dedos y me abalanzo sobre ella. Empieza a sudar mientras gime bajo mi abrazo.

Necesitado de más, vuelvo a deslizar la mano por delante de su garganta y la tiro del mostrador para que su espalda choque con mi pecho.

—¿Te parece que te acuerdas? —Le ronco al oído.

—No —confiesa.

—Bien. ¿Ese chico con el que jugabas? Hace tiempo que se fue, nena. El hombre en su lugar te va a arruinar.

—Oh Dios.

Una risita baja sale de mis labios.

—¿Dios? No, pequeña. Deberías reconsiderarlo. Vas directo al infierno.

Mi mano se desliza por su vientre hasta encontrar su clítoris hinchado.

La pellizco con fuerza e inmediatamente cae al vacío.

—Dawson —grita, con la cabeza apoyada en mi hombro mientras la recorre una oleada tras otra de placer.

Su coño me aprieta tan fuerte mientras se pierde en la sensación que no tengo más remedio que soltarla.

El rugido que brota de mis labios no suena como el mío propio mientras permito que me consuma el placer que ansío desde que mi padre descubrió la verdad.

La he odiado desde ese momento, pero tampoco puedo negar que me afectó como ninguna otra mujer que haya conocido.

Mi pecho se agita mientras tomo el aire que necesito, mi liberación empieza a remitir.

—¿Dawson? —susurra entre respiraciones agitadas.

—No —le digo—. Sólo porque te deje correrte, no creas que esto es algo más que un polvo barato. Fuiste fácil. Lo quisiste. Suplicaste.

Se tensa en mis brazos antes de que la vuelva a empujar sobre la encimera y la saque de dentro, observando cómo le gotea la prueba.

La suelto y retrocedo para arreglarme la ropa, pero ella no se mueve. No es que se lo permita.

No puedo mirarla a los ojos ahora. No puedo. Y parece que, en cierto modo, ella lo sabe, porque se queda exactamente dónde está mientras me agacho y recojo mi navaja, guardándomela de nuevo en el bolsillo.

Recorro con la mirada su columna vertebral, su esbelta cintura y su culo y bajo hasta su coño hinchado, aún brillante por nuestras liberaciones.

Me duelen los músculos para tomar más. Para darle más. Pero sé que no puedo.

No esta noche, al menos.

Esta mujer me desarma por completo. Una mirada a sus ojos, una bocanada de su dulzura, y me olvido de todo.

Es peligrosa. *Es peligrosa*, que es exactamente por lo que caí en sus juegos en primer lugar.

Tengo que recordar que esta vez no es ella la que manda. Soy yo quien tiene el plan, y tengo intención de llevarlo a cabo antes de entregarla a alguien que estará más que interesado en su reaparición.

—Esto no ha terminado —advierto, marchando hacia su puerta, necesitando alejarme de ella antes de hacer algo de lo que me vaya a arrepentir.

Estoy a punto de pasar cuando su voz resuena en el silencioso piso.

—Está bien, tomo anticonceptivos, imbécil.

No respondo. No puedo. La idea de que esté embarazada de mí me provoca cosas raras, cosas que a los dieciocho años me habrían excitado. Tengo que recordar que ahora todo es diferente.

Capítulo Ocho

Piper

En cuanto la puerta se cierra tras él, me fallan las piernas y me desplomo sobre el suelo de la cocina. Estoy tan entumecida que ni siquiera siento el frío que me muerde.

Las lágrimas corren por mis mejillas mientras feos sollozos retumban en mi garganta. No son por lo que hizo, sino porque se marchó.

Debería sentirme aliviada, no desolada porque ni siquiera pudiera mirarme mientras retrocedía y desaparecía por mi puerta.

No tengo ni idea de cuánto tiempo paso allí sentada, ahogándome en mi culpa y mi soledad, pero en algún momento, la frialdad me cala hasta los huesos y mis escalofríos se vuelven tan violentos que tengo que moverme.

Me quito los zapatos de una patada y dejo que choquen con la pared del otro lado de la habitación antes de recoger mi ropa desechada y estropeada. Tiro la ropa interior directamente a la basura. Siento la tentación de tirar también el vestido; no sé si podré volver a ponérmelo sin acordarme de esta noche.

Puede que esta noche haya sido jodida, pero no quiero tirar por la borda el recuerdo de que estuvo aquí, de que me tocó, de que nuestra conexión -para mí, al menos- arde tan fuerte como siempre.

Me dirijo al cuarto de baño contiguo y preparo la bañera. El cuerpo me duele como hacía años que no sentía. Y por muy bien que me siente, no estoy segura de que el recuerdo de sus caricias sea lo que necesito ahora.

Vierto algunas de mis burbujas favoritas antes de girarme hacia el espejo que cuelga sobre el lavabo.

Jadeo al ver los leves arañazos rojos que me descienden desde la clavícula hasta los pechos. Levanto un dedo y trazo las marcas, recordando cómo se sentía la fría y afilada navaja.

El calor me inunda una vez más y mis mejillas arden de vergüenza porque sólo el recuerdo de su brutal visita me excita más que cualquiera de los tíos con los que he estado a lo largo de los años.

Dejo caer la mano e intento alejar los recuerdos, agarro mi limpiador y me dispongo a desmaquillarme.

El calor del agua me escuece al entrar en la bañera, pero al sumergirme en ella me doy cuenta de que era exactamente lo que necesitaba.

Me reclino hacia atrás, dejando que el agua penetre en mis músculos y que el aroma de la manteca de karité y el jengibre me llene la nariz. Me hundo hasta que solo mi cara y la parte superior de mi cabeza quedan por encima del agua.

Cierro los ojos e intento relajarme, pero lo único que puedo ver en mi mente es a él. Lo único que puedo sentir es su tacto.

Sólo unos minutos después decido que los intentos son inútiles, desconecto y salgo.

Es noche de colegio; debería estar preparándome para irme a la cama para estar fresca por la mañana, pero en lugar de eso, temo que voy a pasarme toda la noche con la cabeza todavía en la cocina.

Comienza un nuevo año, lo que significa nuevos estudiantes, nuevos comienzos y borrón y cuenta nueva.

Debería ser un momento emocionante. Suele serlo, pero mi primer día de vuelta tras las vacaciones de verano y ya todo se ha ido a la mierda.

Me froto con rabia con un poco de crema hidratante antes de ponerme un pijama limpio y volver a la cocina a tomar algo.

Necesitado de algo reconfortante, rebusco en el armario una bañera de chocolate caliente y me preparo la taza más grande que puedo.

El café que preparé para Dawson se burla de mí desde debajo de la cafetera y, en un momento de locura, lo saco y lo lanzo contra la pared donde mis zapatos corrieron la misma suerte no hace mucho.

La cerámica se rompe y el líquido oscuro cubre la pared de crema antes de correr hacia abajo hasta formar un charco debajo.

En cuanto mi chocolate caliente está listo, le doy la espalda al desorden -y espero que a los recuerdos- y me encierro en mi dormitorio.

Como estaba previsto, no paro de dar vueltas en la cama en toda la noche. Me despierto cubierta de sudor y con imágenes vívidas de Dawson en la cabeza más veces de las que puedo contar.

A la mañana siguiente, cuando suena el despertador, estoy agotada y frustrada. Lo último que me apetece es ir a trabajar, pero, a pesar de todo, saco el culo de la cama y espero no recibir ninguna visita inesperada de un miembro del club. O peor aún, un Ramsey.

***

—Dos cosas... —Lisa empieza mientras se deja caer en la silla frente a mi escritorio apenas dos segundos después de que yo entre—. Una, por favor, dime que esa cara de agotamiento que tienes tiene algo que ver con el papi buenorro que te estaba esperando ayer en su moto. Y dos... por favor, dime que la razón por la que no respondiste a mi mensaje fue porque te estaba dando duro.

—Bueno... seguro que no era Henry —murmuro, dejando caer el bolso en el cajón y siguiendo su movimiento mientras me dejo caer en la silla.

Ella suelta una carcajada, pero da una palmada.

—OMG, cuéntamelo todo.

La culpa me recorre, pero ya sé que no puedo meterme en las cosas entre Dawson y yo. Están demasiado... jodidas.

—No es nada de eso.

—Entonces, ¿no pasaste la noche con esa barba entre las piernas?

—Eh… no —digo sinceramente. Probablemente es lo único en lo que puedo ser sincera, porque ese acto en concreto no ocurrió. Aunque ahora que lo menciona… mi mente se adentra en territorio peligroso—. Ayer no fue la primera vez que nos vimos, Lis. Nos conocíamos de jóvenes —admito con una mueca de dolor.

—Ah, vale. ¿Entonces sólo fue una puesta al día? —pregunta, con cara de decepción.

—Más o menos, sí. No terminamos exactamente en buenos términos entonces.

—Entonces, ¿*has* estado con él? —Mueve las cejas, emocionada.

—Teníamos dieciocho años, Lis. Era diferente… éramos personas diferentes.

Abre la boca para decir algo, pero cambia de opinión y suelta un largo suspiro.

—Escúpelo. —Alargo la mano y enciendo el ordenador para ponerme manos a la obra en cuanto Lisa termine de preguntar.

—¿Puedo…? —se interrumpe. Por un segundo, no sé a dónde quiere llegar y, de repente, me doy cuenta y una oleada de celos me golpea como nunca antes.

Pero no tengo derecho a sentirme así.

Dawson no es mío; no lo ha sido por… Demonios, nunca fue realmente mío. Todo lo que tuvimos se basó en una mentira. Pude haber sido yo misma mientras estuve con él, pude haber sido honesta sobre quién era, sobre mis esperanzas y sueños para el

78

futuro, pero la verdad es que, si no fuera por mi padre, nada habría pasado entre nosotros.

Estábamos -todavía lo estamos- prohibidos.

—Claro —digo, aunque la palabra me sabe amarga al pasar por los labios.

—Maravilloso. Además, tienes a Henry. No puedes robarte a todos los chicos buenotes. —La culpa me retuerce el estómago a pesar de que lo que dice está mal. No tengo *a Henry*. No hay nada serio entre nosotros, y nunca lo habrá. Sólo... nos apoyamos el uno en el otro cuando lo necesitamos.

—Claro. —Lucho por contener la mirada. Lisa sabe lo que hay entre nosotros, pero le gusta creer que Henry podría ser mi caballero de brillante armadura y que los dos podríamos cabalgar juntos hacia la puesta de sol. Para alguien que dice querer a los hombres sólo para el sexo, es una romántica—. Lo siento, realmente necesito... —Señalo mi ordenador y ella se levanta de la silla.

—Sí, el deber me llama. Tengo que acomodar a todos esos monstruitos—. La veo caminar hacia la puerta antes de que se dé la vuelta, sumida en sus pensamientos y mordiéndose el labio inferior—. ¿Alguna posibilidad de conseguir su número?

—Esto... no. —El pavor se instala en mi estómago al recordar sus palabras anteriores sobre no responder a su mensaje.

Tiene mi teléfono.

—En realidad no lo tengo.

—¿De verdad no vas a volver a verle?

—No hicimos planes. —Le sonrío, pero es forzada en el mejor de los casos. Puede que no hayamos hecho planes, pero está claro que él tiene ideas, porque no me imagino que vaya a devolverme el teléfono por correo.

—Dios —murmuro, echándome hacia atrás en la silla y dejando que gire sobre sí misma.

Un movimiento en la ventana de mi despacho me llama la atención y, cuando lo enfoco, veo a Henry sentado en su mesa, sonriéndome.

—Joder —me susurro a mí misma, forzando una sonrisa en mi cara.

Nuestras oficinas forman parte del mismo edificio, pero hay un pequeño patio entre nosotros que está unido a nuestra sala de profesores. Muchas veces me he sentido segura sabiendo que siempre hay alguien vigilándome -cuando no está dando clase-, pero ahora mismo tengo el ardiente deseo de bajar las persianas y esconderme.

Lo que le dije a Lisa es verdad. Lo que hay entre Henry y yo es sólo diversión. Los dos estamos solteros y no buscamos nada serio, pero él es un buen amigo, así que saber lo que hice anoche todavía me hace sentir culpable. No tengo ni idea de si Henry ha estado con alguien más mientras nos hemos acostado, nunca hemos tenido una conversación seria de ese tipo, pero ahora que he estado con Dawson, todas estas preguntas empiezan a dar vueltas en mi cabeza.

Respiro hondo, me alejo de él y abro la agenda.

Tengo reuniones con nuestros nuevos alumnos toda la semana, junto con un par de sesiones de grupo con algunos de nuestros chicos más vulnerables.

Mis ojos se fijan en lo que tengo anotado para el viernes. *El cumpleaños de Lisa.*

No me ha contado los planes, aparte de exigirme toda la noche del viernes y advertirme de que al día siguiente vendrá con resaca.

Me obligo a salir de mi cabeza, abro mis correos electrónicos y me sumerjo en mi día, con la esperanza de que, si me concentro en otra cosa lo suficiente, mis recuerdos de Dawson acabarán por desvanecerse.

Es una ilusión.

***

—¿Qué pasa el viernes? —pregunto cuando Lisa se reúne conmigo al sol de la tarde que calienta el patio para almorzar.

Saca la tapa de la pasta que sobró anoche y la miro con nostalgia. Tiene un aspecto y un olor mucho más apetecibles que las pocas hojas que eché en mi plato antes de salir de casa esta mañana.

—Uh... ¿beber? ¿Qué más tiene que pasar?

Niego con la cabeza y una sonrisa genuina se dibuja en mis labios por primera vez desde que descubrí a Dawson en la recepción ayer por la mañana. Lisa y yo nos parecemos en muchas cosas, pero en lo que se refiere a nuestra necesidad de salir de fiesta, ella es como una adolescente mientras que yo soy más como una abuelita que es feliz en casa en pantuflas, acariciando a sus gatos.

—¿Y dónde? ¿Vamos a comer primero? ¿Qué me pongo?

Pone los ojos en blanco ante mi necesidad de conocer todos los detalles.

—Cena, sí. Reservaré un sitio cuando tenga los números definitivos. —Hay un puñado de empleados en *Knight's Ridge* que son solteros o simplemente no pueden rechazar la oportunidad de salir de fiesta; acabamos haciendo esto casi todos los fines de semana. Se está convirtiendo casi en una tradición—. No estoy segura de después, probablemente lo de siempre. Y, en cuanto a qué ponerme, ya sabes la respuesta. Algo sexy, P.

—¿Quieres que envíe un correo electrónico?

—No, envié mensajes a todos anoche. Lo sabrías si no estuvieras tan ocupada con tu...

—Señoritas, ¿cómo va todo? —pregunta Henry, sentándose en el banco de picnic que hemos ocupado.

—Genial —murmuro mientras Lisa se sumerge de nuevo en sus planes para el viernes por la noche.

—Estás dentro, ¿no?

—Claro que sí. No todos los días se cumplen treinta años, cachorrita. —Le guiño un ojo y sus mejillas se iluminan.

Charlamos hasta que alguien asoma la cabeza por la puerta y llama a Henry para algo. Nuestros alumnos de sexto aún no han vuelto de sus vacaciones de verano, así que, como director de sexto, está más tranquilo de lo habitual. Eso va a cambiar en los próximos días, cuando los internos empiecen a reaparecer.

—¿Vas a terminar con él? —Lisa pregunta una vez que está fuera del alcance del oído.

—No hay nada que terminar. Y aunque lo hubiera, no pasa nada. Te lo dije antes.

—Sí, pero no te creo. Algo —empieza a agitar el dedo delante de mí—. está diferente en ti esta mañana, simplemente no puedo poner el dedo en la llaga, aunque sé que tiene todo que ver con el motero.

—Basta, ¿de acuerdo? No hay nada que saber. —Me mira fijamente durante unos segundos como si la verdad fuera a aparecer por arte de magia en mi rostro, pero finalmente, aparta la mirada.

—Si tú lo dices. Me tengo que ir, tengo cosas que hacer. —Se levanta y recoge sus cosas.

—Oye —la llamo una vez que está en la puerta—. Si lo vuelvo a ver, le daré tu número, ¿sí?

Una sonrisa tira de sus labios, pero no se encuentra con sus ojos. Sabe que le estoy mintiendo, y lo odio. Pero ¿qué debo hacer? ¿Decirle la verdad? Sacudo la cabeza. Lo viví y la mayoría de los días aún no me creo que todo ocurriera. Esa vida parece que ocurrió hace un millón de años.

Está en el pasado.

Y es mejor que se quede ahí.

Capítulo Nueve

Dawson

—Biff dice que nos has rechazado esta noche. ¿Una cita? —pregunta Spike, invitándose a entrar en mi habitación y dejándose caer en mi sofá de cuero.

—No, nada de eso.

Me mira fijamente durante un rato, casi como si supiera que quiero decir algo más, pero no me presiona para que le dé información.

—¿Cómo está la chica?

—Uf, no —me quejo, pensando en mis primeras semanas como madre a tiempo completo de un engreído de casi diecisiete años—. No recuerdo haber sido tan pesado a los dieciséis.

—Puede que tenga algo que ver con el hecho de que tu padre da mucho miedo.

Me río. Sí, puede que eso tenga algo que ver. Aparte de la actividad ilegal del club y del factor miedo en general, papá es un buen hombre, un buen padre. Pero eso no significa que no me levantara la mano si creía que me lo merecía.

Las dos peores veces fueron después de que me portara como una mierda con mi profesor. Después de esas dos palizas me lo pensé dos veces.

—¿Así que tengo que ser más duro con ella? —le pregunto.

—¿Cómo coño voy a saberlo? No tengo experiencia con esta mierda. Ni siquiera tengo padres de verdad. Sólo haz lo que te parezca correcto, supongo. Va a cagarla, es parte de ser adolescente.

—Supongo. Sólo que no quiero que arruine su vida antes de que haya empezado.

—No lo hará, amigo. No mientras te tenga vigilando su espalda.

—Todo esto es culpa de su madre —digo, sentándome hacia delante y apoyando los codos en las rodillas—. La dejó correr a sus anchas y se negó a involucrarme.

—¿Qué ha cambiado?

—Joder si lo sé. Ninguno de nosotros ha sabido nada de ella desde que Emmie recogió sus cosas y se presentó aquí. Ni siquiera la llamó el día de los resultados.

—Eso es frío, hombre.

—Em dijo que no le importaba, pero puedo ver que la carcome. Me preocupa que se comporte mal en vez de afrontarlo.

—Entonces tienes que dejarla. Te guste o no, es prácticamente una adulta. No hay mucho que puedas hacer.

—La he matriculado en el *Knight's Ridge* —admito.

—Ni de coña. ¿Cómo se tomó eso?

—Exactamente como era de esperar. Su uniforme apareció esta mañana. Deberías haber visto su cara.

—Será bueno para ella.

—Eso es lo que sigo diciendo. Ella no está de acuerdo.

Spike se ríe.

—¿Qué quiere hacer?

—Ni idea. Espero que esto la ayude a averiguarlo.

—No dolerá, eso seguro.

—Ella empieza el lunes. Si puedo llevarla allí.

—Te prefiero a ti que, a mí, amigo. ¿Quieres café?

—Sí. Tengo un cliente en cinco minutos, luego me voy de aquí.

Estiro las piernas y saco el teléfono de Piper del bolsillo. Llevo toda la semana controlando sus mensajes después de descubrir que aún lo tenía. Desde luego, no era mi intención no devolvérselo, pero me ha salido bastante bien porque no solo ahora conozco sus planes para la noche, sino que además no tiene contraseña en el cacharro, así que sé mucho más de lo que estoy segura de que ella querría que supiera.

Cuando termino de trabajar en la pieza trasera para mi cliente de la tarde, estoy más que listo para salir a tomar algo.

Paso por casa, veo a Emmie—que está viendo una serie sobre una chica que juega al ajedrez y necesita un nuevo peinado-, me ducho, me cambio y salgo hacia el club al que los amigos de Piper han hablado de ir esta noche.

Los chicos y yo vamos a *The Avenue* con bastante regularidad. No tengo ni idea de si Piper va mucho, pero me hace preguntarme si hemos estado bajo el mismo techo numerosas veces a lo largo de los años y no teníamos ni idea.

La cola fuera del club se extiende hasta bien entrada la calle, pero, para enfado de todos, me acerco directamente a la seguridad de esta noche, le doy un puñetazo a Jamie y entro directamente. Ventajas de ser tatuador.

A diferencia de lo habitual, cuando llego a las escaleras, no bajo. En su lugar, me dirijo hacia arriba.

El suelo está dispuesto exactamente igual que en el sótano, pero en lugar de la música de garaje que suena por los altavoces, aquí arriba todo es baile.

Miro a mi alrededor mientras me dirijo a la barra. A pesar de que hay una multitud reunida, me atienden casi al instante.

Con un vaso de whisky en la mano, me reclino contra la barra y escudriño a la multitud.

No encuentro a nadie ni remotamente familiar durante mucho tiempo, y estoy a punto de querer rendirme cuando un destello de rubia me llama la atención en medio de la pista de baile.

Agarro con fuerza el vaso que tengo en la mano, hasta el punto de que me preocupa que esté a punto de romperse por la presión, mientras la veo bailar con un chico.

Ella le da la espalda, echa la cabeza hacia atrás y ríe como si no le importara nada. Solo puedo verles los hombros, pero me imagino las manos de él posesivamente sobre las caderas de ella mientras se mueven juntos al ritmo de la música.

Dejo el vaso sobre la barra y pido otros dos. Necesito algo que me tranquilice antes de ir hacia allí y arrancársela de las manos.

—Me alegro de verte por aquí —me dice una voz desconocida antes de que una mano cálida se pose sobre mi brazo.

Giro y recorro con la mirada el cuerpo desnudo de la mujer antes de posarla en sus pechos hinchados. Está borracha y se balancea en el sitio. La reconozco, pero no tengo ni idea de quién es.

Es guapa, seguro. No es mi tipo, pero nunca he sido exigente cuando se trata de una mujer dispuesta.

No deja que mi silencio la disuada porque se acerca, el aroma de su perfume y de lo que sea que haya estado bebiendo me llenan la nariz.

—El lunes estuvo en el *Knight's Ridge* con su hija, ¿verdad? —me pregunta cuando me doy cuenta. Es la mujer de la recepción.

—Lo era. Mi hija empieza el lunes.

—Deberíamos conocernos entonces…

—Dawson —añado, aunque en realidad no me apetece enzarzarme en una conversación con ella cuando podría estar planeando mi movida con Piper.

—Dawson —dice como si se lo estuviera probando—. Te queda bien.

—Bueno, eso es un alivio, ya que es mi nombre.

Echa la cabeza hacia atrás y se ríe de mi broma.

—Ha sido un placer hablar contigo —digo, me llevo los restos del vaso a la boca y me alejo de la barra.

—Lisa. Me llamo Lisa.

—Genial. —Le sonrío antes de alejarme. Cuando echo un vistazo a la pista de baile, encuentro a Piper sola por primera vez.

Tras unos segundos, mis ojos distinguen al tipo que se dirige a Lisa, así que aprovecho la oportunidad.

—Eso ha sido rápido —grita Piper cuando me acerco por detrás y arrastro su culo de nuevo a mi entrepierna.

Mantengo los labios sellados, no quiero delatarme todavía, aunque bastaría con que me mirara las manos para que se diera cuenta de que su chico pijo se ha ido.

Bajo la cabeza y le recorro el cuello con la nariz. Se estremece y empuja el culo hacia atrás con más fuerza.

Mi polla se hincha mientras nos movemos juntos al ritmo de la música.

Doy un paso adelante, necesitando alejarme de donde sus amigos esperan que esté si-cuando-ellos regresen.

La canción cambia y el ritmo baja.

—Me encanta esta canción —declara, levantando los brazos por encima de la cabeza y moviéndose más deprisa. Vuelve a apoyar la cabeza en mi hombro y baja los brazos mientras se deja llevar por el ritmo.

Mis manos se levantan de sus caderas y suben hasta su cintura. Con los labios apretados contra la piel brillante de su cuello, siento más que oigo su gemido de placer cuando mis pulgares rozan la parte inferior de sus pechos sin sujetador.

Me duele la polla, sabiendo que sólo la cubre una fina capa de tela.

Separo los labios y lamo la columna de su cuello, su sabor estalla en mi lengua.

—Henry, ¿qué demonios? —medio grita, medio gime. Se retuerce, pero yo soy más rápido. Una de mis manos se extiende por su vientre, manteniendo nuestros cuerpos conectados, y la otra se desliza por su cabello, mis dedos se retuercen en los suaves mechones y la mantienen en su sitio.

—Tu chico pijo se ha ido —gruño en su cuello.

—¿D-Dawson?

—El único —susurro—. ¿Me echas de menos? Mis dientes se hunden en la concha de su oreja y ella se hunde en mi abrazo.

—¿Qué haces aquí?

—Me invitaron —miento.

—¿Cómo?

—Vale, técnicamente no estaba invitado, pero tú sí, y tengo tu teléfono. Así que…

—¿Me estabas esperando?

—Esperando. Observando. Lo mismo. ¿Quién es el tipo, Piper?

—N-nadie.

Empujándola hacia delante, me aseguro de que estemos en la parte más oscura de la pista de baile, rodeados de los demás. Nos doy la vuelta y vuelvo a mirar a la multitud.

Encuentro a su amigo no muy lejos de donde vi a Piper por primera vez, bailando como si nada, y después de unos segundos se le une alguien, pero no antes de que obviamente mire a su alrededor buscando a Piper.

—¿En serio?

—S-sí.

—De acuerdo.

Se queda inmóvil en mis brazos antes de girarse para mirarme, pero con mi agarre en el cabello es incapaz de moverse más de un centímetro.

—¿Me crees? —La incredulidad cubre sus palabras.

—Te follé el lunes por la noche. Ni siquiera lo mencionaste. Creo que es… *insignificante* —le gruño al oído—. Vámonos.

—¿A dónde?

Ignoro su pregunta mientras la empujo hacia las escaleras.

—No puedo irme sin más. Mis amigos…

—Que se jodan. Están distraídos.

—Dawson, no puedo…

—Discutir no te llevará a ninguna parte, pequeña. Lo más fácil es hacer lo que te dicen.

Lucha contra mi agarre, pero pronto debe darse cuenta de que no tiene ninguna posibilidad, porque se rinde y me permite llevarla al sótano.

La música familiar llega a mis oídos y me siento más a gusto que arriba.

La acompaño directamente a la barra y pido cuatro whiskys.

—¿Y si no me gusta el whisky? —se burla, flexionando el cuello ahora que la he soltado, aunque mi mano sigue agarrada a su cadera, recordándole que no va a ir a ninguna parte.

—Bebe. Probablemente lo vas a necesitar.

Levanto el primer vaso de la barra de madera oscura y lo devuelvo de un golpe.

Sin dejar de mirarla, amplío los ojos y asiento hacia las bebidas.

Le rechinan los dientes mientras me mira fijamente, pero no dice lo que tiene en la punta de la lengua. Probablemente sea lo mejor, porque sospecho que es un insulto.

Alarga la mano y agarra una de las copas, llevándosela a los labios rojos antes de lamerse seductoramente el exceso.

Mi polla salta al verlo.

—Hasta el fondo, Dawson —sonríe maliciosamente antes de beberse el segundo. Hace un gesto de dolor cuando le quema la garganta antes de acercarse a mí y pasarme la mano por el pecho.

Es la primera vez que me toca y me quema. Le agarro la muñeca y se la llevo a la espalda. No necesito un recordatorio de cómo era cuando conectábamos. Necesito mantener la calma.

Con los brazos en la espalda, me aprieta los pechos y se pone de puntillas. Por un momento pienso que va a intentar besarme, pero en el último momento se aparta.

—¿Bailar, follar o matar? ¿Qué será?

—¿Qué tal los tres? —Mi brazo rodea su cuerpo y ella jadea cuando mi longitud presiona su estómago.

—Suena como un juego con el que podría estar de acuerdo. Pero no lo olvides. No eres el único con un cuchillo.

—Soy consciente. También soy consciente de que sólo uno de nosotros ha usado el suyo.

—¿Estás seguro de eso? Hay muchas cosas que no sabes de mí estos días, Dawson.

—Eso puede ser cierto, pequeña. Pero no eres una asesina. ¿Vamos? —pregunto, apartándome de ella y llevándola hacia la pista de baile como si no estuviéramos hablando de asesinatos como si fuera algo normal.

Me detengo en un poco de espacio y la atraigo hacia mí una vez más. Intenta girar para que quedemos frente a frente, pero la detengo y vuelvo a atraer su culo hacia mí.

—Sabes —grita, apoyando la cabeza contra mi hombro—. Empiezo a pensar que no te gusta mirarme de frente.

—Algo así.

—¿Por qué? —Enrolla sus manos en las mías, arrastrándolas por su cuerpo—. ¿No son lo bastante grandes? —pregunta, obligándome a apretarle las tetas.

—Es más tu cara con la que tengo un problema. Es más fácil olvidar que estoy tocando a una mentirosa cuando no te estoy mirando.

—¡Ay! —dice, pero no se siente herida. Ella sabe exactamente lo que es y lo que hizo—. No te tenía por un cobarde, Dawson.

—¿Qué te hace pensar que lo soy?

—Pensé que me mirarías directamente a los ojos mientras me follabas.

En un segundo tengo su frente contra la mía. Una de mis manos le aprieta el culo con fuerza y la otra le rodea la garganta.

—Confía en mí, nena. Lo sabrás todo cuando te folle.

Traga saliva con dureza ante mi amenaza, pero su cuerpo la traiciona porque se inclina hacia mí.

—Bésame —exige.

Me río entre dientes.

—¿De verdad crees que estás en posición de exigir algo? Ahora estás a mi merced. Yo digo lo que pasa, y yo digo cuándo. ¿Entendido?

Ella asiente una vez, sus ojos clavados en los míos.

—Creo que he terminado con la parte de baile de la noche. ¿Pasamos a la segunda? —Sus labios se separan y sus pupilas se dilatan.

Tomaré eso como un sí.

Volviéndola a estrechar entre mis brazos, nos dirijo hacia las escaleras y, esta vez, hacia la salida.

Capítulo Diez

Piper

En cuanto siento el aire fresco, también lo hace el whisky. La cabeza me da vueltas y las piernas me tiemblan cuando Dawson me guía hasta la acera y me lleva a un taxi.

Da un paso adelante, pero no es suficiente para que me pierda sus palabras.

—Te pagaré el triple si no miras por el retrovisor.

Trago bruscamente mientras el calor desciende hasta mi núcleo.

¿Qué demonios planea hacer?

El conductor accede, y en cuestión de segundos me hacen pasar a la parte de atrás mientras Dawson ladra mi dirección con tanta seguridad como si fuera la suya.

Apenas he apoyado el culo en el asiento, se inclina sobre mí y me pasa el cinturón por el cuerpo.

—Soy más que capaz de hacerlo yo sola —siseo mientras sus nudillos rozan mi pezón antes de abrochármelo.

—Seguro que sí. —Su aliento con aroma a whisky me acaricia los labios y se me hace la boca agua por probarlo.

Quiero exigirle que vuelva a besarme, pero aún recuerdo el escozor de su rechazo dentro del club. No necesito que eso vuelva a ocurrir. En lugar de eso, me trago las palabras y me muerdo el labio inferior.

Sus ojos se fijan en él, pero no hace nada. Simplemente se sienta y se pone su propio cinturón de seguridad.

—¿Me devuelves mi teléfono ahora? —pregunto, extendiendo la mano con impaciencia.

—No.

—¿N-no?

Se gira hacia mí, su rodilla choca contra mi muslo y la parte superior de su cuerpo me protege del conductor.

Sus ojos buscan los míos durante un instante antes de posarse en mis labios. Es la primera vez que me indica que quiere besarme, y no puedo evitar la sonrisa que se dibuja en la comisura de mis labios.

Me sobresalto cuando su palma se posa sobre mi muslo desnudo.

El vestido que llevo esta noche no es de los que salen a menudo de mi armario, pero Lisa insistió en que tenía que ponérmelo y, como era su noche, le seguí la corriente. Me arrepentí cuando a Henry casi se le salen los ojos de las órbitas cuando llegamos al restaurante. Me sentí desnuda e incómoda cuando vio toda mi piel desnuda.

—Este vestido —murmura Dawson como si pudiera leer mis pensamientos—. No debería salir en público. —Su dedo se desliza por el escote y acaricia mi pecho, haciendo que se me ericen los pezones.

Metiendo el dedo bajo la tela, deja al descubierto mi pecho izquierdo.

—Dawson —jadeo, en parte por la sorpresa, en parte por el deseo.

—No finjamos que eres inocente. —Su dedo me roza el pezón y un rayo de lujuria se dispara directo a mis entrañas.

Mis muslos se tensan y él sonríe, claramente sin perderse la jugada.

Su pulgar y su índice me pellizcan el pico y se retuerce, con fuerza.

Grito antes de taparme la boca con la mano al recordar dónde estoy.

—Tienes que parar —suplico.

—¿Dónde estaría la diversión en eso? ¿Cómo de húmeda estás para mí ahora mismo? —pregunta, con sus ojos oscuros llenos de calor.

Cierro los labios de golpe y trago saliva.

—Ahora no es el momento de negármelo, nena. Sabes que tendré que descubrirlo por mí mismo.

—Como si tú no lo fueras a hacer. —Entrecierro los ojos desafiándole.

—Ahora eres mía, Piper. Yo lo sé, tú lo sabes. El taxista lo sabe. Y a la primera oportunidad, el tipo con el que bailabas esta noche lo va a saber. ¿Entendido?

—¿Por qué? Me odias.

—Porque me lo debes, ¿recuerdas?

Vuelve a retorcerme el pezón, pero esta vez con más fuerza, y yo hundo los dientes en las mejillas para no gritar.

—¿Me entiendes?

Le hago un gesto con la cabeza y me suelta el pezón que me escuece, pero no me da tregua porque me levanta el dobladillo del vestido, que ya de por sí es increíblemente corto, y se asoma por debajo.

—Levántate.

—¿Qué? —El corazón me late en el pecho y el estómago me da un vuelco. No me los va a quitar, ¿verdad?

—Levanta, o te los arrancaré.

Joder. Me sorprende que sigan ahí, porque por la forma en que me mira, me habla y me toca, me sorprende que no se me hayan derretido.

No deberían excitarme sus palabras soeces ni sus amenazas, pero lo hacen. Más que nunca en mi vida.

Debería huir despavorida cuando dice que le pertenezco, pero en lugar de eso, caigo aún más bajo su hechizo.

Va a arruinarte, a romperte y luego a escupirte, me advierte la vocecita en mi cabeza, pero no escucho, no puedo. Estoy demasiado perdida en él.

Sus dos manos tatuadas desaparecen bajo la tela y, antes de que pueda tomar una decisión, mi cuerpo actúa por instinto y se levanta del asiento.

—Buena chica. —Me baja el tanga por los muslos antes de dejármelo caer hasta los tobillos y desabrochármelo de los zapatos.

—Claro que sí. —Me río mientras se los mete en el bolsillo—. ¿Memento?

—Es mejor que lo que me dejaste la última vez.

El arrepentimiento se arremolina a mi alrededor como una nube de tormenta, pero por mucho que quiera retractarme de lo ocurrido, no puedo.

Tengo que asumirlo, aceptarlo, intentar compensarlo.

Desde luego, no lo hice por elección. Fue por necesidad. Si no hubiera aceptado, papá me habría encontrado algo mucho peor que hacer para ganarme un puesto en el club.

Un escalofrío me recorre al pensarlo.

—Yo nunca…

—No —ladra, poniéndome un dedo sobre los labios—. No quiero oír tus disculpas, tus excusas. El tiempo de hablar y tratar de explicarme ya pasó. Tuviste la oportunidad de sincerarte, de decirme la verdad, y no lo hiciste. Ahora, yo tengo el control.

Su mano presiona entre mis muslos y los abre.

—Vamos a ver lo guarra que eres.

—Oh, mierda. —Mi cabeza cae hacia atrás de placer cuando sus dedos conectan con mi carne sensible e hinchada.

—Oh —se ríe, con una sonrisa en los labios—. Te gusta pertenecerme, ¿verdad, nena?

—Dawson —suspiro mientras rodea mi clítoris antes de empujar más abajo y encontrar mi entrada.

—¿Te gusta estar a mi merced? ¿Saber que puedo tenerte cuando y donde quiera?

—Oh, Dios —gimo mientras empuja un dedo dentro de mí.

—No va a salvarte esta vez, cariño.

Me empuja más adentro y se me van los ojos a la nuca. Mi orgasmo ya está al alcance de la mano, aunque apenas me haya tocado.

Añade un segundo dedo, estirándome bien y haciendo que las sensaciones sean aún más intensas. Enrosca los dos, encontrando ese punto dulce dentro de mí que me hace ver estrellas, y me frota mientras mis músculos se bloquean de placer y mi humedad gotea por sus dedos.

—Dawson —susurro cuando estoy al borde del abismo, con el cuerpo a punto de volar, de olvidar la realidad y concentrarme sólo en el placer.

Pero entonces… se va.

—¿Pero qué…? —Mi cabeza vuela hacia delante, mis ojos se abren y lo encuentro sonriéndome.

Levantando los dedos, se los pasa por los labios y chupa.

—Joder, Dawson.

—Sabes demasiado dulce para alguien tan malo.

—Hace falta uno para conocer a otro —le escupo antes de apartar los ojos y mirar a mi alrededor.

Encuentro mi edificio fuera de la ventanilla y se me fruncen las cejas.

—Cuánto tiempo llevamos… no importa —murmuro, tratando de taparme y desabrochándome el cinturón de seguridad.

Salgo del carro sin mirar al conductor, estoy demasiado avergonzada de mis actos. Con la cabeza gacha, me bajo el vestido por los muslos hasta donde llega y marcho hacia la entrada principal.

Estoy levantando la llave hacia la cerradura con manos inseguras cuando me la arrancan de los dedos.

Miro por encima del hombro a Dawson, que parece que acaba de invitarse a subir. No me sorprende, después de lo que ha dicho hace unos minutos en el taxi, pero eso no impide que la rabia me invada el estómago.

—¿Te importa? —Le doy la espalda a la puerta y lo fulmino con la mirada.

—No, de verdad que no.

Chillo como una niña pequeña cuando mis pies abandonan el suelo y me encuentro mirando directamente el culo de Dawson.

—Bájame, loco —grito, pateando las piernas y golpeando con mis puños en su sólido trasero.

Se ríe a carcajadas mientras atraviesa la puerta y empieza a subir las escaleras trotando como si yo no pesara más que una pluma.

—Dawson, bájame.

—Es lindo que pienses que voy a escuchar, nena.

Cruzo los brazos y suelto un suspiro frustrado cuando su enorme palma me quema la nalga desnuda bajo el vestido. Es la primera vez que recuerdo que no llevo bragas.

—Juro por Dios, Dawson, que, si flasheo a alguno de mis vecinos, yo…

—¿Qué harás qué? —se burla antes de que su calor me abandone segundos antes de que se resquebraje contra mi piel.

—Ay, eso duele.

—Bien. Puede que así dejes de quejarte.

Resoplo:

—Improbable.

Se detiene ante mi puerta, pero no me molesto en luchar. En vez de eso, espero que una vez dentro me suelte.

Es una ilusión, porque deja que la puerta se cierre detrás de nosotros antes de ir directamente a la cocina y abrir los armarios.

—¿Dónde está el alcohol? —pregunta tras unos segundos de no encontrar nada.

—Arriba a la derecha.

—Ah-ha. Voy a necesitar esto si tengo que aguantar esa boquita.

—Podrías irte. Estoy seguro de que tienes una cama perfectamente buena en casa esperándote.

—Sí, es condenadamente cómodo también, pero le falta una cosa—.

—Ah, ¿sí? —pregunto, intentando sonar lo más aburrida posible.

—Sí, tú.

Se da la vuelta y mi cabeza da vueltas antes de marchar por mi piso como si ya hubiera estado aquí un millón de veces y depositarme finalmente sobre mi cama.

—¿Mejor? —bromea, viéndome rebotar con el vestido subido por la cintura.

—Lo estaría si te fueras.

—No lo dices en serio, nena—. Le quita el tapón a la botella de vodka que ha encontrado en el armario y se la lleva a los labios antes de tragar un buen trago.

—¿A que sí? —me indigno antes de coger la botella. No es el único que necesita algo para relajarse.

Afortunadamente, me lo da, pero sólo me permite un bocado antes de devolvérmelo bruscamente.

—Ambos sabemos que tus dedos no te darían lo que necesitas esta noche. —Traga más mientras mis ojos se dirigen a su garganta, su piel tatuada ondulando.

Se me hace la boca agua y se me tensan todos los músculos por debajo de la cintura.

—Mis dedos, no. Pero tengo un vibrador bastante fantástico que hace el trabajo mejor que cualquier hombre que haya conocido.

—¿Algún hombre? —pregunta con curiosidad.

—Sí —afirmo con orgullo.

—No tengo mucho que vivir entonces.

—¿Quién dice que he estado con alguien aparte de ti? —Me burlo.

Esperaba que pareciera ofendido, escandalizado incluso por ese comentario, pero lo único que hace es sonreír.

—Que te jodan —murmuro, tendiendo de nuevo la mano.

—Desnúdate —exige, apretando la botella contra su pecho.

—Lo siento, ¿qué?

—Yo. Dije. Desnúdate.

Algo explota dentro de mí y salto de la cama más deprisa de lo que mi cerebro alcoholizado parece capaz de soportar, porque la habitación da vueltas y me balanceo sobre mis pies.

—Vete a la mierda, Dawson. No puedes entrar aquí como si fueras el dueño y darme órdenes. Esta es mi casa. Mi vida.

Me agarra más rápido de lo que puedo calcular y me mira fijamente a los ojos.

—¿No es así? Me gané el derecho a hacer lo que me dé la puta gana el día que decidiste traicionarme. Así que vete a la mierda, Piper. ¿Pensaste que era buena idea meterte conmigo? Déjame demostrarte lo equivocada que estabas.

El sonido de la tela rasgándose llena la habitación un segundo antes de que mi vestido arruinado caiga al suelo.

—Mejor, ahora ponte en la cama. Abre las piernas.

Entorno los ojos hacia él, con la necesidad imperiosa de mantenerme firme. Pero en cuanto me gruñe, la seguidora de las normas que llevo dentro entra en acción y vuelvo a arrastrarme por la cama hasta

105

apoyarme en los codos con los pies abiertos, mostrándole todo lo que tengo.

El corazón se me acelera y el pecho me late a un ritmo alarmante mientras él me mira fijamente con una expresión intensa en el rostro. No tengo ni idea de si va a lanzarse sobre mí o simplemente me dará la espalda y se marchará.

La sensación es estimulante, aunque debo admitir que, si se decide por lo segundo, es muy probable que le persiga y le exija que termine el trabajo que ha empezado.

El silencio resuena en la habitación. Lo único que oigo es mi propia respiración y la tensión entre nosotros.

Tras largos e insoportables minutos, por fin se mueve. El corazón me salta a la garganta cuando me da la espalda.

Separo los labios, dispuesta a decir lo que sea para que se quede, pero me relajo cuando abre la puerta de mi armario en lugar de marcharse.

Respiro aliviada, pero no dura mucho. La confusión me invade cuando empieza a rebuscar entre mi ropa. ¿Qué demonios está buscando?

—Dawson, ¿qué estás…? —Me quedo cortada cuando se gira hacia mí y jadeo.

A diferencia de antes, puedo leer todas y cada una de sus intenciones, y eso hace que mi interior se apriete de deseo. Sus ojos son oscuros y están llenos de pensamientos perversos mientras se pasa una de mis bufandas por los dedos.

—Túmbate, con los brazos por encima de la cabeza —me pide. Sin instrucciones de mi cerebro, mi cuerpo obedece.

La suave tela rosa se enrolla alrededor de mis muñecas antes de ser atada a los postes de mi cabecera.

—Mejor —murmura, acercándose al extremo de la cama, cogiéndome los tobillos con las manos y tirando hasta tensarme las ataduras.

—¿Qué se siente después de todos estos años al estar totalmente a mi merced? —pregunta, caminando lentamente alrededor de la cama como un león a su presa, con los ojos clavados en mi cuerpo.

Arqueo la espalda y aprieto los muslos bajo su mirada acalorada.

No respondo. No puedo. Mi cerebro falla mientras le veo acecharme.

—Debería dejarte aquí así. Debería irme y no volver nunca. ¿Crees que alguien te encontraría?

Sacudo la cabeza. Nadie pestañearía hasta que no me presentara a trabajar el lunes.

—Sólo hay un problema.

—¿Qué? —gimoteo, sonando necesitada y patética. Qué tiene que me hace perder el sentido de mí misma y convertirme en un amasijo de necesidad, a pesar de que sé que solo lo hace para hacerme daño.

Levanta el brazo, su mano desaparece detrás de su cabeza.

—No puedo. —Sus ojos brillan con algo, pero no puedo entender la decisión que acaba de tomar.

Lo siguiente que recuerdo es que la tela de su camisa se levanta y mis ojos se deleitan con la piel que deja al descubierto.

Sus abdominales están cortados a la perfección, pero no son nada comparados con la tinta.

—Joder —respiro una vez que deja caer la camiseta al suelo y da un paso hacia mí.

El adolescente larguirucho y de piel virgen que conocí hace tiempo que desapareció, y en su lugar está este hombre increíblemente tonificado, fuerte y vicioso.

Mis ojos vuelan alrededor de sus anchos hombros, intentando asimilarlo todo, pero sin conseguirlo. Hasta que se mete la mano en el bolsillo y saca la navaja.

Trago saliva visiblemente cuando me asaltan imágenes de lo que hizo con ella la última vez que estuvimos juntos.

No pasa por alto mi reacción, y una sonrisa se dibuja en sus labios mientras mira entre la espada mortal y yo.

Pero en lugar de abrirlo y ponerlo en funcionamiento, lo coloca en la mesilla de noche, al alcance de la mano por si desea utilizarlo, antes de bajar nuestros dos teléfonos junto a él.

Veo cómo sus dedos se abrochan rápidamente el cinturón antes de abrirse la bragueta y bajarse los vaqueros por las caderas. Después de quitarse las botas, las tira al suelo de una patada y se queda en unos calzoncillos negros que dejan muy poco a la imaginación.

Se me hace la boca agua y se me hincha la sangre al saber lo bien que se siente dentro de mí. Acaba de hacer algo que ningún otro hombre ha conseguido desde que me echaron de su vida.

—Por favor. —No me doy cuenta de que la petición ha salido de mis labios hasta que se detiene con la botella de vodka a medio camino de la boca.

—Nena —sus palabras son como seda envolviéndome y se me pone la piel de gallina—. no estás en posición de exigir nada.

—Oh Dios.

No me ha tocado en lo que parecen horas, pero sigo sintiéndome al borde del precipicio, lista para lanzarme, sin importar las consecuencias.

Continúa con su búsqueda anterior y observo cómo la botella se aprieta contra sus labios carnosos, traga el líquido y sus músculos se ondulan a lo largo del cuello.

—¿Quieres un poco? —pregunta, volviendo los ojos hacia mí.

Asiento, con la boca repentinamente seca y desesperada.

—Abre —exige, de pie a mi lado con la botella flotando sobre mi cara.

Hago lo que me dicen y, en un segundo, el líquido frío me entra por la boca y me baja por la mejilla.

—Uy —dice Dawson bromeando antes de arrodillarse y lamer el pequeño río de vodka de mi piel.

Es lo más cerca que está de besarme, y giro la cabeza descaradamente con la esperanza de atrapar sus labios. Pero, como era de esperar, es más rápido que yo.

La botella cae sobre la mesilla antes de que el colchón se hunda y él se arrodille sobre él. Baja la cabeza, pero no la acerca a mis labios, aunque no puedo quejarme cuando se mete uno de mis pezones en la boca y lo acaricia con la lengua.

Mi espalda se arquea y un grito de necesidad sale de mis labios. Tiro de mis ataduras, desesperada por enredar los dedos en su cabello, rascarme los hombros con las uñas, sentir el calor de su piel, cualquier cosa, pero están demasiado apretadas, demasiado seguras.

—Dawson —gimo cuando se levanta un poco, aunque sus labios no me abandonan. En su lugar, sus dientes se hunden en mi carne sensible—. Ay, mierda. —Mi pezón arde un instante antes de que su lengua lo lama y un rayo de lujuria aún más fuerte se dispare directo a mi coño.

Sus ojos encuentran los míos y jadeo. Son tan oscuros, llenos de lujuria, hambre e ira. Trago saliva, aprieto los dedos y me clavo las uñas en las palmas cuando cambia de lado.

Cuando le vi por primera vez el lunes y supuse que estaba allí para matarme, esto no era lo que esperaba. Pensé que sería doloroso y, aunque mi pezón sigue palpitando, no es así como pensaba que acabaría conmigo.

110

Nuestras miradas se sostienen mientras desciende por mi estómago, su barba arañando mi piel sensible y llevándome al punto de la locura.

Mi corazón palpita y todo mi cuerpo hormiguea por la necesidad de liberación.

—Por favor, Dawson. Por favor.

Hace una pausa -no lo que yo esperaba- antes de que su lengua lama todo su labio inferior.

—¿Por favor qué, pequeña? —Una sonrisa se dibuja en un lado de sus labios mientras espera mi respuesta.

—Por favor... rómpeme —me burlo, mirándolo con los ojos entrecerrados.

—Joder.

Sus grandes palmas separan mis muslos al máximo antes de que baje su cara y se lleve mi clítoris a la boca.

Me agito debajo de él, pero apenas puedo moverme con las manos atadas y las caderas clavadas en la cama.

Me suelta y su lengua toma el relevo. Rodea mi clítoris antes de bajar y clavarla dentro de mí. Mis músculos se contraen a su alrededor, desesperados por empujarlo más adentro.

Cada uno de sus movimientos está controlado, planeado y ejecutado a la perfección. Es como si tuviera un puto mapa de carreteras de mi cuerpo, porque todo lo que hace da en el punto exacto que quiere y me lleva cada vez más alto y más cerca de una liberación alucinante que sé que va a llegar.

—*Jodeeeeeeeeeeeer* —grito cuando uno de sus dedos rodea mi entrada.

—Codiciosa, nena. Mírate, intentando chuparme dentro de tu cuerpo. ¿Crees que mereces la liberación?

—No me importa, Dawson. —Mi voz es áspera, y las palabras salen entre jadeos.

Sólo cuando dice esas palabras me doy cuenta de que no me ha tenido en vilo por placer. Me está torturando. Lastimándome. Rompiéndome. Tal como se lo pedí.

—Eres un gilipollas, ¿lo sabías?

—Oh, nena. No sabes ni la mitad.

Se incorpora y se limpia la boca con el dorso de la mano. Sus ojos recorren mi cuerpo, dejando un rastro por donde pasa.

Un segundo estoy tumbada con el pecho agitado y él entre mis muslos, y al siguiente me coge de las caderas y me da la vuelta.

—Levanta el culo —ladra antes de que su palma choque con mi piel con un sonoro crujido.

Gimo por el dolor, empujando mi culo hacia él con la esperanza de que por fin me dé lo que necesito.

Los segundos parecen minutos sin su contacto. Estoy a punto de empezar a suplicar cuando empuja la cabeza de su polla a través de mis pliegues, acariciando mi clítoris hinchado.

Mi cabeza cuelga mientras muerdo el interior de mis mejillas.

—No te correras. No hasta que yo diga que puedes.

—Que te jodan —le digo hirviendo, pero lo único que hace es reírse antes de avanzar.

Su mano me agarra por la cadera justo a tiempo para evitar que me estrelle contra el cabecero. El punzante dolor de sus dedos clavándose en mi piel no hace sino aumentar la sensación de su longitud dentro de mí.

Se retira casi por completo antes de volver a posar la palma de la mano en mi culo. Es el mismo lugar que la última vez y me arde aún más que antes, mientras una oleada de calor me inunda por dentro.

—Joder, nena. Te gusta eso, ¿eh?

—Dawson.

Su mano me roza la columna vertebral, su tacto casi demasiado suave comparado con su agarre y la bofetada. Me estremezco cuando sus dedos se hunden en mi pelo y me echa la cabeza hacia atrás.

Me gira la cabeza para que no tenga más remedio que mirarle por encima del hombro, y me alegro mucho de que lo haga, porque ver su pecho desnudo y sus abdominales apretados y su entrepierna oculta por mi culo desnudo es algo que nunca olvidaré.

—Mira —me exige, empujando de nuevo con tanta fuerza que aparecen manchas blancas en mi visión.

Me agarra el cabello con fuerza hasta que empieza a pellizcarme, pero apenas lo noto mientras sigue penetrándome. Mi cuerpo se estremece con cada sacudida de sus poderosas caderas.

Separo los labios, pero no encuentro palabras. Estoy demasiado perdida en las sensaciones, demasiado perdida en él.

—No te atrevas a correrte —me advierte, su voz grave y cascajosa sólo me empuja más cerca de la liberación que no tengo permitida.

—Jódete —escupo, forzando cada gramo de ira que poseo en mi tono.

—Oh, nena, lo estoy. ¿Lo necesitas más fuerte?

Mis cejas se fruncen cuando se inclina sobre mí y, con un movimiento rápido, me suelta las ataduras. Me duelen los brazos al moverlos, pero pronto me olvido de ello.

—Dawson —grito cuando me levanta por el cabello y me rodea la cintura con un brazo. Vuelvo a apoyar la cabeza en su hombro y cierro los ojos de golpe cuando el cambio de ángulo hace que todo sea mucho más intenso. Su tacto, la sensación de su piel contra la mía hace que todo sea mucho más intenso.

Alargo la mano hacia atrás y deslizo los dedos por su pelo.

—¿Dije que podías tocar? —se queja.

—No dijiste que no pudiera—. Giro la cabeza y encuentro la suave piel de su cuello.

Se tensa debajo de mí cuando mi lengua lame justo encima de su punto de pulso. Truena por debajo, casi tan erráticamente como la mía, antes de que le hinque el diente.

—Zorra —gruñe, pero no hace nada por apartarse, y estoy segura de que su polla sólo se pone más dura dentro de mí cuando la punzada de dolor le golpea.

Su mano roza mi vientre y se detiene cuando sus dedos tocan mi clítoris.

—Oh, joder —grito.

No hay nada suave o delicado en su tacto. De hecho, es totalmente brutal mientras me frota, haciendo que mi mundo se descontrole. En cuanto me pellizca el clítoris, pierdo todo el control que tenía sobre lo que me había ordenado y caigo de cabeza en la liberación más alucinante.

Ni siquiera un segundo después, la polla de Dawson se sacude dentro de mí, llenándome de chorros calientes de su semen y asegurándose de que mi liberación se prolongue durante largos minutos de insoportable felicidad.

—Nunca pudiste hacer lo que te decían, ¿eh, nena? —Me saca y me empuja hacia la cama.

Me doy la vuelta, justo a tiempo para que me enjaule, con sus manos a ambos lados de mi cabeza. Mis piernas rodean su cintura, asegurando que su semi me acaricie.

—Sabes que me gustan los rebeldes.

Sus ojos buscan los míos como si por fin intentara descubrir la verdad sobre lo ocurrido antes de bajar a mis labios.

—Vamos —me burlo—. Bésame.

Su mirada oscura e intensa vuelve a la mía.

—¿Por qué? ¿Porque tú quieres?

—No, porque *tú* quieres. No puedes mentirme, Dawson, puedo verlo. Todavía me quieres, por mucho que me odies. —Sinceramente, no tengo ni idea de si esas palabras son ciertas. El chico cuyos pensamientos solía ser capaz de leer como si fueran míos ahora está tan encerrado con muros construidos tan altos que temo que no tenga ninguna posibilidad de que me dejen volver a entrar.

—Tienes razón en una parte de esa afirmación. —Me echa otro vistazo rápido a los labios, se aparta de mí y cruza la habitación hasta la puerta del baño.

Quiero gritarle, pero casi me olvido de que existen las palabras al ver cómo su culo se tensa y flexiona mientras se mueve.

Es la primera vez que lo veo desnudo en años, y maldita sea, es una buena vista. Esos años seguro que han sido buenos para él.

En cuanto desaparece en mi pequeño cuarto de baño, me miro. Intento mantenerme en cierta forma, pero, sinceramente, prefiero levantar una copa de vino a hacer pesas. Dawson, en cambio, parece un auténtico conejito de gimnasio.

El sonido de la ducha me obliga a apartar las piernas del borde de la cama. La evidencia de lo que ha ocurrido aquí hace unos instantes resbala por mis muslos.

Nunca permito chicos dentro de mí sin envolver. Jamás. Sin embargo, él vuelve a mi vida y todas las reglas por las que me rijo parecen salir volando por la ventana.

Sé que no debería, pero confío en él. En realidad, confío en él con mi vida, lo que en sí mismo es irónico porque bien podría ser él quien acabara con ella cuando se harte de este pequeño… sea lo que sea esto.

Me detengo en seco cuando llego a la puerta, porque ver a Dawson de pie detrás de la mampara de cristal de la ducha con burbujas corriéndole por todo el cuerpo me deja sin habla.

—Siéntete como en casa, ¿por qué no? —Me burlo, apoyando la cadera en el marco para seguir mirándole descaradamente. No tengo ni idea de cuánto tiempo va a permitir que esto continúe, así que necesito saciarme mientras pueda. Podría entregarme a su padre en cualquier momento, y cualquier placer que me haya dado quedaría olvidado.

—No podría salir de aquí oliendo como tú. —Sus palabras me cortan. No esperaba que me estrechara entre sus brazos y nos fuéramos a dormir juntos, pero oír que ya se está arrepintiendo hace que me duela el pecho.

Estoy pisando sobre hielo delgado. Pero por mucho que me diga a mí misma que no debería haberle dejado volver a mi vida y que voy a ser yo la que esté destrozada y desangrándose cuando todo acabe, no puedo parar. No es que me haya dado la oportunidad de decir que no. Se ha abierto camino y se ha plantado firmemente en medio de mi vida, lo quiera yo o no. Es por eso que va a doler mucho más cuando se acabe.

—Tonta de mí —murmuro, arrancando mis estúpidos ojos llenos de lágrimas de su delicioso cuerpo y caminando hacia el retrete antes de dejarme caer.

No soy muy partidaria de orinar delante del chico con el que estoy saliendo, pero ahora mismo, no me importa una mierda la situación. Tengo la sensación de que Dawson me va a ver en una posición peor que sentada en un maldito retrete en un futuro próximo.

—Corazones de amor. ¿En serio, Piper? —me pregunta, arrastrando mis ojos desde el suelo de baldosas hasta donde sostiene mi botella de gel de ducha con una ceja levantada—. ¿Te sientes nostálgica?

—No te hagas ilusiones. Estaba en oferta.

—Claro que sí. —Exprime otra generosa cantidad en la bolsita rosa que tiene en la mano y empieza a frotársela una vez más.

—Realmente quieres esto así, ¿eh? —comento con amargura.

—No tienes ni idea.

—Así que eso es todo, ¿no? Me follas, te lavas y qué, ¿te vas de aquí como si nunca hubiera pasado?

—Sí, eso es más o menos lo esencial. ¿Por qué? ¿Querías abrazarme?

—Sabes, te has convertido en un imbécil, Dawson.

De pie, aprieto la cisterna con más esfuerzo del necesario. Vuelvo al dormitorio y me pongo la bata cuando me llama.

—Maldita zorra.

Una sonrisa perversa me tira de los labios. Sé muy bien lo caliente que se pone esa ducha cuando se le quita el frío.

—De nada, gilipollas —disparo por encima del hombro, dirigiéndome a la cocina a por una copa.

Quiero alcohol, pero ya he tenido bastante, y mira adónde me ha llevado.

Eso no tenía nada que ver con la bebida.

Me sacudo el pensamiento de la cabeza y cojo una taza del armario.

Mi café está casi listo cuando él se une a mí en la cocina.

Respiro con fuerza y me doy la vuelta.

Como era de esperar, lo encuentro completamente vestido y listo para irse.

—Bueno, gracias. Supongo.

—No pienses que si me voy ahora significa que hemos terminado.

—Ni lo soñaría. Quiero decir que fue divertido, pero…

Se ríe y el sonido me envuelve como chocolate derretido.

Nuestras miradas se cruzan y algo cruje entre nosotros. El lazo que siempre nos ha unido ha vuelto con fuerza y me desespera por acercarme a él.

Mis ojos se posan en sus labios y mi lengua se escabulle para humedecer el inferior. Tengo unas ganas locas de que me bese.

Con un simple movimiento de cabeza, se aparta de mí y se marcha.

En cuanto se va, un violento escalofrío me recorre y no puedo evitar preguntarme si me lo he imaginado todo.

Giro para recoger mi taza, y mis músculos tiran, evidencia de que todo era muy real.

Me hizo trabajar de una manera tan necesaria, pero ahora que lo he tenido, sé que sólo voy a desear más.

Me dio todo lo que necesitaba y más. Exhalo un suspiro, sintiéndome de repente agotada. Tiro la taza en el fregadero y vuelvo a mi dormitorio.

Su olor me golpea casi de inmediato, y la soledad a la que me he acostumbrado demasiado a lo largo de los años me golpea de nuevo, haciendo que las lágrimas quemen mis ojos.

Sólo durante esos minutos robados, volví a sentirme como en casa.

CAPÍTULO ONCE

Dawson

En cuanto la puerta principal del edificio se cierra tras de mí, me vuelvo a apoyar contra la pared y saco el teléfono del bolsillo.

Recibo un torrente de mensajes de los chicos que me hablan de su noche de fiesta y me invitan a unirme a ellos si no estoy ocupado o, en palabras de Titch, metido hasta las pelotas en el coño de alguien. La tentación de aceptar, llamar a un Uber y unirme a ellos es fuerte. Aunque no tan fuerte como mi deseo de volver arriba y coger a Piper otra vez.

—Joder —gruño, con la imagen de ella tirada en su cama no hace mucho grabada a fuego en mi cerebro. Sólo faltaban una o dos cosas en aquella escena. Cosas que pienso hacerle a la primera oportunidad.

Mis dedos se crispan para sentarla en mi silla del estudio y ponerme a trabajar en ella.

Es virgen, un lienzo en blanco. Mi maldita kriptonita. Especialmente cuando necesita un recordatorio permanente de a quién pertenece. Parece la manera perfecta de asegurar que lo recuerde.

Cierro los mensajes, abro la aplicación Uber y llamo a un carro para que me lleve a casa.

Sería tan fácil pasarme la noche del viernes emborrachándome y tirándome a una o dos mujeres fáciles como solía hacer, pero mi vida es diferente ahora.

No he sabido nada de Emmie, así que sólo puedo suponer que es porque está bien en casa. No ha salido mucho desde que se mudó conmigo. Me preocupaba que dejara a sus amigos y empezara de nuevo. Esperaba que quisiera que vinieran, que se viera obligada a pasar noches en casa de chicas. Pero hasta ahora, ni siquiera me he aprendido el nombre de ninguna de ellas, y mucho menos las he conocido.

Me hace preguntarme cómo era realmente su vida con su madre.

Siempre pone cara de valiente cada vez que pasamos tiempo juntos, que hay que reconocer que no es tanto como deberíamos gracias a su vengativa madre. Renuncié a todo para ser el padre que Emmie merecía, pero incluso entonces ella me lo echó en cara. Por eso no pude discutir cuando Emmie decidió dejar a su madre y mudarse conmigo. Todavía no puedo creer que ella lo permitiera.

Me pesan los ojos cuando el carro se detiene delante de mi casa. Las luces del salón siguen encendidas y, cuando entro, encuentro a Emmie exactamente donde la dejé: bajo una manta, rodeada de bocadillos y viendo algo en la tele.

—Eh, ¿buena noche? —pregunta sin apartar los ojos de la pantalla.

Algo se retuerce en mi pecho ante su pregunta.

—Sí, estuvo bien —miento. La verdad es que fue increíble, y ojalá continuara.

Por la forma en que Piper me clavó los ojos mientras me duchaba, supe que lo único que tenía que hacer era llamarla y se habría unido a mí en un santiamén. Podría haberla tenido contra la pared y estar dentro de ella de nuevo en cuestión de segundos.

Pero no pude.

He estado con ella dos veces en una semana, y ya la deseo más que a cualquier otra mujer con la que haya pasado tiempo en los últimos diecisiete años.

No entendía la conexión que teníamos cuando éramos niños, y seguro que no la entiendo ahora.

Lo achaqué a que entonces éramos jóvenes y estábamos llenos de lujuria. Yo era un adolescente cachondo que por fin tenía una chica para él solo. Estaba en mi elemento, porque ella era tan insaciable como yo.

Parece que eso es algo que no ha cambiado.

Dejo de pensar en lo que ha estado haciendo en los últimos años. No necesito imágenes de ella con otros chicos en mi cabeza o acabaré encerrándola en mi habitación para evitar que vuelva a ocurrir.

Ya es bastante malo que esté por ahí, donde mi padre, Cruz o cualquier otro hombre podría reconocerla. No necesito preocuparme por otros hombres también.

Pienso en el tipo con el que bailaba antes. Los dos somos como la noche y el día. Él parecía un estirado de colegio privado y yo soy… bueno, yo.

—¿Estás bien? Voy a subir.

—Sí, sí —me dice.

—Sabes que esto tiene que cambiar el domingo por la noche, ¿verdad? No voy a permitir que te quedes despierta hasta tarde y llegues a la escuela exhausta.

—Claro que sí —asiente, pero no creo ni por un segundo que haya oído una sola palabra de lo que acaba de salir de mi boca.

Hemos convivido bastante bien las últimas semanas, pero me temo que todo eso podría estar a punto de cambiar cuando empiece a esperar que realmente haga algo y sea responsable.

Me restriego la mano por la cara mientras salgo de la habitación y subo las escaleras. El persistente aroma de Piper, junto con el del puto Corazones de Amor, me llena la nariz y me hace retroceder unos cuantos años.

—*Corazones de Amor, ¿en serio?* —*le pregunte mientras los agarraba de la estantería.*

—*Sí, me encantan.*

—*Pero estamos en el cine. Tienes palomitas.*

—*Puede ser. Tengo Corazones de Amor.*

—*Eres rara* —*dije suavemente, rodeando su cintura con el brazo y atrayéndola hacia mí.*

—*Eres más raro* —*susurro, mirándome fijamente, con sus ojos violetas brillando de lujuria y excitación.*

No pasábamos mucho tiempo juntos en público por miedo a que nos descubrieran. Deberíamos ser enemigos mortales debido a nuestros apellidos, no devorarnos el uno al otro en cualquier oportunidad que tuviéramos. Pero yo quería tratarla bien, como se merece cualquier chica. Así que los dos habíamos inventado una historia de mierda a nuestros padres sobre pasar el fin de semana con amigos, nos montamos en mi moto y salimos pitando de la ciudad.

Por suerte, Justin, los padres de mi mejor amigo nunca estaban en casa, así que esperaba que no hubiera motivos para que mis padres sospecharan nada ni para que nadie les dijera lo contrario.

Ni siquiera recordaba el nombre del sitio que había reservado, pero me daba igual. Estaba demasiado emocionado por pasar todo el fin de semana con mi chica sin mirar constantemente por encima del hombro. Los dos sabíamos cuáles serían las consecuencias si nos pillaban; era un peso constante sobre nuestros hombros. ¿Pero estar juntos sin esa presión? Lo era todo.

Juntos entregamos nuestra entrada al tipo de la taquilla, ella con su Love Hearts y yo con mi tarrina gigante de palomitas, y nos sentamos al fondo del cine, en la sombra, y nos pusimos cómodos.

Lamentablemente, estaba demasiado llena para hacerle las cosas perversas que quería hacerle en mi cabeza, así que me tuve que conformar con apoyar mi mano en la parte superior de su muslo y ver la película que había elegido.

Estuvo bien, supuse. Pero ni de lejos tan divertido como meterme entre sus piernas mientras ella intentaba callarse como yo estaba desesperado por hacer.

—Toma —dijo sin mirarme.

Miré su mano y vi un corazón de amor en la palma. Alargue la mano y la acerque a mi cara para ver lo que ponía.

¿Se mío?

Al mirarla, descubrí una sonrisa socarrona en sus labios. No habíamos hablado de nada serio desde que empezamos. Los dos sabíamos que estábamos jugando con fuego, pero en ese momento supe que aceptaría cualquier cosa que nos echara encima el padre de cualquiera de los dos si eso significaba que podíamos estar juntos.

—Siempre —susurre antes de bajar los labios a la palma de su mano, introducir el caramelo en mi boca con la lengua y lamer su piel antes de depositar un beso en el centro.

Me miró y la sonrisa que iluminó su rostro casi me deja sin aliento. Sólo llevábamos unos meses tonteando, pero ya estaba luchando por mantener esas palabritas dentro de mí. No sé cuándo caí, pero caí. Y fuerte. Y a pesar de que ya sabía que no tenemos futuro, también sabía que nunca me arrepentiré de esto. Siempre recordaré nuestro tiempo juntos con cariño por todo lo que ella me dio.

Era tan jodidamente ingenuo entonces, pienso, arrastrándome por el recuerdo de aquel fin de semana. Fueron, con diferencia, los mejores días de mi vida. Fue muchísimo mejor que lo que iba a pasar en las semanas siguientes, cuando me enterara de que cada segundo que habíamos pasado juntos había sido falso y se había basado en una mentira.

Me quito la ropa, la tiro al cesto de la ropa sucia y entro en mi cuarto de baño. La ducha me llama a pesar de que apenas tengo el pelo seco de la última ducha, pero la necesidad de librarme de ese olor es casi demasiado. Me hace desear cosas que sé que no puedo tener. Cosas que no debería desear después de todo lo que ha pasado.

Caigo en mi fría cama, deseando estar en otra, y miro fijamente al techo, desesperada por distraerme de los recuerdos que corren por mi cabeza a la velocidad de la luz. Las imágenes de cuando éramos jóvenes empiezan a fundirse con las de esta semana y me desordenan la cabeza más de lo que ya está.

En algún momento, deben mandarme a dormir, porque la oscuridad se apodera de mí.

Aunque en ningún momento dejo de pensar en ella.

En mi letargo, nunca abandoné su piso. En lugar de eso, cedí a mi necesidad de besarla antes de irme y acabé pasando la noche devorándola, que es exactamente lo que temía.

No puedo encariñarme más, encapricharme más de lo que ya estoy.

Es parte de un juego para asegurar el futuro de mi hija. Tengo que mantener eso en el centro de mi mente, y una vez hecho eso, entonces tengo que hacer lo que debería haber hecho en el momento en que la vi.

Decírselo a mi padre.

Me duele el pecho de sólo pensarlo. Sé que es lo que tiene que pasar. Ella le traicionó. *Me* ha traicionado. Así tiene que ser, a pesar de lo que mi corazón intenta decirme.

Ya estoy tentando a la suerte al mantenerla en secreto. No será sólo *su cabeza en la* guillotina cuando la entregue si descubre que lo sé desde hace tiempo.

No entenderá que yo necesitaba hacer uso de ella primero.

Cuando me despierto, tengo la polla entre las sábanas y la imagen de su cuerpo apretado contra el mío en mi cabeza.

Gimo cuando veo que el sol ya se cuela por las rendijas de las cortinas. Me echo las sábanas hacia atrás dispuesta a empezar el día, pero el teléfono de la mesilla me detiene en seco.

Sentado en el borde, lo deslizo hacia arriba y encuentro la nueva aplicación que me he descargado.

Tarda un minuto en cargar, pero cuando lo hace, encuentro exactamente lo que necesito.

Me ducho y me visto en un tiempo récord, no quiero perder mi oportunidad.

Emmie sigue durmiendo cuando asomo la cabeza por su habitación, así que le dejo una nota para cuando salga y me dirijo a la dirección de mi teléfono.

Una sonrisa se dibuja en mis labios mientras subo a mi moto y arranco el motor.

No tiene ni idea de lo que le espera. La idea hace que en mi vientre estalle más excitación de la debida.

Capítulo Doce

Piper

Tardo más de lo habitual en salir de la niebla del sueño que me envuelve para averiguar de qué ruido se trata.

Abro los ojos de golpe y veo que el sol de la mañana ilumina la habitación, junto con el insistente zumbido que me ha despertado.

Me apoyo en un codo y miro la mesilla de noche.

¿Mi teléfono?

Mis cejas se juntan. No recuerdo haberlo visto allí anoche. Pero supongo que no estaba precisamente con él después de que Dawson me convirtiera en un desastre enloquecido por el sexo.

Mis mejillas se calientan al pensar en lo que pasó entre nosotros. Me retuerzo, aprieto los muslos y me sube la temperatura.

Maldito sea. No debería seguir teniendo ese poder sobre mí.

Mi teléfono deja de sonar, recordándome que debería estar haciendo otra cosa que revivir lo de anoche, y lo agarro.

Como es Lisa, la vuelvo a llamar.

—¿Has pasado buena noche? —La curiosidad gotea de cada una de sus palabras.

—Esto...

—Desayuno. Ya. Ahora —exige, haciendo que ponga los ojos en blanco.

—Lis, acabo de despertarme —gimoteo.

—No me importa. Encuéntrame en nuestro puesto habitual en cuarenta y cinco minutos y ni uno más. Iré a sacarte de la cama.

—Ay, bien. Nos vemos allí.

Cuelgo antes de que pueda decir nada más.

Tiro las sábanas hacia atrás, me quito el pijama de camino al baño y abro la ducha para entrar en calor nada más entrar. Me duele el cuerpo con cada movimiento y cada paso.

Bloqueo mis pensamientos, sin necesidad de recordar su aspecto al otro lado de ese cristal hace apenas unas horas.

Orino y me lavo los dientes, y estoy a punto de darme la vuelta hacia la ducha cuando mi reflejo en el espejo del suelo al techo de la puerta me llama la atención.

—Joder —jadeo, acercándome para ver mejor.

Mi cuello, pecho y tetas están cubiertos de chupetones rojos y marcas de mordiscos, pero aún más chocantes son las huellas dactilares casi moradas de mis caderas.

—Hijo de puta. —Me retuerzo de un lado a otro, descubriendo que los moratones me cubren tanto el culo como la cara interna de los muslos.

Bueno, supongo que no me olvidaré de él durante unos días. Si intentaba asegurarse de que no me acostaría con nadie más, creo que probablemente lo ha conseguido.

Aparto los ojos de la evidencia de nuestro tiempo juntos, me meto directamente en la ducha y dejo que el calor del agua elimine la tensión de mis músculos.

***

—Has tardado cuarenta y siete minutos —murmura Lisa cuando me dejo caer en la silla junto a la suya al fondo de nuestra cafetería habitual.

—¿Me estabas cronometrando? —pregunto, aunque no sé por qué me sorprendo.

—Tienes cotilleos jugosos y los necesito, ya que anoche me fui sola a casa y tuve que conformarme con mi amiga en el cajón de arriba.

—Calla, hay niños allí.

—No saben de lo que hablo —dice, poniendo los ojos en blanco y haciéndome un gesto para que me vaya—. En fin. Suéltalo, chica.

—Necesito café —murmuro, empujando para levantarme mientras ella gime detrás de mí—. ¿Lo de siempre?

—Por favor.

Lisa se sienta con el ceño fruncido y los brazos cruzados mientras yo hago cola para hacer nuestro pedido.

—Sé que estaba allí porque le vi, hablé con él —empieza en cuanto vuelvo a estar a distancia de sus oídos.

—¿Hablaste con él?

—Hablé con... charlé con... lo mismo.

—Dios, Lisa —murmuro, esperando como el demonio que eso disimule la oleada de celos que me invade.

—¿Qué? Está buenísimo y parece que piensas que no te interesa.

—No me interesa.

—Lo que me lleva al siguiente punto... ¿dónde demonios te llevó y qué pasó después? —Sus cejas se mueven con deleite—. Y no me mientas, te vi bailar. Podía sentir la química entre ustedes desde el otro lado del club.

—Estabas borracha, Lis. Lo dudo.

—La bebida mejora mi químico-o-metro, muchas gracias. Gracias —dice, mirando a la mesera cuando baja nuestros platos con envoltorios de desayuno a la mesa.

—Bien, bailamos. Luego me llevó al sótano para bailar un poco más.

—Te quería toda para él, ¿eh?

—No sé a qué está jugando —admito con la boca llena.

—Pero lo llevaste a casa, ¿verdad?

—Pues... —Me decido por la honestidad. Bueno, tanto como puedo, al menos—. No me dio muchas opciones.

—Dios mío —chilla encantada—. Sabía que sería de esos que le prenden fuego a las sábanas. Está en sus ojos. Lo ves, ¿verdad? ¿Y qué pasó después, te folló toda la noche hasta que apenas podías mantenerte en pie?

—Sí, ¿lo ha hecho? —pregunta una voz profunda y muy familiar mientras se retira y gira la silla libre que tengo al lado.

Dios mío.

Levantando los ojos, observo cómo echa la pierna por encima de la silla y se sienta en ella con los brazos apoyados en el respaldo frente a él.

—¿Qué demonios estás haciendo? —exclamo, entrecerrando los ojos cuando una sonrisa de suficiencia se dibuja en sus labios.

—Uniéndome a su estimulante conversación. Por favor, no dejes que te detenga. Quiero oír lo bueno que ha sido. —Me guiña un ojo y mi cara arde de mortificación—. Algo me dice que fue salvaje.

Lisa ahoga un aullido de risa mientras yo rezo para que el suelo me trague.

—¿Qué quieres, Dawson?

—Pensé en venir a desayunar—. Sin preguntar, alarga la mano, agarra lo que queda de mi envoltorio y se lo mete en la boca.

—Tú no… Dios mío. Tienes que irte—.

—Pero las cosas estaban a punto de ponerse interesantes. ¿Ya le contaste a tu amiga cómo terminaste atada a la cama?—

No necesito mirar a Lisa para saber que tiene una sonrisa de comemierda en la cara.

—¿No? ¿Qué hay de cómo te comí hasta que te hiciste pedazos, gritando mi nombre como si fuera Dios?

—Vale, ya basta. Tienes que irte —digo bruscamente, poniéndome en pie a tal velocidad que hago que mi silla caiga al suelo detrás de mí. Todas las miradas de la cafetería se vuelven hacia mí, y mi cara se enrojece ante tanta atención.

Ignorando por completo mis palabras, el maldito descarado agarra mi café y le da un sorbo. Su labio se curva con disgusto.

—¿Caramelo? Y yo que pensaba que ya eras bastante dulce.

Si fuera posible, juro que me saldría vapor por las orejas mientras aprieto los dientes y lo miro fijamente.

—Tienes que irte —le repito, a pesar de que no hace ningún movimiento para hacerlo.

—Claro, de todas formas, parece que has terminado aquí. —Se levanta y yo suspiro aliviada… hasta que rodea la mía con la mano y me atrae hacia sí—. Te he echado de menos, pequeña —susurra, aunque se asegura de que sea lo bastante alto como para que Lisa lo oiga. Mis ojos encuentran los suyos mientras ella prácticamente se derrite en un charco sobre su silla.

—Ve con él ahora mismo, pero te llamaré más tarde.

—Ella podría estar comprometida de otra manera.

Lisa me sonríe, ignorando por completo mi mirada suplicante mientras Dawson me arrastra desde la cafetería hasta la calle, donde ahora veo que está aparcada su moto.

—¿Qué coño ha sido eso? ¿Y cómo sabías que estaría aquí?

—¿Un golpe de suerte? —Sale como una pregunta, así que su cara inocente y el encogimiento de hombros no me convencen.

—Te estás convirtiendo en un verdadero grano en el culo, lo sabes, ¿verdad?

—No, pero seguro que se puede arreglar. —Antes de que pueda apartarme, su brazo serpentea alrededor de mi cintura, atrayéndome hacia su cuerpo mientras sus manos aprietan mi culo—. Estoy más que dispuesto a reclamarte toda, si tú lo estás.

—Oh, ¿así que *puedes* pedir permiso? —Me burlo.

—Eres mona. Súbete.

—No. —Pongo las manos en las caderas y le miro fijamente.

—¿No?

—Exactamente. No. —Dando un paso atrás, me preparo para alejarme de él—. Esto fue divertido y todo, pero tengo mierda que hacer.

Doy dos pasos antes de que me empuje contra su duro cuerpo.

—Cualquier mierda que tengas que hacer no puede ser tan divertida como la que tengo que hacer yo, así que deberías venir conmigo —me gruñe al oído. La piel se me pone de gallina cuando empiezo a dejar de luchar.

Quiero mantenerme firme y marcharme. Al fin y al cabo, me ha arruinado la mañana y se ha comido mi desayuno, pero una parte de mí quiere saber cuál es su plan.

—¿Vas a matarme?

Se ríe, y no puedo evitar desear estar frente a él para verle sonreír.

—No, pequeña. Hoy no.

Un escalofrío me recorre la espalda ante la silenciosa advertencia de sus palabras.

—Tenía en mente algo muy diferente.

—De acuerdo. —Las palabras salen de mis labios antes de que mi cerebro haya registrado el pensamiento.

Se queda quieto un instante, supongo que sorprendido por la facilidad con la que he accedido, pero tengo demasiada curiosidad como para marcharme ahora.

Me suelta vacilante antes de abrir su caja superior y sacar un casco para mí.

—Qué conveniente —murmuro, tirando de él sobre mi cabeza mientras él hace lo mismo.

Al sentir que alguien me observa, miro por encima del hombro y descubro que Lisa se ha acercado a la mesa que hay frente a la ventana y prácticamente tiene la nariz pegada al cristal.

—Tu amiga es…

—¿Una loca? —Termino por él.

—Sí, algo así.

Me paro en la acera mientras él echa la pierna por encima de su moto y espera a que me una a él.

Se queda quieto en cuanto me subo, pero, a diferencia de la primera vez que me senté detrás de él a principios de semana, no puedo contenerme y le rodeo la cintura con los brazos, apoyando las palmas de las manos en sus abdominales. Como se ha negado a que lo toque cuando hemos estado juntos, creo que puedo hacer lo que pueda.

—No me he subido a una moto desde que tú lo hiciste. —Mis labios se cierran de golpe en cuanto me doy cuenta de que lo he dicho en voz alta. Su cuerpo se tensa bajo mi abrazo, así que sé que me ha oído, pero no responde. En lugar de eso, arranca el motor y da una patada al caballete. En un abrir y cerrar de ojos, volamos por la ciudad. Me agarro con más fuerza y dejo que las vibraciones me recorran mientras pienso en nosotros haciendo lo mismo hace tantos años.

No tengo ni idea de adónde vamos, y cada vez que aminora la marcha, miro a mi alrededor, pensando que éste podría ser el lugar al que pensaba llevarme.

Cuando por fin detiene la moto en un estacionamiento, miro a mi alrededor con el ceño fruncido. Al menos no es un almacén vacío, o peor aún, el club de los *Royal Reapers*.

—¿El cine? —pregunto una vez que ambos nos hemos quitado los cascos.

—Sí. ¿Algún problema?

—No, sólo que no era lo que esperaba.

—¿Qué esperabas?

Mis pensamientos caen en picado y, por la sonrisa que aparece en su cara, supongo que puede leerlos.

—Hoy no, pequeña. Algo me dice que aún llevas las pruebas de anoche.

Me arden las mejillas.

Levanto la mano, me abro los dos botones superiores de la blusa y tiro de la tela hacia un lado.

Sus ojos se oscurecen de inmediato al fijarse en la turgencia de mi pecho.

—Sigue mostrándolas en público y tendré que matar a cualquier hijo de puta que mire así.

—No voy a exhibirme a nadie. Dios, cavernícola —murmuro, abotonándome y acomodándome la ropa.

—Bien. —Después de apagar su moto, me agarra de la mano y me lleva hacia el cine.

—¿Qué vamos a ver? —Se encoge de hombros, mirando lo que se ofrece—. No me importa.

—Pensé que querías venir.

—La verdad es que no. Es más bien algo improvisado.

—De acuerdo.

—¿Tiro al blanco o película de chicas?

—Tú eliges, pero elige sabiamente —advierto.

—¿Por qué? ¿La elección equivocada hará que no vuelva a entrar dentro de ti?

Quiero decir que sí, pero creo que ambos sabemos que soy incapaz de hacerlo cerca de él.

—Estoy seguro de que podríamos negociar.

—Quieres decir que yo digo lo que quiero y tú dices que sí.

Algo así, pienso mientras le sigo hasta la máquina para sacar billetes.

Se pone delante de la pantalla, así que aún no tengo ni idea de lo que estamos viendo mientras me lleva hacia los aperitivos.

—¿Palomitas? —En el momento en que esa palabra sale de sus labios, me invade una oleada de nostalgia tan fuerte que amenaza con doblarme las rodillas.

—N-no—. Echo un vistazo a lo que se ofrece antes de que mis ojos se posen en algo que no he comido en años, a pesar de mi elección de gel de ducha.

—¿Corazones de Amor? —pregunta, alargando la mano y agarrando dos paquetes de la estantería.

—¿Dos?

—Puede que necesites el azúcar extra para más tarde. —Sus ojos recorren mi cuerpo. Puede que esté completamente vestida, sin revelar nada en mi intento de ocultar todos los mordiscos de amor de esta mañana, pero, aun así, podría estar desnuda por la mirada acalorada de sus ojos.

Un escalofrío de deseo me recorre antes de que me coja de la mano, deposite mis golosinas sobre el mostrador para pagar y pida el bote de palomitas más grande que ofrecen.

Le pasa las entradas al joven que nos dirige a la pantalla cuatro.

El nombre de la película que ha elegido brilla en la pantalla que hay sobre la puerta y sonrío.

Mientras subimos las escaleras hacia el fondo del teatro, sólo nos cruzamos con otra pareja que está sentada en silencio, atiborrándose de comida.

—Aquí está bien —digo, tirando de sus brazos mientras llegamos a una fila de asientos, a unos cuantos de los oscuros del fondo.

Se ríe entre dientes, pero tira con más fuerza, asegurándose de que le sigo hasta arriba.

Me siento como una adolescente traviesa cuando me anima a bajar a la parte más oscura. Todos sabemos la clase de cosas que ocurren aquí atrás, y mi sangre se convierte en lava al pensar que vuelve a tocarme.

Se deja caer en el asiento a mi lado, estirando las piernas y ensanchándolas lo suficiente para que uno de sus muslos roce el mío.

—Así que... ¿pensaste en contra de una película de chicas, entonces? —pregunto, sin saber muy bien cómo romper la extraña tensión que se ha apoderado de nosotros.

Se queda quieto con un puñado de palomitas en la boca antes de volver a bajarlo e inclinarse hacia mí. Sus labios rozan mi oreja, la caricia de su cálido aliento por mi cuello me eriza la piel.

—Creciste en un MC, nena. Sé que una película de chicas no te excitaría—. Jadeo cuando su mano gigante se posa en mi muslo y sube hasta que su dedo meñique acaricia la costura que hay justo delante de mi clítoris.

—Dawson —le advierto, pero lo único que hace es reírse.

—No trates de fingir que no te conozco. En realidad, no es nuestra primera cita, recuerda.

Una tos extraña retumba en mi garganta.

—¿Esto es una cita? —pregunto, con los ojos muy abiertos al girar para mirarlo.

Se encoge de hombros con indiferencia.

—¿Dos personas en la parte de atrás de un cine sin tener ni puta idea de lo que están viendo porque en lo único que piensan es en cuándo va a acabar para poder irse a casa a follar? Sí, a mí me parece una cita, nena.

—Quieres… crees… —Tartamudeo, su dedo no se detiene ni una vez en mi centro.

—No creo, Piper. Lo sé —suspira.

Mi cabeza cae hacia atrás contra la silla y mis ojos se cierran mientras él presiona con más fuerza.

—Pero todavía no —anuncia, apartando la mano y dejándome helada.

—Gilipollas —murmuro, para su diversión, mientras sigue comiendo. El capullo ni siquiera me mira mientras yo me enfado en silencio, esperando a que empiece la película.

He visto anuncios en la televisión y es bastante buena. Tenía razón en lo que decía; siempre elegiré la acción antes que cualquier cosa que pueda tener un ñoño *felices para siempre.*

Nos acercamos al final de la película cuando saco el último *Corazón de Amor* de mi paquete y le doy la vuelta.

Bésame.

Miro a Dawson y lo veo perdido en la película. La acción va en aumento, lista para la última pelea antes de que corramos hacia el final, y aunque me gustaría saber qué pasa, ahora tengo otras cosas en la cabeza. Como la lenta sensación de deseo que me recorre desde la última vez que me tocó.

Le doy un codazo en el brazo para llamar su atención antes de entregarle el Corazón del Amor. Lo agarra con curiosidad y aparta los ojos de la pantalla para mirarlo.

Todo su cuerpo se tensa al leer lo que dice. No se mueve durante dos segundos antes de volverse hacia mí.

—No va a pasar, nena.

—¿Por qué? —pregunto, odiando la vulnerabilidad que se cuela en mi tono.

—Tengo mis razones —gruñe. Espero que me lo devuelva y me pise el corazón, pero en el último momento separa los labios y se lo mete en la boca. Observo sus labios mientras mastica, luego su lengua se escabulle para lamer la dulzura y casi me derrito en un charco.

—¿Algún problema? —me pregunta mirándome.

—N-no. —Odio que sepa que estoy mintiendo. Odio que tenga ese poder sobre mí.

Me desplomo en la silla y vuelvo a concentrarme en la película, aunque no veo nada. Estoy demasiado ocupada enfurruñada.

—Deja de hacer pucheros, nena —me susurra al oído, haciéndome saltar del susto. Estaba tan ensimismada que ni siquiera sentí que se acercaba. No ha pasado ni una semana y ya me está tomando el pelo—. No te queda bien.

Diría que debería haberme marchado, pero viendo que hoy no he planeado nada de esto, no creo que sea muy realista. Está claro que tiene un plan de juego aquí. La cuestión es si realmente quiero ser un jugador dispuesto. El hecho de que probablemente voy a terminar tan rota, si no más, que la última vez debería hacerme huir, pero no puedo evitarlo. Sé que la llama me va a quemar, pero no puedo evitar acercarme.

Sus labios presionan el lateral de mi cuello.

—¿Esto es lo que querías? —murmura, rozándome la piel sensible.

—No exactamente, pero asumo que es todo lo que me vas a dar.

Se ríe antes de sacar la lengua y lamerme la columna del cuello.

—¿Estás mojada por mí?

—Que te den. No me darás lo que quiero, así que ¿por qué debería hacer lo que tú quieras?

—Porque no tienes elección.

—¿Y tú sí? —exclamo, girando la cabeza hacia él. Nuestros labios están tan cerca que siento su calor quemando los míos, pero él sigue sin moverse.

Me adelanto, pero él detecta el movimiento y retrocede un poco.

—¿Por qué? —pregunto, juntando las cejas.

—No puedo, nena.

Mis ojos buscan los suyos, desesperados por encontrar la respuesta a mi pregunta. Hará todas las cosas que me ha hecho voluntariamente, pero no me besará. No tiene sentido.

—Deja de darle vueltas. Suelta… —estira la mano, mete los dedos bajo la tela de mi blusa y encuentra el botón de mis jeans.

—Dawson, no puedes distraerme con… —Mis palabras se interrumpen cuando sus dedos empujan dentro de la tela.

Vuelvo a recostarme en mi asiento, estirándome un poco para dejarle más espacio.

—Para alguien que quiere luchar, estás siendo muy complaciente —murmura, la diversión llenando su voz.

—Me lo debes. —Mis ojos se clavan en los suyos.

—¿Es eso cierto?

Jadeo cuando sus ásperos dedos encuentran mi clítoris.

—Chica, vas a tener que estar callada.

Asiento con impaciencia, no dispuesta a dejarle parar ahora que ha empezado.

Me rodea el clítoris un par de veces antes de empujar hacia abajo. Un gruñido le retumba en la garganta.

—Joder, estás empapado.

—Es toda la acción —murmuro, señalando la pantalla—. Me acelera el motor.

Sacude la cabeza ante mi broma. Entreabre los labios como si quisiera decir algo, pero no dice nada.

—Sigue —le animo mientras su dedo se sumerge en mi interior, haciendo que la cabeza me dé vueltas, pero me centro en sus ojos oscuros, desesperada por que se abra a mí, aunque solo sea un poco.

—Yo… joder —suelta, apartando la mirada de mí.

—No, no te escondas. —Alargo el brazo y agarro su mejilla con la mano, tirando de su cabeza hacia mí—. Dímelo.

—Te he echado de menos, ¿vale? Te he extrañado, joder. ¿De acuerdo?

Su mandíbula se aprieta en cuanto las palabras salen de sus labios y sus hombros se tensan.

Pasa un segundo entre nosotros y no es hasta que vuelve a mover el dedo cuando me doy cuenta de que se ha detenido y de la posición en la que estamos.

—Yo también te extrañé, Dawson.

Mis palabras le dejan sin aliento y sus ojos se oscurecen. Pero no tarda en disimularlo, volviendo a levantar sus altísimas paredes y concentrándose en el trabajo que ha empezado.

Me tapo la boca con una mano y con la otra le araño el antebrazo mientras me masturba. Me corro justo en el momento en que explota un coche en la pantalla, así que cuando grito en mi mano, lo pierdo.

Mi pecho se agita y mi piel se cubre de sudor mientras sigo tumbada sin fuerzas mientras mi cuerpo intenta recuperarse.

—De nada —viene de mi lado mientras aparta su mano de mi ropa.

—¿En serio? Deberías saber que no te devuelvo el favor.

—¿Te lo pedí?

Levanta los dedos, se pasa dos por los labios y chupa. Pone un poco los ojos en blanco mientras me saborea.

—¿Mejor que las palomitas? —pregunto mientras me siento y me recompongo.

—No tienes ni idea, pequeña.

Capítulo Trece

Dawson

Para cuando termina la película, no sólo estoy empalmadísimo por la mujer cuyo dulce aroma me ha llenado la nariz durante toda la película, sino que sé que sólo me queda una hora para llegar al trabajo y no me va a dar tiempo a rectificar.

—¿Y ahora qué? —pregunta cuando salimos del oscuro teatro.

—Necesito llevarte a casa.

—Oh. —La decepción en su tono me hace sonreír. Por alguna loca razón, y a pesar de su argumento anterior, realmente quiere pasar tiempo conmigo.

Es perfecto. Es exactamente lo que esperaba, aunque totalmente distinto de lo que esperaba.

—Tengo que ir a trabajar.

—De acuerdo.

Le paso mi casco de repuesto cuando llegamos a mi moto y ella se lo pone rápidamente en la cabeza. Estoy sorprendido, esperaba ciento una preguntas sobre lo que hago, entre otras cosas. Pero en lugar de eso, se limita a esperar a que pase la pierna por encima de la moto y se sube silenciosamente detrás de mí.

Sus brazos vuelven a rodearme la cintura y tengo que luchar contra la oleada de deseo que me provoca su contacto.

147

El camino de vuelta a su edificio es tenso. Puede que no nos miremos o que ni siquiera podamos hablar, pero eso no significa que no pueda sentir cómo se aleja.

—Bueno, gracias, supongo —dice, quitándose el casco y pasándoselo una vez que he apagado el motor y me he bajado.

—Lo haces como si no hubieras disfrutado. — Sus mejillas se calientan al recordar lo que pasó en el cine.

Me agacho y me acomodo los jeans, un movimiento que ella no pasa por alto. No es que esperara que lo hiciera.

Enarca una ceja.

—Si crees que voy a…

—No creo nada, pequeña —le digo, acercándome a ella y empujándola hacia atrás hasta que choca con la pared junto a la puerta principal.

No me detengo hasta que mis caderas la inmovilizan en su sitio y su respiración se entrecorta por nuestra proximidad.

—Dawson, por favor, no.

Vuelve la cabeza y se niega a que la mire a los ojos.

—¿De qué tienes miedo, pequeña?

Alargo la mano, aprieto con el nudillo su mandíbula y le giro la cabeza hacia atrás.

—A ti —respira—. Te tengo miedo.

—¿Crees que voy a hacerte daño?

—Bueno... ¿tú no lo harás? Quieres vengarte. Lo entiendo. Esto entre nosotros, no es real, y sería estúpido pensar que lo fuera.

Chica lista. El orgullo por mi chica se hincha dentro de mí, pero no puedo dejar que lo lea. Puede que sospeche, y puede que tenga motivos para hacerlo, pero tengo que aplastarla.

Tiene razón, necesito mi venganza. Necesito eso y algo más junto a ello. ¿Y voy a hacerle daño? Eso espero, porque ella me destrozó hace tantos años y necesita probar su propia medicina.

—Es real, nena.

—Pero —empieza ella, con lágrimas en los ojos—. Tú... ni siquiera me besas.

—Créeme, no es porque no quiera.

—¿Por qué, Dawson? Háblame.

No puedo decirle la verdad, que si me permito besarla entonces temo que todo esto, mi determinación, mi necesidad de venganza, se derrumbe a mis pies.

—Quiero que sea especial.

Se tranquiliza ante mis palabras, sus ojos se ablandan.

—Las cosas entre nosotros han sido...

—¿Intensa? —añade.

—Sí. Verte en *Knight's Ridge*, fue un shock. Estaba enfadada. Pensé que estabas muerta, Piper. Entonces ahí estabas, de pie frente a mí. Me jodió la cabeza, nena.

—Yo... lo siento.

—¿Un nuevo comienzo? —pregunto, viendo cómo le brillan los ojos.

—¿De verdad?

—Sí, nena. De verdad. Sin embargo —añado, necesitando que conozca la realidad. Debe intuir lo que estoy a punto de decir porque se tensa debajo de mí—. No podemos olvidar el pasado. —El miedo se apodera de sus ojos—. Me dirás la verdad sobre lo que pasó.

—Vale. —Traga nerviosamente.

—Sé que te preocupa que te haga daño o que se lo cuente a mi padre, pero igualmente, ahora mismo, no tengo ni idea de lo que estás planeando. Si esto va a funcionar, ambos necesitamos poner todas nuestras cartas sobre la mesa.

—No estoy planeando nada. No pensé que alguna vez te vería…

Presiono mis dedos contra sus labios, cortándola.

—Ahora no. Pronto. Me pondré en contacto. —Levanto la cabeza y aprieto los labios contra su frente, deteniéndome un segundo antes de separarme de ella y volver a mi moto.

No miro atrás. No puedo. Ya me he perdido bastante en ella en la última semana. Necesito darle la vuelta a las cosas, poner mi plan en marcha y mi necesidad de venganza en un segundo plano, porque ese momento llegará.

Me dirijo al estudio pasando por casa para ver cómo está Emmie. Está despierta y ha vuelto a acurrucarse en el sofá bajo una manta.

—Tu culo se va a fundir con esa cosa si no haces otra cosa, ¿sabes?

—Ja, qué gracioso —murmura sin apartar los ojos de la pantalla—. Sólo disfruto de mi libertad mientras la tengo.

—Bien, aprovéchalo. Mañana hay colegio.

—Sí, sí.

—Lo digo en serio. Mañana vas, y vamos a asegurarnos de que estás preparada. No te tendré atrasada antes de tu primer día. —No voy a hacer todo esto para pagarle la matrícula y que la cague antes de ponerse el uniforme.

—No puedo esperar. —Pone los ojos en blanco.

—Estupendo. Sabía que estarías emocionada.

—Oh, sí. Apenas puedo dormir.

—Confío en ti, Emmie.

—Lo sé, papá. No voy a meter la pata, lo prometo.

Pongo los ojos en blanco. Sé que no le entusiasma la idea de asistir a *Knight's Ridge*, pero también sé que entiende lo que intento darle. Estoy seguro de que incluso lo aprecia, a su manera.

—Vale. Estaré en el estudio toda la tarde y la noche. Si me necesitas, llámame, ¿vale?

—Lo haré.

—El refrigerador está lleno, o puedes pedir la cena. Lo que quieras.

—Lo sé, papá. Yo me encargo. No es la primera vez que vas a trabajar desde que estoy aquí.

—Vale, bueno… pórtate bien.

—¿Cuándo no soy buena? —me llama mientras me dirijo a la puerta principal. Sacudo la cabeza y me dirijo al trabajo, con ideas revoloteando en mi cabeza sobre lo que voy a hacer para empezar de nuevo con Piper.

Quiero que crea que voy en serio, así que quiero que sea algo un poco más creativo que llevarla a un restaurante elegante e intentar impresionarla con mi elección. Me conoce lo suficiente como para saber que no soy un hombre de comidas caras.

Con un suspiro, arranco la moto fuera del estudio y me dirijo al interior.

Los chicos no aparecen por ninguna parte, pero Biff y Kas están sentados en los sofás, tomando café como si estuvieran en una cafetería.

—Buenas tardes —dice Biff, señalándome con la cabeza.

—Hola, ¿qué tal? —Me dejo caer en el sofá frente a ellos. Me vendrían bien sus consejos ahora mismo.

—Lo mismo de siempre.

—Spike tiene un cliente que está teniendo un… tatuaje personal. —Kas guiña un ojo—. El idiota no quería que mirara. —Pone los ojos en blanco y no puedo evitar reírme.

—Me encantan. Escuchen, necesito un consejo.

Las dos se inclinan un poco hacia delante. Entiendo por qué están intrigadas; nunca les había pedido nada a ninguna de las dos, a pesar de que se han ofrecido a ayudarme con Emmie si necesito un toque femenino.

—Necesito planear una cita.

Biff baja la barbilla. Me conoce desde hace tiempo y sabe que no salgo con nadie en serio.

—Vamos…

—Necesito algo considerado, algo… inolvidable.

Ambos piensan durante unos segundos.

—¿Supongo que un restaurante está fuera?

—Sí.

—De acuerdo. ¿Cómo es ella?

—Ella es… normal, supongo. No es una chica arrogante, ni está impresionada por el dinero, si eso es lo que quieres decir. Ella es… como tú. Con los pies en la tierra.

—Creo que hay un cumplido en alguna parte —le susurra a Kas—. Vale, déjamelo a mí.

—Gracias.

—¿Quieres un café?

—Eso sería genial. —Desaparezco en mi cubículo para prepararme para mi primer cliente del día, esperando que sea algo lo suficientemente grande como para poder perderme en ello.

***

Para cuando termino por esta noche, mi deseo de volver al edificio de Piper y coger lo que necesito es casi irresistible. Pero sé que no puedo. Le dije que íbamos a empezar de nuevo, y eso tiene que incluirlo todo. Quiero que crea que estoy siendo sincero, así que necesito tratarla bien. Mostrarle que podemos funcionar.

Al final, opto por enviarle un mensaje antes de salir del estudio. Algo que espero que le recuerde lo que ha pasado entre nosotros esta última semana y le asegure que se duerma pensando en mí.

Tu olor aún está en mis dedos.

Sonrío al imaginar cómo se le abren los ojos al leerlo.

Su respuesta llega más rápido de lo que esperaba. Ni siquiera salgo de mi cubículo.

Piper: Deberías lavarte las manos un poco más a menudo.

Sigo sonriendo cuando salgo a la recepción.

Biff está sentada detrás del escritorio, dando golpecitos en el ordenador. Puede que Zach la esté formando como artista, pero la tiene haciendo todo el trabajo sucio.

—D —dice, apartando los ojos de la pantalla— . Tengo algunas opciones para ti.

—Muy bien.

—¿Tienes tiempo ahora?

—Sí, vamos a ello.

—Vale, entonces… sácala de la ciudad; llévala a la playa; ¿un paseo a la luz de la luna por la arena? Un picnic en algún lugar con bonitas vistas. Senderismo. — Me da al menos diez ideas, una de las cuales sé que le encantará, pero que requeriría esperar hasta el próximo fin de semana para planearla. Necesito más si quiero que Piper crea que no puedo dejar de pensar en ella.

—Entonces, ¿quién es ella? —pregunta Biff, apoyándose en los codos y mirándome con entusiasmo.

—Nadie.

—Mentira, D. No has salido con nadie en todo el tiempo que llevo aquí. Está claro que ella significa algo si te estás esforzando tanto.

—Ella es… —Me trago algunas de las palabras que podría usar para describir a Piper. La mayoría de ellas no quiero aceptarlas, y mucho menos decirlas en voz alta—. Alguien de mi pasado.

—Oh, ¿exnovia?

—Algo así —murmuro—. Gracias por las ideas, realmente lo aprecio.

—Oh, uh, sí. Cuando quieras. Ya sabes dónde estoy.

Le hago un gesto con la cabeza antes de dejar la taza en la cocina y salir.

La cabeza me da vueltas con ideas mientras hago el corto viaje de vuelta a casa.

Los nervios revolotean en mi vientre mientras pienso en lo que intento conseguir. Sobre el papel, parece una muy buena idea. Utilizarla, conseguir lo que mi hija necesita y luego dejarla como hizo conmigo hace años.

Sólo hay un problema…

Cada segundo que paso con ella, más recuerdo lo increíble que fue nuestro tiempo juntos. Y más me aterra la idea de entregársela a mi padre y a Cruz.

Sé que mi padre sigue buscando sangre de Collins. Eso significa que no se lo pensará dos veces antes de vengarse en cuanto la vea.

No han pasado ni tres minutos desde que entro por la puerta principal cuando aparecen los créditos del programa que está viendo Emmie. Agarro el mando a distancia antes de que tenga tiempo y lo apago.

—Oye, estaba viendo eso.

—Estás exactamente en el mismo lugar que cuando me fui. —La única diferencia es la caja de pizza en la mesa de café.

—¿Y?

—Ordena y vete a la cama. Necesitas una rutina.

—No, lo que necesito es ver otro episodio. Ni siquiera estoy cansada.

—No me importa, Em.

Cruza los brazos sobre el pecho y me mira fijamente. Si cree que voy a echarme atrás, está claro que no me conoce bien.

—Vale, de acuerdo —resopla tras largos segundos en silencio, tirando la manta y recogiendo todas sus porquerías.

—A primera hora de la mañana, Em, abordaremos lo que queda de la escuela.

—Como quieras —murmura desde la cocina. Lo único que hago es sonreír.

Puede que sea una pesada cuando quiere, probablemente por mis genes, pero me encanta tenerla aquí. Me encanta pasar este tiempo juntos. Es algo que nunca pensé que tendría.

Poco después, sube las escaleras dando pisotones como un niño pequeño con una rabieta.

—Buenas noches, Emmie —canto riendo.

—Buenas noches, papá. —Juro que oigo una sonrisa en su voz. Puede que finja odiarme, pero sé que en el fondo ansía la rutina y las normas que le impongo. Su madre nunca lo hizo.

Al entrar, encuentro la cocina impecable, aparte de la caja de pizza. Vale, no se ha pasado todo el día en el sofá. Sé que antes no tenía este aspecto.

Busco en el armario de arriba, saco una botella de Jack y vierto una generosa medida en un vaso.

Observo cómo el líquido ámbar se arremolina durante unos segundos y su aroma impregna el aire antes de devolverlo.

Apago las luces y subo. Al pasar, suena una música suave en la habitación de Emmie, pero no digo nada. Está aquí arriba y en su habitación; no puedo exigirle mucho. Tiene dieciséis años, es una mujer joven. Es fácil olvidarlo y pensar que sigue siendo mi pequeña y estrafalaria niña de seis años.

Me dirijo a mi habitación, cierro la puerta y miro a mi alrededor.

Puede que Piper nunca haya estado aquí -en realidad, ninguna mujer lo ha hecho-, pero, aun así, se siente vacío, frío.

Me quito la ropa, la dejo en la lavandería, entro en mi cuarto de baño y abro la ducha. Me aseo rápidamente, me envuelvo en una toalla, me lavo los dientes y me tumbo en la cama.

Agarro el móvil y respondo al par de mensajes que tenía y que ignoré cuando le envié uno a Piper antes. Confirmo con mamá que Emmie y yo iremos mañana a comer el domingo y apenas esbozo una sonrisa al ver el meme que ha enviado Titch.

Me quedo mirando la respuesta de Piper de antes. Se me pasan por la cabeza algunas respuestas, pero al final decido que las acciones hablan más alto. Empujo las sábanas lo más abajo posible sin exponerme, paso a paso, y me hago un selfie de mis abdominales tensos, mi pecho y mi barbilla.

Dawson: ¿Qué llevas puesto en la cama?

Adjunto la foto y me quedo mirando la pantalla, esperando a ver si está despierta.

El mensaje es leído, en pocos segundos veo aparecer los puntitos que anuncian que una respuesta está por venir.

Piper: Nada, y tengo frío ;-) Buenas noches, Dawson.

Dawson: No puedes decirme cosas así. Ahora estoy cualquier cosa menos frío.

Me devuelve tres emojis de sueño y corta la conversación. Cierro las aplicaciones, coloco el móvil en el cargador junto a la cama y me quedo mirando al techo mientras mi polla se mece en el edredón.

Me está tomando el pelo, lo sé. Pero maldita sea, la idea de que esté ahí tumbada, sola y desnuda me provoca todo tipo de locuras. Cosas que no he sentido en años, y definitivamente cosas que no debería estar sintiendo ahora. Ella es la que está destinada a caer bajo mi hechizo. No se supone que sea al revés.

***

Por algún milagro consigo no pasarme la noche reviviendo mis momentos con Piper y, no mucho después de apagar la luz, me duermo profundamente.

El sol brilla cuando abro los ojos, aunque cuando miro el despertador que hay en la mesilla de noche, veo que sólo son las ocho de la mañana.

Arrastro el culo desde la cama y me preparo para el día antes de bajar a hacer café. La casa está en silencio. Supongo que Emmie sigue durmiendo, pero eso no va a durar mucho.

Con una taza de café humeante en la mano, subo de nuevo las escaleras y llamo a su puerta.

—Em, es hora de levantarse —le digo.

—Vete.

—No se puede. Tenemos trabajo que hacer.

Ella gime.

—Te odio. —Tiene la voz apagada, como si se hubiera tapado la cabeza con la almohada.

—Puedo hacer frente a eso. Voy a entrar. Tengo café —digo como ofrenda de paz.

Empujo la puerta para abrirla. Su habitación está totalmente a oscuras, a lo que no ayuda la pintura negra que se empeñó en cubrir las paredes la primera semana que se mudó aquí.

Como era de esperar, descubro que no es más que un bulto bajo el edredón.

—Voy a dejar esto aquí, pero si no estás abajo y lista para trabajar en treinta minutos, entonces voy a arrastrarte hasta allí yo mismo.

—Creo que cometí un error. ¿Puedo volver a casa de mamá?

Me río de ella, porque los dos sabemos que está bromeando. Y no sólo porque ninguno de los dos sepa dónde está su madre ahora mismo.

Puedo ser duro con ella, pero sé que está desesperada por reglas y rutina. Muy, muy en el fondo. Sólo que no quiere admitirlo.

—Vale, niña. Veintiocho minutos ahora. —Salgo de su habitación y me dirijo hacia mi propio café.

Para mi asombro, veinte minutos después Emmie aparece con una taza vacía, vestida con una sudadera.

—Vaya, eres colirio para mis ojos. —La miro mientras se acerca a la máquina de café para que se lo rellene.

—Más vale que esta escuela sea jodidamente buena, papá. Ni siquiera son las nueve de la mañana de un domingo.

—Valdrá la pena. ¿Tienes todo lo que necesitamos?

Señala con la cabeza una carpeta que hay en la estantería y yo me acerco a ella, la agarro y hojeo toda la información que le ha dado Piper.

Resulta que ya ha hecho la mayor parte.

—Em, ¿por qué no me lo dijiste?

Se encoge de hombros.

—No me quedo mirando la tele mientras no estás aquí, ya sabes.

—Lo sé, pero no pensé…

—Papá —suspira, girándose para mirarme y apoyándose de nuevo en la encimera con su café recién hecho entre las manos—. No soy una completa cagada.

—Lo sé, Em. Ven a sentarte conmigo —le digo, ignorando su lenguaje.

Revisamos todo y miramos los correos electrónicos que he recibido esta semana con su horario y otra información. Sé que no necesita que lo haga. Es una joven brillante, pero me sigue la corriente.

Cuando terminamos, la convenzo para que venga a correr conmigo, a lo que accede a regañadientes antes de prepararnos para pasar la tarde con mis padres.

No solemos hacer lo de la familia, pero de vez en cuando mamá insiste en reunirnos a todos. También intenta prohibir a papá y a Cruz que hablen de negocios, pero eso aún no ha ocurrido. Mientras ninguna de sus conversaciones tenga nada que ver con Piper, soy feliz.

Miro a Emmie mientras mete los pies en las botas, lista para irse. Tengo en la punta de la lengua la advertencia de no decir nada sobre Piper, pero de momento no sabe que hay algo entre nosotros. Espero seguir así para que Emmie no se vea arrastrada a este lío.

—¿Va todo bien? —me pregunta, mirándome con las cejas fruncidas.

—Sí, con ganas de pasar una tarde con tus abuelos.

—Creo que estaría más dispuesta a ir al colegio un día antes. —Quiero reprenderla, pero para ser justos, yo tampoco estoy precisamente deseando que llegue esta tarde.

Capítulo Catorce

Piper

Por suerte, Lisa está al teléfono cuando me escabullo por la recepción el lunes por la mañana, pero sé que no voy a poder esconderme de ella para siempre. Me sorprende haber pasado el día de ayer sin una inquisición después de la forma en que me arrastraron bruscamente.

Me meto en mi despacho y cierro la puerta tras de mí.

Quiero quitármelo de la cabeza, pero con la imagen que tengo en el móvil y que llevo mirando demasiado tiempo desde que me la envió el sábado por la noche, y sabiendo que hoy vendrá a dejar y recoger a Emmie, no puedo.

No quería dejarle entrar de nuevo. No *debería dejarle entrar*, es peligroso, y no sólo para mi corazón, pero parece que no soy capaz de mantenerlo a raya.

Esas cosas que me dijo fuera de mi piso el sábado por la tarde… no puedo dejar de pensar en ellas. ¿Realmente quiere darnos una segunda oportunidad?

¿O es sólo un juego, para poder entregarme a su padre?

Ya lo habría hecho, dice una vocecita en mi cabeza.

Si quisiera vengarse, si quisiera verme pagar aún más por los errores que cometí, seguramente ya me habría entregado al mismísimo diablo.

El miedo corre por mis venas cuando pienso en Charles Ramsey. Mi padre daba miedo cuando te metías con él, pero no se parecía en nada a Charles. Es por eso que papá estaba tan desesperado por información privilegiada. Sabía que nunca podría tocarlo sin ella. Es demasiado poderoso, demasiado enigma.

Suelto un suspiro y me dejo caer sobre el escritorio.

Tengo dos opciones.

O le creo y me dejo arrastrar por el único hombre al que he amado. O me mantengo firme y me alejo de lo que podría ser lo mejor que me ha pasado nunca. Quiero decir, ¿cuántas personas realmente tienen una segunda oportunidad como esta?

La cabeza aún me da vueltas cuando se abre la puerta y una figurita familiar se asoma al interior.

—Buen intento, perra. No puedes escapar de mí tan fácilmente.

Gimo mientras ella deja caer su culo en mi silla.

—¿No tienes un drama de chico nuevo con el que lidiar o algo así? —pregunto poniendo los ojos en blanco. Alargo la mano y enciendo el ordenador para no tener que mirarla.

—Así que… —empieza.

—Así que fuimos al cine. Luego me llevó a casa porque tenía que trabajar.

—Piper, no. No hagas eso.

—¿Hacer qué? Es lo que pasó —digo inocentemente.

—Y vas a ignorar el hecho de que apareció y se puso en plan alfa.

—Um… ¿sí?

—Chica, fue tan jodidamente caliente. Cómo no saltaste sobre él allí mismo en la calle, no lo sé.

—Dios, Lis. No soy un adolescente hormonal fuera de control.

—Con un hombre como ese siguiéndote, deberías serlo.

—Las cosas no son tan sencillas.

—¿De verdad? Eso parece desde mi punto de vista. Tú eres soltera, él es soltero. Creo. ¿Cuál es el problema?

—No es… no es nada —digo con un suspiro. No puedo hablar de lo que pasó entonces. No sólo Lisa probablemente no me creería, sino que no quiero que nadie lo sepa. El riesgo de que me descubran es demasiado grande—. Pero seamos sinceras, ¿no dicen que las segundas partes nunca son buenas?

—Con una química como la que tienen, diría que son la excepción que confirma la regla, Piper.

—Ya veremos.

—¿Cuándo volverás a verle?

—No lo sé. Dijo que estaría en contacto.

—Oh, misterioso. Tal vez entre aquí y te eche sobre su hombro.

—Realmente espero que no. ¿Te dijo Henry algo sobre que me fuera el viernes por la noche? —

pregunto, dándome cuenta de que no pude preguntarle el sábado por la mañana.

—Pareció bastante decepcionado durante un rato, pero pronto encontró una sustituta.

Asiento y me fuerzo a sonreír. No quiero hacerle daño a Henry. Ha sido un buen amigo para mí desde que empecé aquí. No es que tenga mucha elección en cómo se desarrollaron las cosas el viernes por la noche.

—¿Te importa? Realmente necesito… —Señalo mi ordenador, ahora despierto, con la esperanza de que capte mi mensaje no tan sutil.

Nuestros alumnos de sexto empiezan hoy, lo que significa que tengo un día entero para presentarme y dar la bienvenida a nuestros nuevos estudiantes. La mayoría de nuestros alumnos vuelven después de haber hecho aquí sus GCSEs, pero hay algunos, entre ellos Emmie Ramsey, que empiezan de cero.

Reviso mis correos electrónicos, busco los expedientes de todos nuestros nuevos alumnos y me familiarizo con sus nombres y fotos antes de salir a buscar a Henry, preparado para su inspiradora asamblea de este es el primer día del resto de vuestras vidas que estoy segura de que está por llegar.

—Hola —le digo, encontrándolo en la entrada de la sala común de sexto, dando la bienvenida a todo el mundo.

Los carros entran y salen del estacionamiento, pero aún no he oído el ruido de la moto de Dawson.

Suponiendo que él no tiene también un coche, por supuesto.

—Hola, ¿cómo estás? —No sé si es mi imaginación o no, pero su voz parece un poco entrecortada.

—Estoy bien, gracias. ¿Pasaste una buena noche el viernes? —pregunto con una mueca de dolor, sin querer andarme con rodeos.

—Estuvo… bien.

Ay.

Sus ojos se vuelven hacia mí y sólo veo decepción en ellos.

Joder.

—Es un viejo amigo —suelto antes de darme una patada a mí misma. No quiero hablar de esto, y menos con Henry.

—No me pareció muy viejo —murmura, señalando con la cabeza a un grupo de estudiantes que caminan hacia nosotros.

—Sí, bueno…

—Está bien, Piper. Esto —dice, haciendo un gesto entre nosotros—. Éramos amigos con derechos. Ambos lo sabíamos.

Ah, ¿sí?

—Lo sé. No esperaba que estuviera allí el viernes. Fue como una sorpresa para mí.

Alguien me llama por mi nombre, pero no antes de oír a Henry murmurar:

—No estoy tan seguro de eso.

Se me revuelve el estómago cuando uno de los alumnos con los que pasé mucho tiempo el año pasado se me acerca para saludarme. No quiero hacerle daño, y temo no haber sido lo bastante clara sobre el hecho de que realmente no había nada entre nosotros, salvo un poco de diversión fácil.

Le echo un vistazo cuando vuelvo a estar sola, pero se lo ha tragado el equipo de fútbol.

Los observo durante un segundo antes de que un estruendo familiar sacuda mi cuerpo.

Me digo a mí misma que no me gire, pero es inútil. La atracción que siento hacia él es ya tan fuerte, si no más, como siempre.

Mis ojos se posan en él mientras vuela hacia el estacionamiento y se detiene en el área de bicicletas, que por desgracia es el lugar más cercano posible a donde me encuentro ahora mismo.

En cuanto detiene la moto, se arranca el casco de la cabeza y me mira.

El fuego me recorre las venas cuando nuestras miradas se cruzan. Una sonrisa se dibuja en sus labios mientras nos miramos.

No es hasta que se vuelve hacia Emmie, que ahora está fuera de la parte trasera de su moto, que nuestra conexión se rompe.

—Bueno, supongo que eso responde a la pregunta de cómo volvieron a conectar —me susurra al oído una voz familiar. Su calor me quema la espalda, diciéndome que está demasiado cerca. No sólo porque haya estudiantes cerca, sino porque Dawson está ahí mismo.

Algo me dice que no le hará mucha gracia que Henry empiece un concurso de meadas. También estoy seguro de quién ganaría dicho concurso.

—Sí, fue un shock. Si te hubieras reunido por tu cuenta, quizá no habría pasado —digo bruscamente. Sé que no fue culpa suya -le llamaron por una urgencia-, pero aun así... Recuerdo perfectamente lo aterrorizada que me quedé en cuanto le vi allí.

—Es hora de empezar, señorita Hill. Por favor, asegúrese de que su vida personal no afecta a su capacidad para hacer su trabajo.

Mis labios se entreabren por la sorpresa de que haya asumido que yo pondría mi trabajo en segundo lugar. Me he dejado la piel por él y por nuestros alumnos desde la primera mañana que empecé aquí.

Gilipollas.

Estoy a punto de girarme para seguirle dentro cuando la ardiente mirada de Dawson me detiene en seco.

Le miro. Sus ojos se entrecierran e, incluso desde esta distancia, veo que son más oscuros de lo habitual. Sacude lentamente la cabeza antes de separar los labios.

—Mía —gesticula, provocando mariposas en mi estómago y ganas de ir hacia el sur. ¿Qué tiene su actitud cavernícola que me afecta tanto?

Levanto la mano y le saludo con la mano, tratando de ignorar a dónde quiere llegar.

Sus labios se curvan en una pequeña sonrisa ante mi movimiento.

Me quedo clavado en el sitio cuando se pone el casco, acelera el motor y sale volando del aparcamiento.

—Hola, Emmie. ¿Lista para tu primer día? —le pregunto cuando llega a mí.

—¿Qué pasa entre tú y mi padre? —pregunta, metiéndose de lleno en el tema.

—Oh… esto… nada.

Me mira con los ojos entrecerrados, como si viera mucho más de lo que debería ver a sus dieciséis años. Pero supongo que es la hija de Dawson, así que es lógico que posea el mismo poder para meterse en mi piel.

—¿De verdad? Algo me dice que no se conocieron la semana pasada.

—Tendrías razón. Nos conocimos de chicos.

—Bien.

—El señor Davenport te estará esperando. Te alcanzaré más tarde para ver cómo te va, ¿de acuerdo?

—Me muero de ganas, señorita Hill. —Sonríe dulcemente, pero todo es una actuación. La he visto dos veces, y ya estoy aprendiendo que es tan enigmática como los otros Ramsey que conozco.

Joder.

Después de reunir a los pocos alumnos que quedaban, entro y cierro las puertas.

Echando un vistazo a la sala de alumnos, encuentro a Emmie sentada justo al fondo, en la esquina, escondida. No me sorprende; no parece la clase de chica que se lanzaría directamente a la multitud popular.

Henry está de pie en el escenario, acaparando la atención de todos. Todos los alumnos le miran en silencio, esperando a que empiece su discurso.

—Hoy es el primer día del resto de sus vidas…
—*¿Cómo iba a saberlo?* Pongo los ojos en blanco y me quedo de pie al fondo de la sala mientras él continúa.

***

Suena un ligero golpe en mi puerta.

—Adelante —grito, pero ya sé quién es. La he llamado hace diez minutos.

—Hola —dice Emmie nerviosa, entrando en mi despacho. Puede que piense que lo hago por su padre, pero no es cierto. A lo largo del día de hoy, voy a conocer a todos los nuevos alumnos antes de empezar con los antiguos.

—Ven y toma asiento.

—Claro. —Deja caer su bolso al suelo con un ruido sordo y se deja caer.

—¿Aún no has encontrado tu casillero? —pregunto, preguntándome cuánto pesa su bolso con el ruido del golpe.

—No, todavía no.

—Vale, puedo enseñarte dónde está si no estás segura.

—Seguro que puedo arreglármelas. —Inclina la barbilla y me mira fijamente.

—Estoy segura de que puedes. Pero la oferta está ahí si la necesitas. —Se hace el silencio entre nosotros antes de que me dirija a mi pantalla y abra su expediente. Conozco la mayor parte; lo estudié después de que Dawson y ella se marcharan la semana pasada.

—Esta no es una reunión especial, Emmie. En los próximos días, todos los alumnos de sexto se sentarán en esa silla.

—Es bueno saberlo. —Ella tiene cero expresión en su rostro. Es incluso más difícil de leer que su padre, y eso es mucho decir.

De acuerdo.

—Empecemos con tus notas. Ellas…

—Fueron una mierda, soy consciente. No hay necesidad de andarse con rodeos. Papá pensó que este lugar me arreglaría. Puede ser. Conoces la escuela de la que vengo, y estoy segura de que conoces su reputación. El hecho de que terminara con alguna nota y no acabara apuñalada o tiroteada es un milagro.

—Sí, no es uno de los mejores de la ciudad.

Resopla—: Mira —dice, sentándose hacia delante en su silla y apoyando los codos en mi escritorio—. No sé lo que piensas de mí. Francamente, no me importa. No me importa lo que piensen los demás. Pueden mirarme todo lo que quieran. Sé que no encajo y no quiero hacerlo.

—Pero, a pesar de lo que digan esas notas en su ordenador, no soy estúpido. Podría pensar que mi padre ha perdido la cabeza al inscribirme aquí, pero sé que puede ver mi potencial y sólo quiere lo mejor para mí. Se lo agradezco. Es más, de lo que mi madre nunca hizo por mí.

—Haré lo que se me pida. Trabajaré duro. Me esforzaré al máximo, pero no voy a convertirme de repente en un niño rico pretencioso para encajar. Me gusta la música rock, el color negro y, en cuanto convenza a mi padre, tendré tinta y una moto.

—De acuerdo. No iba a sugerirte que hicieras nada para encajar, Emmie. Eres tu propia persona y sólo querría que aceptaras eso.

—Genial. Sólo pensé en sacarlo ahora antes de que empieces a hablarme de Oxbridge o alguna otra locura.

Mis labios se separan, pero pronto descubro que no tengo palabras para responder.

—¿Eso fue todo?

—N-no. Así que nada de Oxbridge —sonrío—. ¿Pero tienes alguna idea de lo que te gustaría hacer en el futuro?

Se encoge de hombros.

—No sé. No lo he pensado.

—Está bien. Aún es pronto. *Knight's Ridge* te abrirá oportunidades, oportunidades que deberías aprovechar—.

—Ya veremos —dice, empujándose de la silla—. ¿Eso es todo?

—Um… sí. A menos que quisieras hablar de otra cosa.

—No, estoy bien. —Está en la puerta con la mano en el picaporte cuando se vuelve hacia mí—. Se me olvidaba. Papá me pidió que te diera esto. —Rebusca un poco en su bolso y saca un sobre.

—Gracias. —Casi ha desaparecido antes de que recupere mis sentidos—. Que tengas un buen día, Emmie. Estoy aquí si necesitas algo.

Ella no responde. Ni siquiera estoy segura de que me oiga.

Con el sobre blanco en la mano, le doy la vuelta en busca de pistas mientras el corazón se me acelera.

Debería guardarlo en mi bolso hasta que llegue a casa más tarde, porque sé que lo que hay dentro no tiene nada que ver con la asistencia de Emmie a *Knight's Ridge*. Todo lo que hacemos aquí es electrónico, así que es poco probable que sea un permiso de la vieja escuela.

Abro el cajón y lo meto, pero a pesar de que una vez lo cierro ya no está a la vista, nunca lo olvido.

Veo a tres estudiantes más con ella burlándose de mí.

Cuando me despido de la última, no puedo esperar más y la saco. Rápidamente abro la solapa y extraigo el contenido.

Desdoblo el papel y algo cae sobre mi regazo.

La desordenada letra de Dawson está garabateada en el papel.

El mejor día de mi vida.

Frunzo las cejas ante su críptico mensaje hasta que recojo lo que ha caído sobre mi regazo y le doy la vuelta.

Se me corta la respiración mientras miro fijamente versiones más jóvenes de nosotros dos en un parque de atracciones.

Una amplia sonrisa se dibuja en mis labios al recordar aquel fin de semana que nos escapamos de Londres. No íbamos a una feria, sino que tropezamos felizmente con ella, donde habíamos reservado un B&B para pasar la noche.

No se equivoca, fue increíble.

Antes de que pueda controlarlo, mis recuerdos sacan lo mejor de mí.

—*Venga, no seas miedica* —*se burló Dawson cuando me detuve delante de la noria.*

—*Dawson, de verdad no quiero subir allí.*

—*¿Por qué, qué es lo peor que podría pasar?*

—*Oh, no lo sé. Podríamos caer en picado hasta la muerte.*

Se rio de mí.

—*Piper, te subes a mi moto sin pestañear. Te aseguro que hay más posibilidades de morir en eso que en una noria.*

—*Las motos no me dan miedo y confío en ti. Las alturas, sin embargo…*

Sus brazos me rodearon los hombros.

—*Nena, nunca dejaré que te pase nada.*

Me mira con tanto amor en los ojos que no tengo más remedio que asentir y dejar que me lleve a la taquilla.

Todo mi cuerpo tiembla de miedo mientras esperamos el carro. Se balancea cuando piso, pero eso no es nada comparado con lo que hace bajo el peso de Dawson.

—Me voy a morir, joder. No tiene gracia —le dije cuando lo único que hizo es reírse de mí.

—No voy a dejarte morir, Piper. —Me acercó y me abrazó fuerte.

—Dios mío. Dios mío —susurré mientras nos pusimos en marcha. Apreté los ojos con fuerza y me aferré a Dawson con todas mis fuerzas.

—Eres guapísima.

—Nada de eso, estoy cagada de miedo.

—Ven aquí, deja que te distraiga. —Sus cálidos dedos inclinaron mi barbilla hacia arriba antes de que sus labios rozaran los míos.

En sólo dos segundos me olvidé de dónde estábamos cuando su lengua entró en mi boca.

Un gemido retumbó en mi garganta al cambiar mi razón para aferrarme a él.

Su mano se tensó en mi cintura mientras su beso se hizo aún más profundo.

No tengo ni idea de si era consciente, pero cuando retrocedió, estábamos justo en la cima. El corazón me saltó a la garganta mientras miré fijamente al cielo, intentando desesperadamente no mirar hacia abajo.

—Piper —me dijo, mientras me acarició la mejilla con la mano y me pasó el pulgar por la piel.

Le miré a los ojos y me quedé boquiabierta. Son oscuros, hambrientos y llenos de emoción.

—Piper, esto… Creo que me he enamorado de ti.

Capítulo Quince

Dawson

—Tengo que hablar contigo de algo —dice Emmie en cuanto volvemos a casa después del colegio.

—Esto no me va a gustar, ¿verdad? —Sabía que entregarle ese regalo que le mandé a Piper a través de mi hija no era la forma correcta de hacerlo, pero necesitaba hacer algo. Falta mucho para el domingo; necesito asegurarme de estar en su cabeza. Y espero que la foto fuera perfecta.

Estuve a punto de quemarlo todo. El día que me enteré de su traición, lo metí todo en una caja y juré verlo esfumarse al igual que nuestra relación. Pero no pude hacerlo.

Lo que yo creía excitante y puro era en realidad todo falso y basado en una mentira.

Aquel día, en la noria, me dijo que me amaba. Fue el momento más importante de mi vida. Pensé que lo había encontrado todo en Piper. Sabía que no debíamos estar juntos, pero el chico ingenuo pensó que podríamos evitarlo. Que podríamos sentar a nuestros padres, explicarles cómo nos sentíamos y todo estaría bien.

Qué equivocado estaba.

Aprieto los puños cuando pienso en ella diciendo esas palabritas. Yo le creía. Ni una sola vez cuestioné sus intenciones. Estaba cegado por ella. Totalmente cegado.

—¿Cuándo podré tener una moto?

—Joder —murmuro para mis adentros, frotándome la mano por la cara.

—¿Qué? Me dijiste que…

—Sé lo que te dije, pero no pensé que realmente quisieras.

Emmie lleva hablando de tener su propia moto desde que tuvo edad suficiente para saber lo que era. Le dije que cuando cumpliera dieciséis años le compraría una. Le pagué el CBT por su cumpleaños con la esperanza de que se subiera a una moto, se asustara y no quisiera volver a montar en una. Me salió el tiro por la culata, porque ahora quiere una más que nunca.

Me aterroriza.

—¿Por qué mejor no te compramos un carro? —pregunto, caminando hacia la cocina para encender la cafetera. Aunque no estoy seguro de que haya suficiente cafeína en el mundo para esta conversación.

—No, no quiero un carro. Quiero una moto, y cumplo diecisiete en unas semanas, lo que significa que puedo tener una 125cc.

—Emmie —gimo.

—Papá —se burla. Cuando me vuelvo para mirarla, la encuentro de pie, con las manos en las caderas y el ceño fruncido—. He hecho todo lo que me has pedido desde que me mudé aquí. Voy a ir a esa maldita escuela. Y, si estás de acuerdo, ni siquiera te haré las veinte preguntas que te mereces sobre la señorita Hill. —Sus ojos se entrecierran en mi dirección.

—Vaya, ¿quién te ha enseñado a hacer trueques? —murmuro, casi impresionado con su intento—. Primero, haces lo que te dicen porque eres una niña...

—Vaya, ¿de verdad me vas a pegar con esa mierda? Tengo dieciséis años. Puedo tener sexo, casarme, comprar un billete de lotería. Incluso puedo mudarme si quiero. —Ladea la cabeza para asegurarse de que oigo esto último—. También puedo montar moto legalmente, como bien sabes.

—Vale, no vas a tener sexo bajo este techo. —Mis ojos se abren de horror, pero ella sólo se ríe.

—¿Qué, de verdad crees que voy a tirar de uno de esos capullos ricos del colegio y colarlo aquí para follármelo en tu cama?

—Emmie —advierto, la sangre empieza a hervirme.

—Relájate. Si hay alguno que no sea un capullo integral, seguro que su mamá y su papá tienen una mansión que podríamos aprovechar.

—Dios, dame fuerzas.

—¿Qué tal si hacemos un trato?

—Claro.

Me trago los nervios porque realmente no quiero tener esta conversación con mi hija de dieciséis años, pero sé que me convertiría en un padre irresponsable si no lo hiciera.

—Podemos ir a buscarte una moto si...—. Levanta las cejas mientras espera a que termine la frase—. Si vas al médico y tomas anticonceptivos por si acaso lo que me has amenazado se hace realidad. ¿Por qué te ríes? ¿Por qué te ríes?

—Ay, papá. Te quiero, pero a veces no tienes ni idea.

Mis labios se separan para preguntarle de qué demonios está hablando, pero no encuentro palabras.

—Tomo la píldora desde los catorce años.

—Oh.

Debe ver el horror en mi cara porque rápidamente añade:

—No pasa nada, originalmente era para menstruaciones abundantes.

Me relajo un momento y luego...

—¿Originalmente?

—Entonces, ¿cuándo podemos ir de compras? —pregunta, cambiando rápidamente de tema.

La miro fijamente con su uniforme de *Knight's Ridge*. Puede que lleve los ojos muy maquillados y los labios casi morados, pero tiene razón, no ha hecho más que cumplir con todos los cambios de su vida en las últimas semanas, a pesar de un poco de descaro con el colegio.

—Ve a cambiarte.

—Dios mío —chilla—. ¿De verdad?

—Sí. Pero date prisa antes de que cambie de opinión.

—Dios mío, estoy tan emocionada. Muchas gracias. —Ella vuela hacia mí y lanza sus brazos alrededor de mi hombro—. Te quiero. Te quiero. Gracias.

—Yo también te quiero, Em. —Le doy un beso en la coronilla y la veo salir corriendo de la habitación, preguntándome a qué coño acabo de acceder.

Al menos me libré de tener que explicarle por qué era mi cartero oficioso para Piper.

Acabamos cenando una hamburguesa después de pasar demasiado tiempo en el garaje mientras Emmie se sentaba en todas las motos de 125cc que tienen.

Esperaba que quisiera una Vespa, pero no debería haberme sorprendido al descubrir que básicamente quería una versión en miniatura de lo que yo conduzco. Después de todo, mi chica es mala.

Así que después de pedir su nuevo bebé, nos dirigimos a comer y luego a casa para que pudiera hacer sus deberes.

La compra venía con algunas cláusulas. Sin problemas y buenas notas. Ella aceptó entusiasmada, pero supongo que sólo el tiempo dirá cómo irán ambas cosas, porque conociendo a mi descarada hija, dos años en *Knight's Ridge* no van a pasar sin un poco de drama.

No fue hasta que me acosté más tarde esa noche cuando me di cuenta de que no sabía nada de Piper. Estaba seguro de que se pondría en contacto después de ver esa fotografía.

Agarro mi teléfono y pulso su número. Podría mandarle un mensaje, pero una gran parte de mí quiere oír su voz.

—Hola —dice contenta.

—Hey. No es demasiado tarde, ¿verdad?

—No, todavía estoy levantada.

—Yo… eh… esperaba tener noticias tuyas hoy —admito, esperando que eso me haga sonar más interesada que un coño.

—Lo siento, ha sido un día de locos con el comienzo del año.

—No pasa nada.

Suspira por la línea, y es todo lo que necesito oír para saber que esas palabras son ciertas.

—Gracias por el regalo. Lo necesitaba.

—¿Supongo que porque acababas de tener un encuentro encantador con mi niña diabólica? —pregunto riendo.

—Se acababa de ir, sí. Pero es una buena chica, Dawson.

—Acabo de comprarle una moto —suelto.

—¿Como una Vespa? —Piper pregunta dubitativa, aunque sé que sabe que no lo es.

—No. Ella como que me chantajeó con una de verdad.

—Vaya. Creo que debería pasar más tiempo con ella, descubrir sus trucos.

—Qué graciosa, pero estoy seguro de que las dos me tienen comiendo de la palma de su mano.

—Así es, ¿eh?

—¿Qué estás haciendo ahora? —pregunto, bajando la voz con cada palabra.

—Uh-uh, no empieces, Dawson —advierte.

—¿Con qué? —pregunto inocentemente—. Sólo me preguntaba qué haces… qué llevas puesto.

—Algo muy, muy poco sexy, te lo puedo asegurar.

—Siento discrepar. Podrías llevar un saco y aún así excitarme.

—Por muy bonito que sea oír eso, no estoy del todo seguro de que sea verdad.

—Pruébame.

—Tal vez lo haga. Dime cuándo volveré a verte y prepararé mi saco—.

—¿No debería ser esa mi línea? —Me quedo mudo.

Se ríe, pero intenta disimularlo.

—Pensaba que planeabas salir conmigo. Tratarme bien —bromea.

—Oh, lo estoy. No tienes que preocuparte por eso.

—¿Me vas a decir dónde y cuándo? —indaga.

—Domingo. El dónde está en secreto ahora mismo.

—¿Es porque no lo has planeado?

—Eso lo tengo que saber yo y lo tienes que averiguar tú.

—Bueno, por muy divertido que haya sido esto, tengo que irme a la cama. —Algo chapotea en el fondo, y al instante estoy en alerta máxima.

—Piper —gruño—. ¿Estás en el baño?

—No tengo ni idea de lo que estás hablando —dice dulcemente, haciéndome gemir de dolor.

—Estás desnuda ahora mismo, ¿verdad?

—De nuevo, ni idea de lo que estás hablando. Pero necesito irme. Te veré el domingo.

—Suponiendo que pueda esperar tanto.

—Eres un chico grande, Dawson. Estoy seguro de que te las arreglarás.

—Tienes razón, pequeña. Lo soy.

—Oh Dios. Me voy. Gracias por la foto de hoy. Nos vemos pronto. —Cuelga antes de que pueda responderle.

Riéndome para mis adentros, dejo el teléfono en el suelo y me meto bajo las sábanas con imágenes de ella en un baño de burbujas caliente mientras mi mano desciende.

***

Cada día que pasa, encuentro una forma de demostrarle a Piper que pienso en ella. El martes envié flores al colegio y, segundos después de que llegaran, recibí un mensaje en el que me decía lo mortificada que se había quedado cuando su amiga entró orgullosa en su despacho con ellas, seguido rápidamente de un agradecimiento.

El miércoles, tenía un carro esperando para llevarla a casa después de descubrir que usa el metro, y todos sabemos lo que apesta eso en hora punta.

Ayer le envié un almuerzo del que solía ser su restaurante favorito cuando éramos chicos. Creo que le gustó mucho, porque antes de que me durmiera, recibí un mensaje suyo muy parecido al que le envié el domingo por la noche, sólo que sus pechos estaban cubiertos de seda y su tonificado vientre estaba en plena exhibición con su mano desapareciendo dentro de sus pantalones cortos a juego. Puedo decir con seguridad que me dormí con una sonrisa en la cara mientras decidía subir la apuesta para el último día de la semana.

Capítulo Dieciséis

Piper

—Ha llegado tu sorpresa —anuncia Lisa alegremente no un minuto después de que el timbre del almuerzo haya sonado por todo el edificio.

—Oh Dios.

—Creo que vas a disfrutar mucho con el de hoy.

—Dime que es pastel. Por favor, dime que es pastel, o vino.

—Trabajas en un colegio, Piper —me amonesta riendo.

—Esta tarde no tengo prevista ninguna reunión de estudiantes. Nadie se daría cuenta, estoy segura.

—¿Qué demonios te pasa?

—Nada —murmuro, pero no es lo bastante silencioso, porque Lisa suelta una carcajada.

—Bueno, puede que tengas suerte con ese pequeño asunto—.

Siento un hormigueo en el vientre.

—¿Es él…?

—Ven a verlo por ti misma.

Empujo la silla con tanta fuerza que choca con la estantería de detrás.

No debería estar tan emocionada ante la perspectiva de verle, pero después de todos sus regalitos de esta semana y nuestros descarados mensajes y llamadas telefónicas, estoy casi desesperada.

Sigo a Lisa con impaciencia hasta que consigo asomarme al estacionamiento. Mis ojos se posan en él al instante. Está apoyado en su motocicleta, lleva una camiseta negra, los brazos entintados cruzados sobre el pecho ancho y unas gafas oscuras que ocultan sus ojos. Sin embargo, lo sé en cuanto se posan en mí. Se me calienta la sangre y se me eriza la piel.

—Disfruta. Conoces el sitio donde todos los niños van a esconderse, ¿verdad? —me pregunta Lisa con un guiño.

—Somos adultos, Lis. Podemos contenernos —murmuro, dirigiéndome a las puertas.

—Lo creeré cuando lo vea.

Le hago la seña del dedo de en medio por encima del hombro mientras salgo hacia él.

Sus labios se crispan en una amplia sonrisa cuando me pongo delante de él.

—Es una agradable sorpresa.

Se quita las gafas y se las mete en el cuello de la camiseta, dejándome ver sus ojos.

—No estaba seguro de cómo superar los últimos días.

—Creo que lo has conseguido. Dime que has traído pastel y lo confirmará.

—Puede que tengas suerte.

Mete la mano por detrás y agarra una bolsa que está apoyada en el asiento.

—¿Conoces algún sitio bueno para un picnic?

—Sí. —Señalo hacia unos bancos donde nunca van los niños.

Me agarra de la mano y me deja que le guíe.

—Este lugar es un poco diferente a lo que recuerdo de la escuela —dice mientras contempla el paisaje ondulado.

—Lo sé. No es exactamente el típico centro de la ciudad.

Ambos tomamos asiento antes de que nos revele en silencio lo que ha traído.

—Elige —dice, señalando los bocadillos precocinados, las patatas fritas y, sobre todo, la tarta.

—Gracias —digo, cogiendo uno de los bocadillos y abriendo el envoltorio de un tirón.

—¿Cómo le va a Emmie?

—Ah, así que por eso estás aquí —bromeo—. Quieres información privilegiada.

—Sabes que no estoy aquí por eso. Sólo tengo curiosidad. Todo lo que he conseguido de ella esta semana es que está bien.

—Que yo sepa, todo va bien. No he oído nada en contra.

—Bien. Eso está bien —dice casi con torpeza antes de callarse.

—¿Puedo preguntarte algo?

—Claro.

—¿Cómo conseguiste que Emmie viniera tan tarde? Sé que tenemos lista de espera, pero parece que te la has saltado.

—Contactos.

Esa simple palabra hace que me recorra un escalofrío por la espalda.

—¿Contactos? ¿Debería preocuparme?

—Sí y no. —Trago saliva con nerviosismo, porque mientras él era un libro cerrado los primeros días después de reencontrarnos, ahora está relajado y puedo leerle. Y ahora está siendo totalmente sincero.

—¿Quién? ¿Me reconocen? ¿Saben quién soy?

—¿Tu qué crees? —pregunta alrededor de un bocado de sándwich de queso y jamón.

—Creo que sigo viva, así que es una buena señal.

—Pero no vayas por ahí anunciando tu verdadero apellido.

—¿Y si se enteran?

—Tú sabes la respuesta a eso, Piper. Pero volviste, así que debes haber pensado que el riesgo valía la pena.

—Es mi casa, Dawson.

—Yo lo entiendo. Otros no.

—Joder —murmuro, sintiendo de repente mucha menos hambre.

Pico mi bocadillo mientras una extraña tensión se apodera de nosotros.

—Lo siento, Piper —dice después de unos segundos—. Esperaba que esto te hiciera sonreír.

—Así es. Lo siento, no debería haber sacado el tema.

Alarga el brazo por encima de la mesa y entrelaza sus dedos con los míos.

—No dejaré que te pase nada, Piper.

Mi cabeza da vueltas con su promesa. Aún hay muchas cosas que no sé de él. No para de decirme cosas increíbles, pero sigo sin saber si trabaja para su padre. Seguro que no sería la cosa más loca que nos ha pasado.

—Deja de preocuparte, pequeña. Estás a salvo.

Asiento, preguntándome hasta qué punto son ciertas esas palabras, pero no tengo motivos para no creerle. Vale, al principio fue duro, quería darme una lección, pero desde entonces creo todo lo que dice. *Quiero creerle.* Quiero creer que esto es real y esa segunda oportunidad de la que hablaba Lisa.

Me aterra que todo esto pueda ser mentira y estoy cayendo de cabeza en ella.

Pero ¿y si no lo es?

—¿No deberías estar ahora en el trabajo o algo así? —pregunto al cabo de unos segundos, necesitando dejar de dar vueltas en círculos en mi cabeza.

—Voy después.

—¿A qué te dedicas?

—¿Qué crees que hago? —pregunta crípticamente.

Me acuerdo de cuando éramos chicos, pero no recuerdo que habláramos del futuro. Estábamos demasiado preocupados por si nos pillaban y ninguno de los dos lo tenía.

Recuerdo que le encantaba dibujar y estaba obsesionado con la música.

—Umm… ¿Trabajas en un club o algo así? ¿Organizador de eventos? —pregunto, pensando en su horario nocturno.

—Buena suposición, pero no. Te lo enseñaré un día de estos.

—¿Me lo enseñarás?

—Si eres lo suficientemente valiente.

Trago saliva con nerviosismo.

—¿Suficientemente valiente? —balbuceo. Que yo sepa, sólo tengo miedo a las alturas. ¿Qué demonios podría ser su trabajo?

Suena el timbre de los edificios a lo lejos y empezamos a recoger a regañadientes.

—Esto estuvo bien, gracias.

—¿Bien? —pregunta, sonando ofendido.

—Sí, fue una agradable sorpresa, así que gracias.

Me sonríe mientras me levanto del banco antes de subirme a su regazo.

Me mira fijamente a los ojos como si fuera la primera vez que lo hace.

—¿Dawson? —Susurro, necesitando saber a qué se debe su repentina intensidad.

—Nadie va a tocarte, pequeña—. Me roza la nariz. Mis labios se fruncen por un beso que sé que no va a seguir. Me besa la mejilla antes de rozarme la oreja—. A menos que yo les diga que lo hagan —susurra en voz tan baja que me recorre un escalofrío de miedo y deseo.

Jadeo y él se ríe.

—Relájate. Estás a salvo conmigo.

No tengo ni idea de si debo creerle, pero sin la aprobación de mi cerebro, mi cuerpo se relaja ante sus palabras.

—Vamos, tienes que volver al trabajo.

Asiento, salgo de su regazo a regañadientes y le ayudo a recoger antes de volver al edificio principal.

—¿A qué hora el domingo? —pregunto cuando llegamos a su moto.

—Diez y media.

—¿Por la mañana?

—Sí. No quiero desperdiciar el día.

Le sonrío, con el corazón latiéndome desbocado en el pecho.

—No puedo esperar.

—Yo tampoco, pequeña. —Me coge en brazos y me da un beso en la cabeza.

—Será mejor que… —Echo un vistazo por encima del hombro y, como era de esperar, encuentro a Lisa mirándonos.

—Sí.

Me mira volver al edificio, donde me quedo dentro y no le quito ojo mientras se pone el casco y lanza una larga pierna sobre la moto.

—¿Cómo diablos lo dejas ir sin saltar sobre él? —Lisa dice, viniendo a ponerse a mi lado.

—Porque estoy en el trabajo. Tengo pastel —le digo, sosteniendo lo que queda de nuestro picnic, para su deleite.

—Quiero decir, no es un motorista caliente con las habilidades para mostrarme el cielo, pero lo tomaré.

Riéndome de ella, me dirijo a mi despacho para terminar la semana.

Estamos a mitad de la última clase del día cuando llaman a mi puerta.

Llamo a quienquiera que esté dentro, pero no levanto la vista de la pantalla enseguida; estoy demasiado perdida en el correo electrónico que estoy leyendo.

—¿Tuvo un almuerzo divertido, señorita Hill?

Me giro y veo a Emmie apoyada en la puerta cerrada con una sonrisa de comemierda en la cara.

—Sí, gracias. ¿Has tenido una buena primera semana?

—Meh —dice, dejando caer su bolso al suelo y dejándose caer en la silla frente a mí.

—¿No deberías estar en clase?

—¿Deberías haber tenido una cita en el almuerzo? —Me mira levantando una ceja.

—Tu padre y yo somos amigos, Emmie.

—Amigos. Sí, claro. Mira, aquí está la cosa, puede que sólo haya estado viviendo con él durante unas semanas, pero me gusta pensar que lo conozco bastante bien. Él nunca, y quiero decir nunca, hace ese tipo de esfuerzo por una mujer. Nunca ha tenido novia. Ni siquiera he conocido a una amiga aparte de las que trabajan con él.

—Tal vez le gusta mantener sus vidas separadas —digo, sin ganas de hablar de esto con su hija.

—Tal vez, pero realmente no creo que ese sea el caso.

—¿Y tu madre? —Me arrepiento de la pregunta en cuanto sale de mis labios. No debería buscar este tipo de información en Emmie.

—¿Mi madre? —pregunta con una carcajada que me hace fruncir las cejas—. Mi madre y mi padre se odian. Siempre se han odiado, que yo sepa.

—Oh, vale entonces…

—Creo que eres diferente.

No tienes ni idea.

—Sólo somos amigos. ¿Cómo fue tu primera semana? —Lo intento de nuevo.

—Es sólo la escuela. —Me hace un gesto para que me vaya—. ¿Lo vas a ver de nuevo?

—Yo… esto…

—Sólo creo que deberías, eso es todo.

Mis labios se separan para responder, pero no encuentro palabras.

—Usted lo hace sonreír, señorita Hill. No ocurre muy a menudo.

—Vale… eso… eso está bien —tartamudeo, luchando contra una sonrisa—. Entonces, la escuela. ¿Ha ido todo bien esta semana? ¿Los profesores y las clases bien?

—Sí, nunca pensé que lo diría, pero la verdad es que es bastante agradable estar en una clase en la que la gente quiere aprender y el profesor no se pasa todo el rato apagando fuegos… a veces literalmente.

—Qué bien. Me alegro de que los disfrutes. ¿Amigos?

—No estoy aquí para hacer amigos.

—Puede que no, pero serán dos largos años sin ninguno.

—Estoy segura de que estaré bien. Puede que no te hayas dado cuenta, pero realmente no encajo.

—Te contaré un secretillo. —Me inclino hacia delante y ella hace lo mismo, intrigada por lo que voy a decir—. Nadie lo sabe. Todos están jugando a un juego.

Se burla.

—He visto a los chicos que se creen los dueños del lugar y a las chicas que los siguen como cachorros perdidos. No están actuando, sus egos realmente son así de grandes.

—Como dije… juegos.

Suena la campana de fin de jornada y Emmie se levanta de la silla.

—Gracias por la charla, señorita H.

—Siempre estoy aquí si me necesitas.

Me mira fijamente durante un rato.

—Dale una oportunidad a mi padre. Es un buen tipo, bajo el ceño fruncido y la tinta que da miedo.

Me río entre dientes.

—Lo sé, Emmie. Lo conocí antes de que surgiera ninguno de esos. —Sus ojos se suavizan mientras se dirige a la puerta—. Hasta pronto.

Sonríe y sale de mi despacho, dejándome un poco desconcertado.

Es viernes por la noche, lo que significa una cosa: Lisa rogándome que salga para poder intentar tirar. Discutimos un poco, pero finalmente me deja salir. Estoy agotado, sólo quiero una noche en el sofá con una botella de vino para mí solo y una película o dos. También quiero poder oír si Dawson decide llamarme más tarde.

Capítulo Diecisiete

Dawson

—Creía que ya estarías dormida —digo cuando unos pasos suaves se unen a mí en la cocina.

Es mucho después de medianoche, ya que salí a tomar unas copas con los chicos después del trabajo. Esperaba que me echaran la bronca por la cita para la que pedí ayuda a Biff y Kas, pero, para mi sorpresa, nadie lo ha mencionado. Si las chicas se lo contaron a sus chicos, les habrán jurado guardar el secreto, cosa que agradezco.

Lo último que necesito es que todo el mundo lo sepa antes de que consiga lo que pretendo.

La conversación que mantuvimos en la comida de antes aún resuena en mi mente. Puede que haya exagerado cuando sugerí que había una amenaza para Piper en *Knight's Ridge*. No hay nadie por los pasillos que sepa quién es. Mis conexiones con la escuela son entre bastidores, y no tienen ningún interés en saber quién es el personal. Pero quería ver su reacción, ver si estaba asustada, con la esperanza de que eso me diera una pista de dónde tiene la cabeza.

Ahora mismo, siento que ambos estamos bailando alrededor del otro, sin saber qué es real o no. Sé que probablemente sea culpa mía. El hecho de que yo esté jugando me hace preguntarme si ella lo está haciendo, si sólo nos estamos utilizando el uno al otro.

Quiero decir que no es así y que sólo es precavida porque es lista. Incluso la gente que no me conoce es precavida, y mucho más alguien que tiene todo el derecho a serlo.

—Estaba haciendo los deberes.

—¿Quién eres y qué has hecho con mi hija? —pregunto bromeando, mirando por encima del hombro de Emmie.

—Cállate, idiota. Nunca fui tan mal estudiante. Sólo me harté de ser una de las únicas que se molestaban en hacerlo.

—Es bueno saberlo. ¿Entonces no me odias del todo por enviarte a ese lugar?

—No, nunca podría odiarte, viejo, aunque básicamente te estés tirando a una de mis profesoras. —Escupo el agua que acababa de tomar.

—Lo siento, ¿qué?

Se sube al taburete y me mira como si fuera idiota mientras agarro un paño de cocina para limpiar el desastre.

—¿Pensaste que no me daría cuenta de que tienes una erección por la señorita H?

—Emmie —jadeo—. Yo no... podemos no... joder. No estaba preparado para esto. *Que se mude mi hija adolescente, no será tan malo, decían* —murmuro para mis adentros mientras intento averiguar cómo interpretar esto.

—Hablar contigo mismo no hará que esto mejore.

—No, pero tú yéndote a la cama y no mencionando nunca más que la tengo dura.

Pone los ojos en blanco y agarra una manzana que hay en el frutero.

—Entonces, ¿y la señorita H... van en serio?

—Sólo somos viejos amigos.

—Curioso —murmura con la boca llena de manzana—. Ella también intentó decirme eso.

—Has hablado con ella.

—Sí. Y de nada, por cierto—. Me guiña un ojo, haciendo que me suba la temperatura.

—Emmie, ¿qué has hecho? —Mi voz es baja, mi advertencia clara.

—Sólo te estoy ayudando, viejo. No me imagino que tengas mucho juego, viendo que has estado soltero por siempre.

—No es por falta de habilidad.

—Espero que no. Pero pensé en darte una pequeña ayuda.

—¿Qué. Hiciste? ¿Qué Dijiste?

Sus labios superiores se curvan mientras piensa.

—No, no me acuerdo. —Se baja del taburete y está en la puerta antes de que pueda pestañear—. Buenas noches —dice desapareciendo antes de que pueda estrangularla.

—Joder.

Saco el móvil del bolsillo, busco el contacto de Piper y mi pulgar se posa sobre su número.

Es tarde, el reloj del horno me dice que se acercan las dos de la madrugada.

No debería llamar. Debería esperar a mañana.

A pesar de saber qué es lo que debo hacer, pulso llamar de todos modos. *Puede que no conteste,* me digo.

Pero eso no es lo que ocurre, porque se conecta en el tercer timbre.

—¿Hola? —Su voz es áspera y ronca e inmediatamente se me hincha la polla.

—¿Estás dormida, pequeña?

—Lo estaba, sí. —Casi puedo imaginármela acurrucada en su cama—. ¿Está todo bien?

—Sí. Me estaba enterando de que tuviste una agradable charla con mi hija esta tarde.

—Oh sí, eso. Ella soltó todos tus secretos, ¿sabes?

—Sí, eso es lo que me preocupa.

—Si crees que voy a repetir lo que ella me dijo, entonces tienes que pensarlo de nuevo. Existe el código de chicas.

—Dios —murmuro, frotándome la mano por la cara—. Voy a tener problemas con ustedes dos, ¿verdad?

—Son dos contra uno, así que yo diría que sí. —Bosteza, y al instante me siento culpable por despertarla.

—Te dejaré volver a dormir.

—Hmm —murmura como si ya lo estuviera—. Mi cama está fría —susurra—. No le vendría mal otra persona en ella.

—No me hagas esto, nena. Sabes que estaría allí en un santiamén si pudiera. —Miro al techo. Estoy segura de que podría salir; Emmie es más que capaz de quedarse sola en casa, pero no quiero ser esa madre. Además, le hice una promesa a Piper, y una llamada nocturna no lo es.

—Pero llevo…

—No lo hagas —advierto—. No lo hagas.

—No eres divertido.

—Creo que sabes que eso no es verdad, cariño. Puedo ser muy divertida.

—Lo recuerdo bien. Me mojo sólo de pensarlo.

—Piper, ¿has estado bebiendo?

—A lo mejor una o dos. Me sentía sola, así que puede que me tomara un tercero. No me acuerdo.

—¿No hay salida el viernes por la noche?

—No, me quedé en casa, esperando recibir una visita.

—Bueno,   siento   decepcionarte.   Ahora, cuéntame más sobre lo mojada que estás…

***

El sábado se hace pesado. Me encanta mi trabajo y los chicos con los que trabajo, pero nada puede sacarme de mi estado de ánimo abatido mientras espero impaciente a que llegue el domingo por la mañana.

No debería estar tan emocionado por verla. No debería echarla tanto de menos y, desde luego, no debería desearla tanto.

Me temo que mis planes bien trazados se están torciendo un poco.

Quería vengarme. Quería darle un futuro a mi hija. En ningún momento se suponía que me involucraría tanto.

Pienso en dieciocho años atrás y me familiarizo con la rabia que sentí cuando se descubrió su traición. Necesito aferrarme a eso, necesito aprovecharlo para impulsarme a hacer lo que hay que hacer. Porque no importa cómo me sienta; no sólo me hizo daño a mí, sino también a mi familia. Hay que dar lecciones y, sin duda, derramar sangre.

Pero esta no es sólo mi lucha. Ella lo llevó más allá de mí cuando aceptó ir tras mi padre.

Las acciones tienen consecuencias, y no importa cuántos años hayan pasado, siempre serán recordadas por los agraviados.

Soy el último en el estudio cuando termino con mi cliente. Zach y Biff están arriba en el piso, y Titch y Spike se han ido hace poco más de treinta minutos.

Después de ver salir a mi cliente, me aseo y me preparo para volver a casa. No hace tanto que saldríamos tanto esta noche como la anterior, pero ahora todos los chicos tienen chicas, todo ha cambiado.

Antes éramos cuatro tipos libres y solteros dispuestos a divertirnos tanto como pudiéramos cada noche de la semana, pero ahora sólo quedo yo.

Pensar en cómo todos ellos están pasando a las siguientes etapas de sus vidas me hace pensar en mi futuro. ¿Quiero seguir como estoy los próximos treinta y tantos años? ¿O quiero lo que ellos tienen: alguien con quien pasarlos?

Me vienen a la cabeza imágenes de Piper y yo, pero es inútil. Puede que la esté deseando, pero ahora mismo no puedo pensar en nada del pasado.

No tenemos futuro.

No podemos.

***

Estaciono delante de su edificio diez minutos antes y apago el motor. Me ha dicho que se reuniría conmigo aquí, así que no me acerco y la llamo, sino que me bajo de la moto y la espero.

No tengo que esperar mucho; no pasan ni tres minutos cuando se abre la puerta principal. Casi se me salen los ojos de las órbitas al verla salir. Parece el sueño húmedo del adolescente que llevo dentro.

Lleva unos vaqueros ajustados y una chaqueta de cuero entallada con cremallera que deja al descubierto su impresionante escote.

Se me hace la boca agua mientras la acojo.

Levanto los ojos de sus tetas y contemplo su rostro impecable y su larga melena rubia ondulada.

—Piper, estás… —Una sonrisa se dibuja en sus labios.

—Pensé en vestirme para la moto.

—¿Quieres decir que esto no es por mi bien? —Se ríe, y el sonido junto con la amplia sonrisa de su cara hacen algo en mi interior, algo que sé que no debería sentir.

—¿Cuál es el plan? ¿Adónde me llevas?

—Súbete y lo descubrirás.

Me mira con los ojos entrecerrados mientras intenta en silencio que confiese. Tendrá que esforzarse más si quiere conocer mis secretos.

—De acuerdo.

Le paso el casco y, una vez lo tiene bien sujeto, vuelvo a subirme a la moto y espero a que se una a mí.

No duda en rodearme con sus brazos y casi consigo atrapar el suspiro de satisfacción que amenaza con retumbar en mi garganta cuando su calor me envuelve.

Acelero el motor y salgo disparado de su edificio y atravieso la ciudad.

Sé exactamente adónde vamos, pero eso no me impide tomar el camino más largo para poder disfrutar de tenerla detrás. También aprovecho para pasar discretamente por el club de papá.

Probablemente sea cruel y tentar al destino, pero quiero sentir su reacción mientras se pregunta si es ahí adónde vamos.

En cuanto se da cuenta del giro que doy y de adónde podría llevarla, sus brazos me rodean la cintura.

No puedo oír nada de lo que dice en este momento, lo que me hace desear tener micrófonos instalados en nuestros cascos.

Su agarre se hace más fuerte cuanto más nos acercamos, y juro que la siento temblar de miedo en un momento dado.

Interesante.

Antes de que nos acerquemos demasiado, giro a la izquierda y me dirijo en dirección contraria. Su agarre se afloja de inmediato y casi puedo imaginarla exhalando un suspiro de alivio.

Sólo han pasado quince minutos cuando llegamos a nuestro destino de la tarde.

—¿Al mercado Borough? —pregunta, quitándose el casco y pasándose los dedos por el pelo.

—Sí.

—No era lo que esperaba, para ser sincera —admite.

Le quito el casco y lo cierro antes de hacer lo mismo con el mío y sacar una bolsa para llevárnosla.

—Una parte de mí pensaba que habías encontrado un parque de atracciones y me ibas a torturar en la noria otra vez—. No puedo evitar sonreír. Me alegro de que siga pensando en la foto que le envié. Sé que yo sí—. Pero entonces te dirigiste hacia el club y pensé…

Sacudo la cabeza mientras el miedo se refleja en sus ojos violetas.

Alargo la mano, la cojo entre las mías y la atraigo hacia mí. Su aroma me inunda la nariz y casi bajo la cabeza para abrazar sus labios. Ella también lo sabe, porque sus ojos se posan en los míos, expectantes.

—Yo no te llevaría allí, nena. Demonios, no he estado allí en años.

—¿No lo has hecho? Entonces, no eres...

—No, nena. No estoy asociado con ellos. Bueno, aparte de mi apellido.

—Oh. —Su cuerpo se relaja visiblemente con mi confesión.

—Fui un desastre después de tu... muerte. Ya le había dicho a papá que me iba, pero entonces la madre de Emmie anunció que estaba embarazada, y me fui para siempre.

—Pero tenías que parchear.

—Lo sé. Pero después de ver las consecuencias de lo que mi padre te hizo a ti y a tu familia, enemigos o no, no pude. No quería que mi hija se criara rodeada de esa vida.

Una risa triste pasa por sus labios.

—Lo comprendo.

—Papá no estaba contento. Pero yo tenía casi dieciocho años; era adulto, y él no podía hacer mucho al respecto a menos que no quisiera que respirara. No hablé con mis padres durante mucho tiempo después de aquello. Se perdieron a Emmie siendo un bebé. Sólo en los últimos años, cuando la salud de mamá ha empeorado, hemos arreglado un poco las cosas, aunque nunca será lo que fue.

—¿Así que realmente no quieres matarme?

No puedo evitar una risita—. No, Piper. No quiero matarte. Todo lo que pasamos de niños... fue jodido. Oímos demasiado, vimos demasiado, experimentamos demasiado.

—Nos obligaron a hacer demasiado. —Nuestros ojos se fijan en ella cuando dice esas palabras.

—Sí, lo éramos. Las cosas podrían haber sido tan diferentes para nosotros si no hubiéramos nacido en las familias que fuimos.

—Claro, podríamos estar casados y con hijos para no… —Se detiene. No estoy seguro si es por lo que puede leer en mi cara o qué, pero entra en pánico—. Mierda.

—Oye —digo suavemente, acariciando su mejilla—. Podríamos haberlo sido. Demonios, deberíamos haberlo sido.

—¿De verdad crees que habríamos llegado tan lejos?

—De verdad, nena. Estaba tan colado por ti entonces.

Jadea ante mi sinceridad.

—¿Y ahora qué? —pregunta vacilante.

—¿Ahora? —Doy la vuelta hasta que ella queda apoyada contra mi moto. Apoyo las palmas de las manos en el asiento, la rodeo y poso mis labios sobre los suyos—. Ahora mismo, me siento como si tuviera dieciocho años otra vez.

Cierra los ojos preparándose para mi beso, pero nunca llega. Todavía no.

—Dawson —se queja cuando me alejo un paso de ella.

—Lo bueno se hace esperar.

—Sí, suponiendo que no me queme antes —murmura, para mi diversión.

—Vamos. Tenemos que ir de compras. —Enrosco mis dedos con los suyos y tiro de ella hacia el mercado.

—¿Me trajiste de compras para una cita? —pregunta, sonando totalmente confundida.

—Lo hice. Pensé que cenar y ver una película estaba sobrevalorado.

—Y de todas las demás opciones te decidiste por comprar… en un mercado.

—Ya lo hice. Ahora —le digo, tirando de ella hacia mi cuerpo y rodeando su hombro con mi brazo—. ¿qué te apetece para comer?

—Eh… —Me mira antes de volver a mirar a los vendedores de comida que nos rodean.

—Nos vamos de picnic, cariño.

—Oooh. Supongo que eso tiene más sentido. —Mira a su alrededor una vez más—. Pan, queso… definitivamente queso, aceitunas, vino.

—¿Tienes hambre? —pregunto riendo.

—Sí, la verdad. Estaba demasiado nerviosa para comer. —Sus mejillas se vuelven rosadas con su admisión.

—¿Qué he hecho sin ti? —le pregunto. Mi voz es seria, demasiado seria, porque a pesar de todo, es la maldita verdad.

—¿Has hecho un niño? —pregunta, tratando de disipar la tensión que se ha apoderado de nosotros.

—Eso no llevó más de cuatro minutos como mucho.

—Dios mío, no acabas de decir eso.

—Fue un error. Me estaba ahogando y tomé algunas decisiones muy cuestionables. Siendo la madre de Emmie una de ellas.

—Ella dijo que ustedes dos se odian.

—Ah, así que eso es lo que estabas hablando, ¿eh?

—Una de las cosas —admite.

Capítulo Dieciocho

Piper

Dawson intenta indagar en lo que hablamos Emmie y yo el viernes después de mi ingreso, pero no le doy nada; no es que realmente haya algo, pero me gusta mantener el misterio porque veo que le está volviendo loco.

Paseamos de la mano, mirando todo lo que el mercado Borough tiene que ofrecer para nuestro picnic.

Si me hubieras preguntado en qué pensaba que iba a consistir nuestra cita, no era esto. Para empezar, se me había metido en la cabeza que nos sacaría de la ciudad como solía hacer. Sé que ya no nos escondemos -bueno, él tampoco-, pero seguía sin pensar que nos quedaríamos en Londres.

—¿Contenta? —pregunta una vez que mete nuestra última compra en su bolso.

—Sí, creo que tenemos suficiente para alimentar a los cinco mil.

—Dijiste que tenías hambre.

—La tengo, pero tenemos mucho.

—También puede ser la cena —dice con una sonrisa burlona.

—¿Todavía voy a tener que aguantarte para entonces?

—Listilla. No te librarás de mí tan fácilmente. Este picnic es sólo el comienzo de mis planes para ti hoy, Piper.

Mi estómago da un vuelco y el deseo se agolpa en mi interior.

Salimos del mercado, el sol me hace entrecerrar los ojos antes de que Dawson nos dirija a un parque donde saca una cesta de picnic y otros útiles como platos, tazas, cuchillos y tenedores.

Asombrada por su nivel de planificación, tomo asiento y espero a que se una a mí.

—Estoy impresionada —le digo mientras empieza a colocar la comida que hemos comprado.

—Es sólo un picnic. Quería hacer algo que nos diera tiempo para hablar.

Trago saliva con nerviosismo. Sé que todavía hay muchas cosas que no hemos tocado desde que nos reencontramos, pero he sido bastante feliz viviendo en la dicha ignorante. Aunque no puedo negar que su confesión de que no forma parte de los *Royal Reapers* me ha ayudado a respirar un poco más tranquila.

—Sírvete tú misma —dice una vez que todo está expuesto ante mí.

—Tiene tan buena pinta. Y ese pan huele increíble.

Los dos empezamos a disfrutar de las delicias frescas, locales y caseras que habíamos comprado.

Comemos en silencio y, aunque es cómodo, a medida que pasa el tiempo noto cómo aumenta la tensión.

Vuelve a inclinar su pequeño vaso de vino tinto antes de dejarse caer para tumbarse de lado y apoyarse en el codo.

—Piper, necesito que seas honesta conmigo sobre algunas cosas.

—Te diré todo lo que necesites saber, Dawson. No estoy ocultando nada.

—Bien. —Asiente un segundo mientras formula su primera pregunta—. ¿Por qué lo hiciste?

Exhalo un largo suspiro. Sabía que iba a empezar por ahí.

—Porque mi padre no me dejó otra opción.

—¿Qué quería saber?

—No conozco los detalles, sólo lo que oí por casualidad. Sabes tan bien como yo que la información del club nunca se comparte con menores, sean hijos del Presidente o no. —Asiente, así que continúo—. Pensó que tu padre estaba haciendo algo ilegal. No tengo ni idea de qué; drogas, armas, no lo sé. Pero estaba desesperado por descubrir lo que fuera y acabar con él. No necesito decirte lo celoso que estaba. Los *Royal* crecían mucho más rápido que la *Hermandad* y él estaba obsesionado con detenerlo. Era... estúpido. Una guerra que nunca iba a ganar, pero una que pensó que era una buena idea, no obstante.

—No quería hacerlo. Me negué. Discutí. Lo último que quería era ponerme en medio de tu familia y de la batalla entre nuestros padres, pero me dejó pocas opciones.

—¿Te... te amenazó?

—Los detalles no importan.

—Piper —gruñe—. Necesito que me lo cuentes todo.

Se me hace un nudo en el estómago. No he hablado de esto con nadie, y Dawson es la última persona que quiero que lo sepa.

—Me amenazó con hacerme ganar mi sustento en el club.

Dawson abre mucho los ojos. Sabe lo que ocurre en los clubes MC con las mujeres. No es bonito. Se le desencaja la mandíbula y se le tensan los tendones del cuello.

—No sucedió.

—No, tomaste la otra opción.

—¿Qué otra opción tenía? —Se encoge de hombros. Sé que lo entiende de algún modo.

—¿Y si no me enamoraba de ti?

—Sinceramente, no tengo ni idea. Creo que papá sólo esperaba que fueras un adolescente de sangre roja e irías a por cualquier chica que mostrara interés.

—Supongo que tenía razón. Sólo que no eras una chica cualquiera, ¿verdad?

—Deberías haberme rechazado.

—Nunca.

—Lo nuestro nunca debió ocurrir, ambos lo sabíamos. Puede que me pusieran en esa situación, pero tú no tenías por qué aceptarlo.

Aparto los restos de nuestro almuerzo, me tumbo frente a él y miro fijamente las nubes que pasan.

—¿Cómo iba a resistirme, pequeña? Entraste en mi vida y pusiste mi mundo patas arriba. —Su mano me rodea la cintura y me acerca para que nuestros cuerpos se presionen.

—Tú también hiciste eso en el mío. Pensé que sólo haría lo que necesitaba, encontrar algo que le sirviera a mi padre y seguir con mi vida. Nunca esperé enamorarme...

—Tú y yo, nena. —Sus dedos se deslizan bajo el dobladillo de mi camiseta, su palma me quema la piel y hace que todo mi cuerpo se estremezca de deseo.

—¿Cómo se enteró tu padre? —pregunto. Es mi turno de obtener respuestas.

—Resultó que no eras el único con sospechas. Papá puso a uno de sus chicos a seguir a tu padre. Nos vio a los dos juntos, informó, y todo se desenredó a partir de ahí.

—Dios —suspiro, mirando una de las esponjosas nubes blancas flotar por el cielo—. Papá sabía que ibas a atacar. Alguien filtró información falsa. Pensó que vendrías a la mañana siguiente. Me envió lejos, y él y mamá iban a salir a primera hora del día siguiente, antes de que aparecieran los *Royal*. Sólo que no fue así como sucedió.

—Siento que te hayas visto arrastrada a todo esto.

—Supongo que debería alegrarme de que papá me echara cuando lo hizo.

—No lo hagas —advierte—. Por mucho que te odiara entonces, nunca te habría deseado eso.

—Estuve a punto de llamarte tantas veces después de irme. Te eché tanto de menos. Sentí como si me hubiera arrancado el corazón y lo hubiera dejado en Londres.

—¿A dónde fuiste?

—Mamá tenía una amiga de la infancia que se había mudado a Cornualles. Me acogió. Vivía en un pueblo pequeño y tranquilo, en una casita muy mona. Yo lo odiaba. Ansiaba volver a la ciudad, con el ruido y la gente. Fui al colegio local, terminé con buenas calificaciones , y luego fui a la universidad en Exeter. ¿Y tú?

—Me emborraché. Muy, muy borracho. Me follé a cualquiera que tuviera un latido y, en general, dejé la vida durante mucho tiempo. —Su confesión hace que me duela el pecho—. No sabía cómo sobrellevarlo, pensando que te habías quemado en aquella casa. Te odiaba tanto, pero te amaba con la misma intensidad. No sabía qué camino tomar.

—¿Qué crees que habrías hecho si te hubiera tendido la mano? —pregunto, tratando de decidir si había hecho lo correcto o no.

—No lo sé. Al principio, probablemente habría venido y te habría matado yo mismo. Pero a medida que pasaba el tiempo, me sentía muy solo. Miserable. Probablemente habría sido feliz, supongo.

—¿Crees que alguna vez me perdonarás?

—Nena —respira, cogiéndome la cara para que no tenga más remedio que girarme a mirarle—. Ya lo he hecho.

Se inclina hacia delante y se me corta la respiración. ¿Ya está? ¿Va a besarme por fin?

Se me cierran los ojos y su aliento me baña la cara.

—Dawson —medio gimo, medio suplico cuando siento el calor de sus labios. Se detiene un instante antes de rozar los míos.

Oh, Dios.

Es tan suave. Tan… opuesto a todo lo demás que hemos hecho juntos.

El corazón me late erráticamente en el pecho mientras alargo la mano y le paso los dedos por el pelo, aunque no tiro de él para acercarlo. Necesito que lo haga por su propia voluntad, porque ya ha terminado de luchar contra cualquier guerra interior que lo haya detenido hasta ahora.

—Piper —susurra, con la voz llena de asombro—. Siempre fuiste tú.

Jadeo y él aprovecha para hundir su lengua entre mis labios.

Me la meto en la boca con avidez y la rozo con la mía.

Su beso empieza suave, como si me estuviera demostrando lo ciertas que eran sus últimas palabras, pero luego se echa sobre mí y la cosa sube de tono. Su mano desciende por mi cuerpo antes de acariciarme los pechos, haciendo que mi espalda se arquee sobre la manta. Es demasiado erótico para estar ocurriendo en un parque público, pero no me importa que su lengua siga acariciando la mía antes de morderla y lanzar un rayo de lujuria entre mis piernas.

Mis uñas arañan su espalda y él se queda quieto, la mordedura del dolor es un golpe de realidad.

—Tenemos que parar antes de que te folle aquí mismo para que todo el mundo lo vea. —Aprieta su frente contra la mía, su respiración corta y aguda me abanica la cara.

—Casi tan romántico como lo que dijiste al principio —murmuro, con voz profunda de lujuria.

Se ríe, y eso hace que se me contraiga el pecho.

—Ya me conoces. Tengo facilidad de palabra.

—Me gustan especialmente tus guarradas.

—Eso está bien, porque ahora mismo tengo tantas cosas que quiero decirte. —Tira de mi cadera y frota su cuerpo contra mí—. Te necesito tanto, nena.

—¿Quizás deberíamos irnos de aquí entonces? Conozco un piso que ahora mismo está vacío. —Él gime, dejando caer su cara en el pliegue de mi cuello.

—Sabía que besarte sería peligroso.

—¿Peligroso cómo? —pregunto, incapaz de borrar la sonrisa de mi cara.

—Porque sabía que una vez que lo hiciera, nunca querría parar.

—No tengo ningún problema con eso. Vamos a casa y podemos pasar el resto del día haciendo precisamente eso. Será como si fuéramos niños otra vez.

—Por increíble que parezca, tengo otros planes para el resto del día.

—¿Oh?

Levanta la cabeza y me mira con los ojos brillantes de placer.

—Lo que dijiste antes de que estaríamos casados y con hijos si no pasaba nada de esa mierda… ¿lo decías en serio?

Trago saliva con nerviosismo. Fue un comentario improvisado, pero no puedo negar que era cierto. Puede que entonces tuviera un motivo oculto, pero lo que sentía por Dawson era real. Los sueños que tenía para el futuro eran reales.

—Sí, quise decir cada palabra.

Asiente, sumido en sus pensamientos.

—¿Te apetece averiguar a qué me dedico realmente?

—Sí —chillo, incorporándome como un rayo, emocionada por saber algo nuevo del hombre en que se ha convertido mi hijo.

—Hagamos las maletas entonces y te llevaré allí… si eres lo suficientemente valiente.

—¿Algo de altura?

Piensa un momento.

—Deberías estar bien. Pero hay una cosa… —Entorno una ceja—. ¿Cuál es tu umbral de dolor?

—Vale, ahora estoy preocupada.

No mucho después, estamos de vuelta en la moto de Dawson y volamos por la ciudad. No tengo ni idea de adónde me lleva, aunque no puedo negar que su pregunta sobre mi umbral del dolor me ronda la cabeza. Me devano los sesos para encontrar la respuesta, pero cuando se detiene frente a un estudio de tatuajes al otro lado de la ciudad, me siento estúpida por no haberme dado cuenta. Después de todo, está cubierto de suficientes pruebas.

La emoción corre por mis venas cuando pienso en lo que me espera en las próximas horas.

Me gustaría decir que no está tan loco como para ponerme bajo la aguja en nuestra primera cita oficial, pero estamos hablando de Dawson.

Sacudiendo la cabeza, me bajo de la moto y me desabrocho el casco.

—¿Así que esto es lo que haces? —pregunto, mirando el cartel de neón rosa de *Tinta Rebelde* que cuelga sobre la fachada del edificio.

—Lo es. ¿Estás lista? —Mi silla espera a su cliente.

—¿De verdad vas a hacer esto?

—Sí —afirma, cogiéndome de la mano y caminando hacia el edificio.

Todas las luces están encendidas y, cuando entramos, hay un par de clientes esperando en los sofás y una mujer sentada detrás del mostrador de recepción.

—Bienvenida a Tinta Rebelde, cómo puedo… —canta una vez que ha levantado la vista de lo que estaba enfocando—. D, me alegro de verte en tu día libre. ¿Y quién es ésta? —pregunta, mirando nuestras manos unidas.

—Biff, ella es Piper. Piper, esta es Biff.

—Encantada de conocerte —le digo de verdad, porque la forma en que está estudiando a Dawson ahora mismo me hace pensar que están algo unidos. Ignoro el hilillo de celos que amenaza con estallar. Son colegas; seguro que sólo son amigos.

—Igualmente. Me gustaría decir que he oído hablar mucho de ti, pero éste se guarda las cosas en el pecho. —Entorna los ojos hacia Dawson y me río. Sí, lo conoce bastante bien.

—Sabía que era una mala idea.

—No, no. Hiciste lo correcto. Espero que estés preparada para conocer a todos los demás, Piper.

—No pueden dar tanto miedo como éste. Seguro que estaré bien. —Biff echa la cabeza hacia atrás y se ríe. No estoy seguro de si es porque los otros dan miedo de verdad o si cree que miento. No miento. Incluso sabiendo quiénes son -eran- nuestros padres y de lo que son capaces, Dawson me sigue asustando más que nadie porque tiene demasiado poder. Es el dueño de mi corazón, siempre lo ha sido, lo que significa que es capaz de romperme como nadie.

—Oh, espera. Les vas a encantar.

Trago saliva nerviosa mientras Dawson me empuja hacia un pequeño pasillo.

—¿Quieren café o algo?

—No, estamos bien, gracias. Probablemente sea mejor que nos dejes solos. —Mis mejillas se calientan por el significado silencioso de sus palabras.

—Entendido. Mis labios están sellados.

—Se agradece.

—Así que —digo, siguiéndole a una habitación que es tan… él que me deja sin aliento. Todo es oscuro

221

y de cuero. Siento un hormigueo en todo el cuerpo, como si estuviera rodeada de él; bueno, lo estoy, a pesar de que él está físicamente al otro lado de la habitación—. Eres un artista.

—Sí, me sorprende que no lo adivinaras.

—Yo también, para ser honesto. Parece bastante obvio ahora que estoy aquí. —Miro fijamente las paredes que exhiben sus obras—. Son impresionantes. Sabía que sabías dibujar, pero… vaya.

—Gracias. Después de que… te fueras, era lo único que me ayudaba. Solía dibujar durante horas cuando no estaba borracho o drogado. Finalmente, me inscribí en la escuela de arte y el tipo que era dueño de este lugar en ese entonces me dio un golpe de suerte. Nunca he mirado atrás.

—¿De quién es ahora? —le pregunto, medio esperando que me diga que sí.

—Zach, la otra mitad de Biff. Somos cuatro los que trabajamos aquí. Biff y la chica de mi chico Spike están entrenando—. Asiento, continuando a tomar en su trabajo.

Todas y cada una de las piezas me dicen algo sobre él. Alargo la mano y paso la yema del dedo por un par de los diseños más conmovedores y desgarradores. Hasta que llego al retrato de una niña.

—Mierda —suspiro.

—Nunca he podido dejarte marchar. —Su calor me quema la espalda cuando se coloca detrás de mí y me rodea la cintura con el brazo.

—Es casi como una fotografía. —Miro asombrada. Ha captado cada uno de mis rasgos.

—Solía dibujarte mientras dormías, ¿lo sabías?

Sacudo la cabeza, demasiado absorta en el boceto como para forzar las palabras.

—Siempre parecías tan hermosa, tan pacífica y atormentada al mismo tiempo.

—Ahora entiendes por qué —murmuro—. Me estaba enamorando de ti, pero sabía que iba a romper tu corazón y a su vez el mío. No tenía ni idea de cuándo mi padre iba a desenchufarme, pero sabía que tenía que ocurrir en algún momento. Era eso o que nos pillaran.

—Siento que te haya hecho pasar por eso.

—Yo también, pero a menudo me cuesta odiarle por ello. —Se queda quieto detrás de mí—. Él me trajo a ti, Dawson. A pesar de que se basó en una mentira, siempre has sido lo único más importante que me ha pasado. Podría haber deseado que fuera en otros términos, pero nunca podría arrepentirme del tiempo que pasamos juntos.

Giro en sus brazos y le miro, necesitando que sepa que hablo en serio.

—Me has enseñado mucho. —Deslizo la palma de la mano por su pecho, la envuelvo alrededor de su nuca y atraigo su frente hacia la mía—. Me enseñaste a amar. Me enseñaste lo que era la verdadera felicidad.

Se le corta la respiración mientras nos miramos fijamente. Me dan ganas de besarle, de ahogarme en él, pero quiero que sea él quien tome la iniciativa. Le parece algo tan importante.

—Súbete al sillón, pequeña.

Mi estómago estalla de nervios.

Me mira fijamente durante unos segundos más, sus ojos se vuelven más oscuros, más hambrientos, hasta que hago lo que me dice y rompo nuestra conexión.

Me subo a su sillón de cuero negro y espero. Me da la espalda unos instantes, como si necesitara serenarse, antes de girarse hacia mí y acercarse a hurtadillas. Con sus movimientos lentos e inquietantes, no puedo evitar pensar que soy su presa.

Se baja a un taburete con ruedas y se acerca.

—¿Qué vas a hacer? Tartamudeo, los nervios me dominan.

—Tengo muchas ideas rondándome la cabeza —admite.

—Vale. No quiero nada grande —suelto, y él me mira con una ceja levantada.

—Oh, pequeña. Sé de buena fuente que eres muy buena con… cosas grandes.

—Sí, dos cosas muy diferentes, Dawson. —Aunque mientras digo las palabras, me pregunto si tiene razón. Esas dos veces que hemos estado juntos, pensé que eran por venganza, porque me había hecho daño. Ahora me pregunto si realmente me estaba reclamando, como está a punto de hacer marcando mi piel.

—Si tú lo dices.

Mete la mano en el bolsillo de los jeans y saca algo.

—¿Recuerdas esto?

Jadeo cuando levanta el dedo y veo que de él cuelga una pulsera de cuero negro que me resulta muy familiar.

—No puedo creer que aún tengas esto.

Con cuidado, le quito la joya y la sostengo delante de mí. Nos habíamos comprado unas iguales cuando salimos de viaje para poder estar juntos.

La pieza en sí es sencilla, sólo un trozo de cuero con un colgante infinito en el centro, pero el significado que encierra es mucho más fuerte.

Froto el pulgar sobre el cuero desgastado.

—Tengo todo de nuestro tiempo juntos.

La emoción me obstruye la garganta y las lágrimas me queman el fondo de los ojos.

—Yo también tengo todavía la mía —me fuerzo a decir.

Sus ojos encuentran los míos y algo cambia entre nosotros. Con esa sola mirada, cualquier duda o temor que tuviera sobre sus intenciones y hacia dónde va esto se desvanece, porque me doy cuenta de que no me importa. Esto podría durar dos semanas, dos años o para siempre, y nunca me arrepentiría de tener una segunda oportunidad con él, sin importar las consecuencias.

—Hazlo —le digo—. Lo que tengas en la cabeza. Hazlo.

—No tienes ni idea de lo que estás pidiendo, nena.

—Puede que no. Pero estoy dispuesta a averiguarlo.

—Joder —ladra, sobresaltándome un poco—. Eres perfecta.

Sus ojos se apartan de los míos y recorren mi cuerpo. Me caliento bajo su mirada y empiezo a desear no estar aquí solo por un poco de tinta.

—¿Algún sitio donde siempre hayas querido uno? —Sacudo la cabeza. Como todo el mundo, estoy segura, he pensado en ello a lo largo de los años, pero nunca he sido lo bastante valiente ni se me ha ocurrido nada lo bastante significativo como para marcar mi piel de forma permanente. Pero estando aquí ahora mismo, ya sé que cualquier cosa que Dawson cree significará mucho para mí.

—Tú eliges. —La sonrisa que se dibuja en sus labios me daría en el culo si no estuviera ya sentado.

Se desplaza hasta el final de la silla y busca mi cintura.

Me trago el deseo que amenaza con burbujear ante la idea de que me desnude.

Me abre el botón antes de que me levante para ayudarle a pasármelos por las caderas. Me baja la tela por las piernas, se detiene para quitarme las botas y dejarlas en el suelo, y luego me quita los vaqueros de los pies.

Se ríe al ver las pequeñas motos en mis calcetines, pero no permite que se queden y se unen a mis jeans en el suelo.

—A eso me refiero. —Me recorre con la mirada las piernas desnudas hasta que llega al encaje que me cubre. Me siento hacia delante y me quito la chaqueta, que de repente me da demasiado calor.

Se agacha y se recoloca, con los ojos fijos en mí.

—Realmente espero que no tengas esta reacción con todos tus clientes.

—Sólo tú, pequeña.

—Es bueno saberlo.

—Probablemente debería admitir que trabajo sobre todo con chicos del club —dice riendo, pero se corta cuando me tenso—. No te preocupes. Es mi día libre y sé qué clientes tienen los chicos. No te pondría en esa situación.

Asiento, sintiendo que me relajo ante sus palabras.

—Entonces, ¿cuál es el plan?

—¿Quieres ver?

—¿Ya lo has dibujado?

—Por supuesto que lo he hecho. Muchas veces.

Mis labios se separan para responder, pero estoy demasiado sorprendida para decir nada.

De pie, me deja sentada sin palabras mientras se prepara.

No vuelvo en mí hasta que se pone los guantes y se sienta a mi lado, limpiándome la piel del muslo.

—¿Aquí?

—Sí.

—¿Es… es grande?

—Puede ser —dice crípticamente—. Pero empezaremos poco a poco y podemos ampliarlo si lo deseas.

—O-okay.

—¿Confías en mí, Piper?

—Esto… sí. Con mi vida.

Sonríe un instante antes de estirar la mano y hacerme chillar cuando aplasta la silla contra la cama de un solo movimiento.

—Un pequeño aviso habría estado bien —refunfuño, con el corazón latiéndome con fuerza en el pecho.

—¿Y arruinar el elemento sorpresa? Nunca. ¿Estás lista?

—¿No vas a calcar el diseño o algo así? La realidad es que mi conocimiento de los tatuadores se limita a los programas de televisión, así que no sé muy bien de qué estoy hablando.

—Creía que confiabas en mí. —Guiña un ojo antes de encender su máquina.

El zumbido ominoso llena la habitación y mi cuerpo tiembla.

—Esto va a doler, ¿verdad?

—No es nada que no puedas manejar, cariño.

Jadeo en cuanto la aguja toca mi piel.

Mis ojos se clavan en el trozo de piel que está marcando, incapaz de mirar a otra parte que no sea al artista en plena faena.

—No está tan mal —admito al cabo de unos minutos.

—Eso es bueno, nena, porque tienes un largo camino por recorrer todavía. Relájate, déjame hacer lo mío.

Por mucho que quiera mirarle, me pesan los ojos a pesar del dolor que irradian sus acciones. Apoyo la cabeza hacia atrás y cierro los ojos.

No me duermo -al menos, estoy segura de que no lo hago-, pero tampoco tengo ni idea de cuánto tiempo ha pasado cuando el zumbido cesa y él me limpia la piel por última vez.

—Ya está. Ya puedes mirar.

Abro los ojos de golpe y miro al techo durante un instante. Mentiría si dijera que no trato de imaginarme lo que puede haber escrito en mi piel. La idea de que se vengue de mí casi me hace bajar la mirada para asegurarme de que no me ha escrito traidor o algo igual de horrible en el muslo.

Exhalo un suspiro y me trago algo de valor para mirar su obra.

—Dios mío —jadeo, mi mano sube para taparme la boca boquiabierta.

Capítulo Diecinueve

Dawson

Hacía años que no me sentía tan nervioso por lo que mi cliente pudiera pensar de mi trabajo, pero mientras estoy allí sentado mirando a Piper, que se mira el muslo con los ojos muy abiertos y la mano tapando lo que espero que sea una boca feliz y sorprendida, me tiemblan las manos.

—Dawson —suspira tras largos y angustiosos segundos—. Es… es… increíble.

Los dos miramos fijamente la tinta. Llevo años dibujando el diseño de la noria. En los meses que siguieron a lo que yo creía su muerte, llené un cuaderno de dibujos que hice para ella. Entonces no tenía ni idea de que se convertirían en obras de arte que quería pintar en su piel. Nunca pensé que tendría la oportunidad.

Las líneas de la noria son negras, pero está rodeada de una explosión de color, rosas y símbolos de infinito, junto con algunas otras cosas que recuerdo de nuestra época juntos. Es sólo una parte del diseño que tengo para ella. Podría cubrir todo su cuerpo con imágenes que me recuerdan a ella, pero me alegra al menos haber empezado. Puede que tarde en encontrarlo, pero entre toda la tinta está mi nombre. Porque ella es mía. Pase lo que pase a partir de ahora, me pertenece. Siempre me ha pertenecido y siempre me pertenecerá.

—No puedo dejar de mirarlo —susurra, con la mano sobre él como si quisiera trazar las líneas.

—¿Te gusta?

—¿Estás de broma? Me encanta.

Cuando por fin levanta los ojos hacia los míos, están llenos de lágrimas.

—Dawson —solloza, levantando los brazos para mí.

Incapaz de resistirme, me pongo de pie, me inclino sobre ella y aprieto mis labios contra los suyos.

Sabía que besarla sólo alimentaría mi adicción, y parece que tenía razón. Desde el momento en que rocé mis labios con los suyos en aquel parque, volver a hacerlo es lo único en lo que he podido pensar. Bueno, en eso y en algunas cosas más.

Beso su mandíbula y chupo ligeramente la suave piel de su cuello, sonriendo cuando descubro que vuelve a oler a Corazones enamorados.

—Dios, Dawson —gime mientras beso su pecho. Sigue llevando la camiseta, pero la V es lo bastante baja como para dejarme ver lo que esconde debajo.

Le lamo la turgencia de los pechos y tiro de la tela para acercarme más a ella.

Le agarro el otro pecho con una mano y aprieto con fuerza, haciéndola gritar.

—Tienes que callarte, pequeña.

—Oh, Dios —gime mientras aparto la tela y el encaje de su sujetador del pezón y me lo meto en la boca—. Joder.

—Hmmm… ahí va una idea. —La vibración de mi voz la hace retorcerse en mi silla. La suelto con un chasquido—. ¿Necesitas más, pequeña?

Le subo la camiseta y la beso por el vientre, hundiendo la lengua en su ombligo antes de bajar.

—Dawson, no puedes…

—¿Quién lo dice? Este es mi lugar, yo pongo las reglas.

—Por favor, dime que no haces esto a menudo.

—Nunca, Piper. No lo he hecho con nadie nunca en esta silla.

—B-bien.

—Estoy seguro de que nunca voy a ser capaz de volver a mirarlo igual, después de esto.

Enlazo mis manos alrededor de sus tobillos, los levanto, planto sus pies en el borde y abro sus muslos, con cuidado de su nueva tinta.

Engancho el dedo dentro de sus bragas de encaje y tiro de ellas hacia un lado, dejando al descubierto lo que más deseo.

—Nena, mira lo mojada que estás para mí.

Su coño brilla bajo la dura luz eléctrica que nos ilumina y se me hace la boca agua.

—Dawson, por favor —me suplica mientras recorro su humedad con un dedo, hundiéndolo en ella lo justo para volverla loca.

—Joder, me vuelves loco, nena.

Me abalanzo sobre ella, lamiendo desde su entrada hasta su clítoris. Lo rodeo varias veces mientras ella se retuerce contra mí.

—Pronto —murmuro, sustituyendo mi lengua por mi dedo—. Voy a perforarte… justo… aquí—. Presiono con mi dedo donde se asentaría.

—Oh, joder.

—¿Quieres eso, nena?

—Sí, Dawson. Cualquier cosa.

Se me dibuja una sonrisa en los labios al pensar en acariciarlo con la lengua, sabiendo que soy la única que sabe que existe.

—Pronto, cariño. Ahora mismo, te necesito en plenas condiciones de trabajo.

Más abajo, le meto la lengua y le pellizco el clítoris. Grita antes de taparse la boca con la mano en un intento de contener el grito.

En cuestión de segundos cae sobre el borde mientras sus muslos me aprisionan.

Cuando por fin me suelta, me incorporo, me limpio la boca con el dorso de la mano y la miro fijamente. Tiene las piernas flojas sobre los bordes de la silla y el pecho agitado por el esfuerzo.

—Sabes a gloria, nena.

—Hmm… —Sus ojos bajan por mi cuerpo hasta donde mi polla intenta perforar mis vaqueros—. Todavía estoy esperando para saber a qué sabes estos días.

—Deberíamos salir de aquí, y tal vez te deje averiguarlo.

Mira alrededor de la habitación, pero si intenta ver el exterior, no tendrá suerte.

—¿Qué hora es?

—Tarde.

—Dios, ¿cuánto tiempo he estado acostada aquí?

Saco mi teléfono del bolsillo.

—Unas cinco horas.

—¿Cinco horas?

—Déjame envolverte y nos vamos de aquí.

—De acuerdo —asiente, sus ojos me siguen por la habitación mientras ordeno lo que he dejado y cojo lo que necesito.

—No vas a poder ponerte los vaqueros, te aprietan demasiado —le digo al terminar.

—Err… No puedo salir de aquí en bragas, Dawson.

—Los chicos han visto cosas peores, te lo puedo asegurar.

—Eh —se queja, dándome un manotazo en el hombro.

—Veré si Biff tiene algo que te pueda prestar.

—N-no, no quiero…

—No será un problema. Espera aquí.

Levanto la silla para que pueda levantarse y estirar las piernas y salgo de la habitación exactamente al mismo tiempo que Biff sale de casa de Zach.

—¿Te has divertido ahí dentro? —me pregunta con un guiño cómplice.

—No estaba lo suficientemente callada, ¿eh?

—Ni por asomo, D. Dime primero que la has tatuado. —Se ríe mientras la sigo a la recepción.

—Lo hice, por eso necesito un favor.

—Dispara —dice, ordenando su escritorio, lista para cerrar por la noche.

—Ella no puede usar sus jeans, son demasiado apretados. ¿Tienes algo que le puedas prestar?

Biff se vuelve hacia mí y se pone la mano en la cadera, evaluándome.

—Con una condición.

—¿Oh? —Biff nunca me había preguntado nada antes, así que esto me da mucha curiosidad.

—Es el cumpleaños de Kas. Vamos a salir todos. Tú y tu chica están de acuerdo en venir, y yo le conseguiré algo adecuado.

Quiero decir que no, que me lleve a Piper a casa y acabemos lo que acabamos de empezar, pero hay algo en la idea de que salgamos con mis amigos que me hace sentir bien.

Antes de darme cuenta, he aceptado.

—Aunque sólo vamos a comer. Mañana tiene trabajo.

—Oh sí, porque esa es la razón por la que no quieres pasar toda la noche con nosotros.

Se va por el pasillo a recoger a mi chica antes de que pueda decir nada.

Están inmersos en una conversación cuando me reúno con ellos.

Piper me mira con preocupación.

—Está bien. Vete tú. Yo recogeré y te esperaré en la recepción. ¿Los demás están a punto de terminar? —le pregunto a Biff.

—Sí, todo listo. Tu chica es nuestro último cliente de la noche. No creo que los otros hayan disfrutado tanto de su tiempo.

La cara de Piper se sonroja—. No te preocupes, chica. Todos hemos pasado por eso—.

—Mis oídos —me quejo, caminando a su alrededor hasta mi escritorio.

—Pfft. —No necesito mirar a Biff para saber que está poniendo los ojos en blanco—. Vamos, creo que tengo lo perfecto para ti.

Me doy la vuelta y las veo marcharse, y mis ojos se fijan en el culo casi desnudo de Piper en sus diminutas bragas. Alargo la mano hacia abajo y vuelvo a acomodarme. Esta va a ser la noche más larga de mi vida.

Cuando vuelvo a levantar la vista, me sonríe por encima del hombro. Me lanza un beso antes de desaparecer con Biff.

¿Acabo de cometer un grave error?

Diez minutos después, estoy solo en la recepción, esperando a que los demás se reúnan conmigo.

—Ah, mira quién está aquí —anuncia Titch cuando él, Spike y Kas salen de sus habitaciones—. Y pensar que supuse que era Spike dándole a la cumpleañera un regalo especial. Se rumorea que D tiene una chica.

—Vete a la mierda —gruño. Pero lo único que hace es sonreír. Esto le divierte demasiado.

—Incluso la llevó a una cita —añade Kas, haciéndome gemir.

—Vaya, ¿dónde está la valiente mujer que está tratando de domar a nuestro chico aquí? —Titch pregunta.

—Está arriba con Biff.

Titch frunce las cejas y se deja caer en el sofá frente a mí.

—La entinté. Necesita usar algo diferente.

—¿Tatuaste a tu chica? Genial. Danni todavía no me deja acercarme a ella.

—Está embarazada de tu hijo, amigo. Dale un respiro.

—Lo sé, pero pensar en esa barriga y mi tinta… Joder. Se me pone dura sólo de pensarlo.

—Vale, eso es genial. Sólo voy a… —Kas asiente hacia la puerta que lleva al piso de Zach y Biff.

—Maldito idiota, la has asustado —le murmuro a Titch.

—Vete a la mierda —dice Spike, sentándose a mi lado—. Hará falta más que eso. Es una malvada, ¿recuerdas?

—No es probable que lo olvidemos pronto, no te preocupes.

—¿Dónde está Danni? Va a venir, ¿verdad?

—Sí, nos encontraremos allí. Acaba de llamar a un Uber. ¿De verdad tienes una chica? —Titch pregunta, todavía aparentemente atónito por la idea.

—Eso parece.

—No pensé que vería el día. Siempre has estado tan obsesionado con... —Le lanzo una mirada asesina, pero llego demasiado tarde. Spike me ha oído.

—Espera, ¿D ha estado colgado de una chica todo este tiempo, y yo no lo sabía?

—Joder, Titch.

—Lo siento, amigo. —Levanta las manos en señal de rendición, pero está claro que no lo siente de verdad, porque sigue abriendo la boca—. D tiene una novia de la infancia. Ella rompió su tierno corazoncito y nunca lo ha superado.

—¿Cómo coño no sabía esto?

—No es algo que vaya por ahí contándole a todo el mundo. —Titch sólo lo sabe porque se encontró accidentalmente en medio del mundo de los *Royal* cuando, ingenuamente, empezó a luchar por Mickey hace tantos años.

—¿Y quién es ella? ¿Cómo la conociste? Cuéntanos todos los detalles —dice Titch, moviendo las cejas y frotándose las manos.

Por suerte, unos pasos suenan desde el piso, y en sólo unos segundos salen las chicas, Kas vestida como estaba antes, Biff ahora con un vestido rosa que hace juego con su pelo, y mi chica... joder.

Mis ojos la recorren con un vestidito negro que hace locuras con su percha y muestra cada centímetro de su figura, junto con una buena parte de su nueva tinta.

—Súbela, no puede llevar eso en público —digo levantándome del sofá.

—Ves, te dije que le encantaría. —Biff se ríe—. Nos vamos.

Mis ojos sostienen los de Piper en señal de advertencia, pero lo único que ella hace es sonreírme.

Se adelanta y me pone las manos en los hombros.

—Todo esto es culpa tuya, ¿sabes? —Me mira con una ceja fruncida y sonríe tímidamente.

—Estás hecho una mierda cuando volvemos a tu piso.

—Lo sé, no puedo esperar.

—D, tío, ¿vas a presentarnos a tu preciosa chica o qué?

Volviéndome hacia los chicos, aparto a Piper de mi lado a regañadientes, permitiéndoles verla.

—Titch, Spike... Zach —digo inclinando la barbilla cuando sale de su habitación—. Esta es Piper.

Spike y Zach le sonríen y la saludan, pero como me temía, a Titch se le cae la barbilla.

Hijo de puta. Esperaba que hubiera olvidado el nombre. Hace años le conté a regañadientes fragmentos de la historia una noche en que ambos habíamos bebido, y me emocioné un poco más de lo normal, dado que era el aniversario de su muerte. Incluso le enseñé una foto, algo de lo que ahora me arrepiento.

Aparte de nosotros dos, todos parecen perderse la reacción de Titch, porque todos empiezan a moverse hacia la puerta y Biff apaga las luces.

—Sabe quién soy —susurra Piper a mi lado.

—Él sabe cosas. Y cree que estás muerta, así que puedes entender su conmoción.

—Supongo, pero… es él…

—Titch no es una amenaza, pequeña. Bueno, a menos que te apetezca unirte al Circuito y subirte a un ring con él.

—No, creo que paso, gracias.

Le paso la mano por la espalda, le aprieto el culo y la empujo hacia delante.

Titch espera a que pase por delante de él para acercarse a mí.

—Creía que estaba muerta, amigo —suelta, con la conmoción evidente en su voz.

—Tú y yo. Necesito que mantengas la boca cerrada. Hablaremos, ¿vale?

—Sí, sí. Lo que necesites. Pero joder, amigo. ¿Es una buena idea? —Su lealtad me hace sonreír.

—A saber, pero la necesito.

—Lo entiendo. Pero también te necesitamos, joder.

***

El Peral no es el lugar más obvio para celebrar un cumpleaños, pero supongo que Kas no es exactamente el tipo medio de chica, y si esto es lo que quiere, estoy de acuerdo.

Encontramos nuestro puesto habitual. Danni ya nos está esperando, y tenemos que poner dos sillas al final, ya que nuestro grupo sigue creciendo.

Nuestros culos apenas han tocado los asientos de cuero cuando una bandeja con bebidas aparece delante de nosotros. Todos tomamos las nuestras antes de que Piper añada su pedido.

—La comida saldrá enseguida.

—Gracias, amigo —dice Spike mientras el camarero se aleja de nuestra mesa.

—Así que, D. Un pajarito me dijo que llevaste a tu chica a una cita hoy. ¿Te apetece contarnos cómo acabó eso de cenar con esta panda de hijos de puta? —Spike pregunta.

Me río entre dientes, sintiéndome a gusto con mi familia. Miro a mi izquierda y atraigo a Piper hacia mí, donde debe estar.

Puede que haya muchas cosas en el aire entre nosotros dos, pero no puedo negar que esto no me parece totalmente natural ahora mismo.

—Me llevó al mercado Borough e hicimos un picnic en el parque.

Las chicas se enamoran de la idea y los chicos me miran como si me hubiera crecido una segunda cabeza.

—¿Qué? Puedo ser romántico —argumento.

—¿Cuánto tiempo llevan viéndose? —añade Zach.

—La encontré por casualidad hace dos semanas.

—Trabajo en la escuela en la que Emmie ha empezado.

Todos asienten antes de que la atención de todos sea captada por los platos y fuentes de comida que descienden sobre nuestra mesa. Mi estómago ruge, recordándome cuánto tiempo hace que hicimos nuestro picnic, y no tardo en zamparme las tapas que Spike pidió por adelantado.

—Bueno… esto es increíble —murmura Piper mientras come de un trozo de chorizo.

—Come, pequeña, vas a necesitar algo de energía para cuando te vuelva a dejar sola.

***

—Voy al baño de señoritas antes de irnos —dice Piper, dándome un codazo para que salga de la cabina y dejarla salir.

—Iré contigo —dice Biff, seguida de Kas y Danni.

Todos observamos cómo se abren paso por el bar.

—¿Qué coño pasa con las chicas yendo al baño juntas? —Titch pregunta, con los ojos clavados en el culo de su mujer.

—Joder sabe, pero yo también necesito ir.

No me doy cuenta de que alguien me sigue hasta que la puerta del servicio de caballeros no se cierra inmediatamente tras de mí.

—Tiene buen aspecto para estar muerta —dice Titch.

—Qué curioso, yo pensaba lo mismo —murmuro mientras le doy la espalda.

—¿Saben tu padre o Cruz que está viva?

—No, y te agradecería mucho que no fueras a gritarlo a los cuatro vientos.

—Por supuesto que no. Yo sólo... ¿A qué demonios estás jugando, D?

—No estoy jugando a nada—. La mentira me sabe amarga en la lengua, aunque empiezo a preguntarme si realmente es una mentira, ya que esto entre nosotros va más rápido y se está poniendo más serio de lo que yo pretendía.

—Podrías terminar haciendo que los maten a los dos.

—No llegaremos a eso —le aseguro.

—¿Cómo lo sabes?

—Sólo lo hago, ¿vale?

Cuando me doy la vuelta, encuentro su mirada entrecerrada clavada en mí.

—No puedes esconderla para siempre, y si esto es serio...

—Lo es —digo con más seguridad de la que debería, pero no puedo evitarlo. Todo lo que solía sentir por Piper vuelve más rápido de lo que puedo controlar.

—Entonces tendrás que presentársela a tu viejo en algún momento.

—Me preocuparé de eso cuando llegue el momento. Ahora mismo, sólo estoy disfrutando del hecho de que he recuperado a mi chica. Y te agradecería que al menos fingieras alegrarte por mí.

—Joder, D, estoy feliz. Estoy jodidamente contento por ti. Pero también me gustaría que ambos estuvieran lo suficientemente vivos para disfrutarlo.

—Lo tengo cubierto.

Me lavo las manos y me vuelvo de nuevo hacia él.

—No necesitas perder el sueño por ello. Sé lo que hago.

—¿Y tú?

Le doy la espalda mientras salgo y vuelvo a la mesa.

—¿Estás lista para irnos, nena? —susurro al oído de Piper cuando sale con los demás un minuto después de mi regreso.

—Ya lo creo. Encantada de conocerlos a todos —dice cortésmente a todos—. Y feliz cumpleaños otra vez —le dice a Kas.

Todos se despiden, y en sólo unos segundos la tengo tirada a mi lado y saliendo a la calle.

Se estremece en cuanto el aire frío nos golpea y se ciñe la chaqueta.

—¿Quieres que llame a un carro? —le ofrezco—. Puedo recoger mi moto mañana.

—No, estaré bien. No está lejos.

Nos acercamos a mi moto y, cuando le entrego el casco, veo sus piernas desnudas y me doy cuenta de mi error.

—No puedes ir detrás de mí así.

—¿Por qué no?

—Porque no podré concentrarme sabiendo que todos los hijos de puta te miran las piernas.

—Está bien, cavernícola. Eres el único que va a estar en mi cama dentro de una hora.

—Pero…

Corta mi discusión subiéndose a mi moto y abriendo las piernas para dejarme espacio.

Puede que esté bastante oscuro, pero eso no significa que no pueda ver el trozo de encaje que cubre su coño. Se apoya en las asas y espera a que me recupere.

—Siéntete libre de hacer una foto —grita a través de su casco.

—Un día, nena, voy a aceptar tu oferta. Justo antes de que te folle sobre esta cosa.

Se retuerce en el asiento y me muerdo el labio inferior mientras intento contenerme para no desnudarla y hacer eso ahora mismo.

—Súbete a la moto, Dawson. No esperaré para siempre.

Su advertencia me saca de mi trance y lanzo la pierna, casi sin tocarla, para encender el motor.

Con su calor abrasándome y la promesa de lo que está por venir, corro hacia su piso más rápido de lo que debería.

Cuando la suelto, tiene el pecho agitado y los ojos oscuros y hambrientos.

apago antes de agarrarla de la mano y conducirla hacia la entrada.

Me dirijo hacia las escaleras como la última vez que estuve aquí, y ella me sigue alegremente.

—¿Va todo bien? —me pregunta cuando saco el móvil del bolsillo y empiezo a teclear un mensaje.

—Sí, sólo para ver cómo está Emmie. Esperemos que no responda porque ya está durmiendo.

—Es una buena chica.

—Lo es, a pesar de las mejores intenciones de su madre.

—Es demasiado testaruda para dejarse influenciar por los demás. Sabe lo que piensa.

—Dímelo a mí —murmuro, pensando en las pocas conversaciones anteriores que hemos tenido.

—Vale, ya está bien de hablar de tu hija —dice, apoyando la espalda contra la puerta y empujándola para abrirla.

Mis ojos la recorren de arriba abajo. Se ha bajado la cremallera de la chaqueta, lo que me permite ver su escote, que juro que es más grande que antes. Desciendo por su cintura hasta sus caderas. El vestido le sube peligrosamente por los muslos, dejando al descubierto su nueva tinta, y luego le baja por las piernas hasta las botas de motorista.

Doy un paso adelante, la levanto en brazos, la saco de la puerta y la cierro de una patada.

—Joder, necesito estar dentro de ti.

—Dawson —gime contra mi cuello mientras roza con sus dientes mi piel expuesta.

En cuanto entramos en su habitación, la tiro en la cama y empiezo a desnudarme.

Se sienta sobre los codos y me observa mientras pierdo cada prenda de ropa.

—Ponte en el borde de la cama —le exijo mientras me tomo de la mano, la acaricio arriba y abajo un par de veces y ella se acomoda ante mí.

Su boca está justo donde yo quiero y sus ojos ardientes me miran fijamente, rogándome que tome lo que necesito.

Dando un paso adelante, le paso la punta por el labio, cubriéndoselos con el precum que ya rezuma en mi raja.

—Abre —exijo, empujando hacia delante y deslizándome entre sus labios antes de que tenga oportunidad de moverse.

El calor de su boca me quema la piel y me rechinan los dientes.

—Joder —ladro, enredando las manos en su pelo y manteniéndola quieta.

Le permito un par de minutos para que tome el control antes de que mis dedos se tensen y yo tome el mando, tirando de ella hacia delante hasta que llego al fondo de su garganta.

La miro fijamente; la visión de sus labios rojo oscuro alrededor de mi pene y las lágrimas llenando sus ojos hacen que mi liberación avance más rápido de lo que estoy preparado.

—Me voy a correr en tu garganta, nena. Te sientes tan bien.

Mis caderas empiezan a empujar mientras empiezo a perder el control, pero aparte de un par de arcadas ella lo aguanta todo, chupándomela como una campeona.

—Joder, Piper. Tu boca, joder —canto mientras se me suben las pelotas—. JODER —gruño mientras mi polla se sacude.

CAPÍTULO VEINTE

Piper

Las lágrimas cubren mis mejillas y lucho contra la necesidad de volver a atragantarme ante su tamaño. Me arde el pecho por la necesidad de aire, pero no me precipito. Me trago todo lo que tiene mientras me mantiene quieta, aguantando su subidón.

Nunca me había sentido tan poderosa como en este momento en que me mira fijamente, con sus ojos negros de lujuria.

—Joder, eso estuvo bien.

Me levanta del borde de la cama y pega sus labios a los míos. Debe de poder saborearse a sí mismo, pero su beso no vacila. Su lengua recorre mis labios, busca la mía y se la mete en la boca.

Me muerde ligeramente y me estremezco en su abrazo.

Sus labios se separan de los míos en favor de mi cuello. Me besa, me chupa, me pellizca hasta llegar a la tela que cubre mis pechos.

Sus dedos envuelven los tirantes sobre mis hombros y tira de ellos hacia abajo, arrastrando el vestido por mi cuerpo.

Mis pechos se liberan y él succiona uno con avidez en su boca caliente mientras acaricia el otro con la mano.

—Dawson —gimo mientras mi clítoris sigue palpitando y el calor se acumula entre mis muslos.

—¿Estás mojada para mí otra vez, nena? —Sus besos bajan por mi vientre hasta que se arrodilla ante mí. Es una imagen que creo que nunca olvidaré: este hombre fuerte y poderoso de rodillas, como si yo tuviera todo el poder.

—Sí. —Mi respuesta es sencilla y directa.

Sisea entre dientes antes de cogerme las bragas y bajármelas de un tirón. Me quita las botas de los pies y se echa los restos de encaje al hombro, dejándome desnuda para él.

Un segundo estoy de pie y al siguiente vuelo por los aires hasta aterrizar en el colchón.

En un abrir y cerrar de ojos, mis muslos se abren al máximo y él vuelve a darse un festín conmigo mientras yo le tiro del pelo en un intento por acercarlo.

Ya estaba a punto de soltarme sólo de chupársela, así que en cuanto me mete dos dedos y localiza con pericia mi punto G, caigo al borde del abismo con un grito.

—Dios mío, ha sido intenso —consigo decir entre jadeos.

—Eso no fue nada, nena. Aún nos queda una larga noche por delante.

Mi lado sensato quiere recordarme que es una noche de colegio, pero en cuanto se arrastra sobre mí, con la evidencia de mi liberación brillando en su cara, me olvido de la realidad y me concentro en esto, algo que nunca pensé que volvería a tener o experimentar.

Se limpia la boca antes de acomodarse entre mis muslos y dejar caer sus labios sobre los míos.

—No me canso de ti, nena.

—El sentimiento es totalmente mutuo.

Nuestras manos están por todas partes mientras nos besamos como si fuera la última vez.

Joder, echaba de menos esto. Lo echaba de menos.

—Dawson —gimo cuando se retira un segundo para recuperar el aliento—. Te necesito.

Metiendo la mano entre nuestros cuerpos, se coge a sí mismo y guía la cabeza de su polla hasta mi entrada.

—Cualquier cosa, pequeña. Puedes tener cualquier cosa.

Empuja dentro de mí y ambos gemimos, inundados por la sensación de conectarnos una vez más.

Es alucinante, lo consume todo. Simplemente increíble.

—A ti, D. Te necesito.

Deja caer los antebrazos sobre el colchón a ambos lados de mi cabeza y me mira fijamente a los ojos, su polla apenas se mueve dentro de mí y me vuelve loca.

Sus ojos rebotan entre los míos, y no estoy segura de sí intenta leer algo en ellos, o si está tratando de tomar algún tipo de decisión.

—Daw...

—¿Cásate conmigo?

Mis ojos se abren de par en par y todo mi cuerpo se tensa.

—¿Q-qué?

Se agacha para que nuestros labios se rocen, pero sus ojos no se apartan de los míos.

—Te pedí que te casaras conmigo, nena.

—Creía que eso era lo que habías dicho —susurro, totalmente sorprendida por este giro de los acontecimientos.

—Ya hemos perdido demasiado tiempo separados. Ambos sabemos que esto está destinado a ser. Te amé hace diecisiete años, y nada ha cambiado para mí, Piper. ¿Lo ha hecho para ti?

Sacudo la cabeza, luchando por formar palabras. Lo dice en serio. Realmente acaba de pedirme que me case con él… mientras está dentro de mí. Tendremos que inventar una nueva historia para contársela a nuestros nietos algún día.

En cuanto lo pienso, me echo a reír.

—¿Qué es tan gracioso? Esto no es una broma, Piper. —Hay un filo en su voz que corta mi momento de locura.

—Lo sé —le digo, pasándole los dedos por el pelo—. Estaba pensando en nuestros nietos.

—Y yo que pensaba que era yo quien se precipitaba. Entonces, ¿qué me dices? ¿Hacemos las cosas bien, como siempre deberían haber sido?

La gente probablemente me dirá que estoy completamente loca, y para ser justos puede que lo esté… pero también puede que nunca hayan conocido a su alma gemela. No necesité volver a ver a Dawson para saber que es mío. El primer día que me metí en su vida, supe que había algo diferente en él. Sabía que la conexión que compartíamos era especial. Simplemente no sabía cómo lidiar con eso además de la situación en la que ya estaba. Tal vez ambos podríamos haber manejado todo de manera diferente; quién sabe. Ahora mismo, ¿a quién le importa?

—Sí —suelto.

—¿Sí? —repite, con las comisuras de los labios torcidas en lo que estoy segura será una sonrisa alucinante.

—Sí, Dawson. Hagamos las cosas bien. Sí, me casaré contigo.

Sus labios chocan con los míos en un beso contundente mientras sus caderas empiezan a moverse, recordándome que seguimos conectados de la forma más íntima.

Se me pone la piel de gallina mientras repaso mentalmente los últimos minutos.

Acabo de aceptar casarme con Dawson Ramsey.

Vuelvo a reír y le obligo a separar sus labios de los míos. Cuando abro los ojos, me lo encuentro mirándome con su propia sonrisa en los labios.

—Esto es una locura.

—No podría estar más de acuerdo.

Nos hace girar para que él esté de espaldas y yo sentada a horcajadas sobre su cintura, con la polla enterrada hasta el fondo.

—Móntame, nena. Muéstrame lo que puedes hacer.

Me agarra con fuerza por las caderas y me ayuda a subir y bajar sobre su polla hasta que ya no puedo sostenerme y caigo sobre su pecho mientras el orgasmo me desgarra. Segundos después, un gruñido sale de sus labios y él vuelve a caer al borde del abismo, con su polla sacudiéndose dentro de mí y provocando pequeñas réplicas en todo mi cuerpo.

—Estoy tan cansada —susurro, apoyando la cabeza en su pecho y cerrando los ojos.

Me rodea con los brazos y me besa suavemente la cabeza mientras empiezo a perder el conocimiento, pero sigo sonriendo.

***

Cuando suena el despertador a la mañana siguiente, no estoy preparada. Mi cuerpo parece hundido en el colchón y no quiere salir.

Alargo el brazo para silenciar el irritante sonido antes de darme la vuelta para buscar a Dawson… pero cuando deslizo la mano sobre la sábana, la encuentro fría y vacía.

La decepción me invade. Habría dado cualquier cosa por despertarme con él esta mañana, por ver su cara, por tener el recordatorio que necesito ahora mismo de que lo de anoche ocurrió de verdad.

Que realmente me pidió que me casara con él.

Me entran mariposas en la barriga cuando le recuerdo mirándome fijamente, haciéndome esa pregunta que puso mi mundo patas arriba.

A pesar de que sé que fue real, lo siento como un sueño.

Mis dedos se dirigen al anular, deseando tener el accesorio que suele acompañar a esa pregunta. Eso demuestra lo precipitado que fue. No necesito que la falta de anillo me lo diga; el asombro que se dibuja en su rostro en cuanto las palabras salen de sus labios es suficiente.

Sonrío para mis adentros mientras lo repito una y otra vez antes de que suene mi segunda alarma, que me dice que tengo que ponerme en marcha si quiero llegar a tiempo al trabajo.

Mis músculos tiran al incorporarme. Lo primero que veo al apartar las sábanas es la tinta de mi pierna. Verla esta mañana me deja sin aliento tanto como la primera vez que la miré ayer por la tarde.

Es impresionante, sin duda la mejor obra de arte de la piel que he visto nunca. Realmente tiene talento.

Quiero quitarme el envoltorio para verlo bien, pero antes debería ducharme. No sé nada sobre los cuidados posteriores; esperaba que Dawson estuviera aquí para decírmelo, pero no puedo estar muy decepcionada. Habrá tenido que volver a casa por Emmie. No puedo reprocharle que cuide de su hija.

Aparto los ojos de su obra y encuentro una nota en mi mesilla de noche.

Pequeña,

Gracias por lo de ayer. Está en lo más alto de mi
lista de mejores días de mi vida.

No prepares ningún almuerzo. Yo me encargo.

Hasta pronto.

D

***

A pesar de que la lluvia era torrencial cuando salí de mi piso esta mañana, no podía borrar la sonrisa de mi cara.

De alguna manera, por algún milagro, he conseguido encontrar todo lo que siempre quise.

Me pasé años preguntándome qué estaría haciendo Dawson, si habría encontrado a otra persona -sólo podía suponer que sí- y si sería feliz.

Siempre lo esperé, aunque en el fondo había una parte de mí que esperaba que me echara de menos tanto como yo a él. El día que me marché, fue como si hubiera dejado atrás una parte de mí, y no ha sido hasta que he vuelto a encontrar a Dawson que me he dado cuenta de lo enorme que era esa parte.

Ahora, cuando sonrío, lo hago de verdad. Cuando me río, lo digo en serio.

No estoy segura de que una persona deba tener ese tipo de poder, pero no tengo control sobre ello. Volver a encontrar a Dawson significó volver a encontrar una parte de mí misma, y vuelvo a estar completa. Algo que no he sentido en mucho tiempo.

Lisa se da cuenta de mi sonrisa en cuanto entro en el edificio desde el Uber que me ha llevado al colegio. Después de lo de anoche, no tenía fuerzas ni para pensar en coger el metro. Debo de haberme maquillado mejor de lo que pensaba, porque Lisa no hace ningún comentario sobre mi evidente falta de sueño.

La mañana se alarga. Con el recuerdo de su nota en mi mente, espero pacientemente a que el reloj marque la hora de comer.

Cuando suena el timbre, casi me levanto de la silla con la necesidad de ir a buscarle, pero en cuanto me levanto, suena mi teléfono.

Al ver la extensión de Henry, la agarro de mala gana. Un movimiento en mi ventana me llama la atención y, mientras él charla sobre las travesuras de algunos miembros del equipo de fútbol, me encuentro mirándole a través de las ventanas de nuestra oficina.

Suelto un suspiro mientras él parlotea sobre la broma que han gastado esta mañana a unos cuantos alumnos desprevenidos.

En un día normal, probablemente lo encontraría divertido, pero ahora mismo, tengo una cita para comer, y prefiero escucharle a él que a Henry.

Llaman a mi puerta y el corazón se me sube a la garganta. Al asomarme, espero que Lisa entre corriendo, pero cuando la puerta se abre me encuentro con otro cuerpo en el umbral, mucho más grande y robusto.

La sonrisa que ilumina mi rostro hace que sus ojos centelleen de placer. Le señalo el asiento que tengo delante, pero no lo agarra. Se pasea por mi despacho como si estuviera en su casa.

—¿Con quién hablas? —susurra.

Discretamente, señalo a Henry, que sé que nos observa con curiosidad.

—Ah —dice Dawson, acercándose a la ventana. Henry se detiene mientras se miran fijamente. Sé que Dawson reconoce a Henry al instante por la tensión de sus hombros. Supongo que Henry también sabe quién es. Dawson no se mezcla precisamente entre la multitud.

Mis ojos se abren de par en par cuando Dawson levanta la mano y saluda a Henry con la mano antes de girarse rápidamente y bajar las persianas.

Jadeo cuando la voz de Henry se hace más grave a través de la línea.

—Bueno, parece que tienes un asunto más urgente que lo que te estoy contando. Recuerda que hay niños por aquí—.

—¿Qué sugieres exactamente, Henry? —espeto, irritada porque una vez más cuestiona mi capacidad para hacer mi trabajo.

—N-nada. Adiós.

Cuelga mientras mi barbilla sigue caída por la sorpresa. ¿Qué cree que voy a hacer? ¿Dejar que Dawson me folle por encima de la mesa mientras los niños van y vienen?

Exhalo un largo suspiro y me reclino en la silla.

—¿Está siendo un problema?

—¿Henry? No, creo que sólo está… celoso —admito con una mueca de dolor.

—Hmm… quizá debería haber dejado las persianas subidas, para darle algo por lo que ponerse celoso—. Dawson se acerca a mí, me acuna la cara y acerca sus labios a los míos—. Te he echado de menos —susurra antes de hundir su lengua en mi boca.

Gimo dentro de su beso, ya desesperada por más, pero sabiendo que no puedo tenerlo.

Me besa durante largos minutos, pero, al final, se separa y deja caer un beso sobre mi nariz.

—Siento haberme escapado —dice, apoyando de nuevo el culo en mi escritorio y enredando sus dedos con los míos.

—Tenías que volver por Emmie, lo entiendo.

—Odié hacerlo, pero parecías demasiado tranquila para despertarte.

Le sonrío.

—¿Supongo que has traído comida? Me muero de hambre.

Se ríe entre dientes antes de rodear mi mesa y levantar una bolsa que no vi cuando llegó.

—Claro que sí. —Procede a exponer todo lo que ha traído.

—Te gustan mucho los picnics, ¿verdad? —le pregunto riendo mientras saca una quiche, seguida de panecillos de salchichas, un poco de ensalada y una botella de aliño.

—Sí, pero me gusta pensar que éste es un poco más sofisticado. Incluso tengo platos de verdad —

anuncia mientras suelta una carcajada, sacándolos de la bolsa.

—Estás loco.

Sacudiendo la cabeza, se pone a servir.

—Una chica podría acostumbrarse a esto — digo, aceptando el plato que me tiende.

—No estoy seguro de que tu jefe pudiera.

—Ignora a Henry. En realidad, es un buen tipo. Lo descubrirás pronto cuando vengas a la reunión de progreso de Emmie.

—¿Está con él?

—Bueno, será con su tutor, pero él estará allí. Y tengo la sensación de que querrá hablar contigo.

—Genial. Puedo contarle todo lo que se está perdiendo ahora que eres mía—.

—Dawson —le reprendo.

—¿Qué? —Se pasa un rollo de salchicha por los labios y mastica. Me detengo con el tenedor a medio camino de la boca y observo el movimiento de sus labios, deseando que estuvieran sobre mí—. Eres tú quien se va a meter en problemas si sigues mirándome así—.

—¿Qué? Yo no…

—Claro.

Se hace el silencio entre nosotros durante unos minutos mientras comemos. Aunque cada vez que levanto la vista hacia él, me mira fijamente como si no pudiera creer que realmente esté aquí.

—¿Pasó realmente lo de anoche?

—¿Quieres decir si de verdad te pedí que te casaras conmigo? —pregunta, con los labios levantados a un lado.

Asiento.

—Entonces sí. Eso fue real.

—Es una locura, Dawson. Sólo nos reencontramos hace dos semanas.

—Cariño, ¿estás tratando de decirme que estás cambiando de opinión?

—¿Qué? No. De ninguna manera. Pero creo que estamos locos.

—Nunca pretendí ser otra cosa.

Me río levemente de él, pero no puedo evitar que el peso de lo que se está gestando entre nosotros me oprima los hombros.

—Suéltalo —exige, percibiendo claramente mi preocupación.

—¿Qué pasa ahora? Esto no es tan sencillo como que nos comprometamos, ¿verdad?

—¿Esto es porque no tenía anillo? —pregunta bromeando, pero sé que sólo intenta aligerar el ambiente.

—Tienes una hija, Dawson. Una que viene aquí. Tu prioridad ahora debería ser ella, no yo. Luego está el pequeño problema de que tu padre probablemente me matará en cuanto sepa que respiro, y mucho menos que he aceptado casarme contigo.

—Lo arreglaremos —dice, cogiendo otro rollo de salchicha como si nada.

—Haces que parezca tan fácil.

Exhala un suspiro y me mira fijamente durante un rato.

—Piper, nada de esto va a ser fácil. Sinceramente, no tengo ni idea de cómo lidiaré con mi padre, pero no hay duda de que no estaremos juntos. Tendrá que aceptarlo, aceptar que no hiciste lo que hiciste por elección propia, o…

—¿O…? —pregunto.

—No lo sé. Nos vamos, tal vez.

—No podemos hacer eso. Emmie acaba de empezar aquí. No puedes sacarla antes de que esté instalada por mi culpa. No lo permitiré.

—Ese es el peor caso, cariño. Papá quería a tu padre, no a ti. Sólo quedaste atrapada en el fuego cruzado. Hablaré con él. Me gustaría pensar que mi felicidad está por encima del club. —Levanto una ceja porque los dos sabemos muy bien que a menudo el club está por encima de todo—. Ya lo solucionaremos. —Cruza la mesa y toma mi mano entre las suyas—. Esto tenía que pasar, cariño. Estábamos destinados a encontrarnos de nuevo.

—¿De verdad crees eso?

—Yo sí. Por eso nunca hemos encontrado a nadie más. Estaba escrito en las estrellas.

Le sonrío, con el corazón dándome un vuelco en el pecho.

—Hablaré con Emmie. Ella ya sabe que está pasando algo de todos modos, y estoy seguro de que no le importará. Luego nos ocuparemos de mi familia en las próximas semanas o algo así. Sólo quiero disfrutar de ti primero.

—Vale. —Quiero decir que me siento más ligera, pero hasta que no sepamos qué va a pasar con su familia, sé que voy a estar tensa por esto.

Obviamente, no quiero ponerme en peligro, pero más que eso, no quiero causar problemas a Dawson ni a Emmie.

—¿Te quedas con nosotros este fin de semana?

—¿Seguro?

—Cariño, quiero que seas mi esposa. Por supuesto que estoy seguro. Si no supiera ya que quieres tomarte las cosas con calma por Emmie, te exigiría que te mudaras ahora mismo.

—Ni siquiera sé dónde vives, Dawson.

—Supongo que todo esto ha sido rápido. —Se ríe, y no puedo evitar unirme a él.

Suena el timbre, señal de que nuestro tiempo juntos ha terminado.

—¿Qué vas a hacer el resto del día? —le pregunto, sabiendo que es su día libre.

—Podría ir a la ciudad y empezar a comprar joyas.

—No lo harás —bromeo.

—Supongo que tendrás que esperar y ver —dice, atrayéndome hacia su duro cuerpo en cuanto rodeo el escritorio.

—Supongo que lo haré.

—Ojalá no tuviera que trabajar todas las noches.

—Yo también —digo, deslizando la mano por su pecho y rodeándole la nuca.

—Haz una maleta y te recogeré en cuanto acabe de trabajar el viernes por la noche.

—Vale —respiro, la excitación ya empieza a arremolinarse en mi vientre.

Nuestras narices se rozan y sus labios se presionan contra los míos un segundo antes de capturarlos en un beso contundente.

Cuando se retira, soy un jadeo de necesidad.

—No juegas limpio —me quejo.

Toma mi mano entre las suyas y la desliza por su cuerpo hasta que mis dedos rozan su dura longitud—. ¿Y tú? Tengo que salir y que me aborde tu amigo con esto.

No puedo evitar reírme. Lisa estaría encima de eso si lo supiera.

—Ah, es inofensiva en realidad. —Me levanta una ceja.

—Si tú lo dices. Te llamaré más tarde, ¿sí?

—Si no contesto, es porque me he desmayado. No dormí mucho anoche.

—¿Es eso cierto? ¿Un chico bueno te mantiene despierta?

—Sí, tan caliente que no te lo creerías. Ahora sal de mi oficina, tengo trabajo importante que hacer.

Sacude la cabeza, me da un beso en la frente y se escabulle de mi despacho.

Siente frío en cuanto cierra la puerta tras de sí.

Termino de limpiar mi escritorio de los restos de nuestro almuerzo y vuelvo a subir las persianas. Henry ya no está en su despacho, pero seguro que tiene unas palabras que decirme cuando me alcance.

Para mi asombro, tengo una tarde tranquila. Ni siquiera Lisa aparece para enterarse de algún cotilleo, lo que me parece extraño.

En cuanto suena el timbre al final de la jornada, descubro por qué.

—Ha sido la reunión más larga a la que me he visto obligada a asistir —se queja, invitándose a entrar en mi despacho y dejándose caer sobre el escritorio—. Oh, rollos de salchicha, ¿puedo? —Sus ojos se iluminan cuando se posan en la bañera.

—Por supuesto.

—Termina —murmura entre dientes—. Vamos a cenar. Quiero oírlo todo sobre la cita de ayer.

—Me propuso matrimonio —suelto.

—¿Él qué? —chilla en un tono que estoy segura que sólo los perros deberían ser capaces de oír—. ¿De verdad te ha pedido que te cases con él? Dios mío, Piper. Eso es épico.

—Lo es, sí —digo, pero aparentemente mi cara no muestra el nivel de excitación que debería.

—¿Qué te pasa? No me digas que has dicho que no.

—¿Qué? No, claro que no. Las cosas son… complicadas.

—*Las cosas* que involucran a un hombre, por supuesto que son complicadas.

—Es más que eso, Lis.

—Entonces aún más razón para empacar tu mierda para que podamos ir y discutirlo con un cóctel o diez.

Estoy agotada y lo único que me apetece es acurrucarme en el sofá con un plato de pasta, pero no puedo negar que una noche fuera para hablar de todo esto no suena bien ahora mismo.

Capítulo Veintiuno

Dawson

—¿Le contaste todo? ¿Cómo se lo tomó?

—Sinceramente, al principio estaba totalmente estupefacta. No tenía ni idea de que existieran MCs fuera de los dramas televisivos y las novelas.

No puedo evitar reírme, no es la primera vez que oigo palabras parecidas. La forma en que me criaron, la forma en que mi familia vive sus vidas es como un mundo completamente diferente a veces. Tienen sus propias reglas, leyes y rituales. Es fácil apreciar cómo a los de fuera les cuesta entender la realidad.

—¿Cuál fue su consejo después de superar el shock? —le pregunto a Piper en nuestra llamada nocturna.

Estaba medio esperando que sonara la llamada después de su advertencia de que podría estar dormida, pero me sorprendió gratamente cuando contestó y me explicó que en realidad acababa de llegar ella misma.

—Me dijo que confiara en ti. Que si te preocupas por mí como pareces entonces te asegurarás de que esté a salvo. —La culpa se retuerce en mi interior mientras sus palabras se suceden. El recuerdo de la llamada de esta tarde al abogado de mis abuelos para hablarle de mi compromiso invade mi mente.

Necesito recordar por qué estoy haciendo esto. Es por Emmie. Para darle el futuro que se merece.

—Quizá no sea tan mala después de todo —digo, con la voz áspera por la emoción y la culpa. Pero, por suerte, Piper no lo nota, o al menos no lo comenta.

—No está nada mal, la verdad.

—Eso es porque no te mira como un trozo de carne.

—Bueno, ahora sabe que me perteneces, así que espero que lo deje.

—Te pertenezco. Me gusta cómo suena eso —gruño al otro lado del teléfono, imaginándomela, retorciéndose al otro lado.

—¿Cómo fue el viaje de compras?

—No sabría decirlo —bromeo. En realidad, conseguí exactamente lo que quería en la primera tienda en la que entré.

—Listillo. —La oigo moverse al otro lado—. ¿Qué estás haciendo?

—Sólo voy por un trago.

—Aburrid.

—¿Hablaste con Emmie después de la escuela?

—Lo hice —confirmo.

—Y…

—Le parece bien, nena. Quiere saber cuándo te mudas.

—¿En serio?

—Sí, de verdad. A pesar de las apariencias, en realidad es bastante relajada.

Piper se ríe por lo bajo—. ¿Por qué creo que voy a tener una pequeña visita mañana?

—Ya me ha preguntado si tiene que empezar a llamarte mamá.

—¿Estás de broma?

—No, pero creo que sí.

—Dios, no me siento lo suficientemente vieja para que me llamen así.

—Odio señalar lo obvio, cariño, pero lo eres.

—Sí, sí, lo que sea. Apenas puedo cuidar de mí misma, y mucho menos de una hija.

—Creo que serías una madre increíble.

Suspira por la línea y no puedo evitar la pregunta que se me escapa de los labios.

—¿Quieres hijos, Piper?

—Honestamente, no es algo en lo que me haya permitido pensar. Desde que te dejé, me he estado perdiendo una parte bastante vital de tener un hijo.

—Aunque has estado con chicos, ¿verdad? —Odio preguntar, pero lo hago de todos modos.

—Sí, pero nunca quise una segunda cita con nadie, y mucho menos un hijo.

—Podría decir lo mismo de la madre de Emmie. Ni siquiera consideré una primera cita con ella.

—Sabes, como que quiero conocer a esta mujer.

—Tendrás que encontrarla primero.

—¿Todavía sin noticias?

—No. Es como si hubiera desaparecido de la faz de la Tierra. Quiero decir, no es una gran pérdida, pero Emmie merece tener una madre al menos al otro lado del teléfono, si lo necesita.

—Sí, lo hace. —Piper bosteza, y me siento culpable por desvelarla una vez más.

—Deberías irte a la cama.

—Lo sé, pero me gusta hablar contigo.

—No me lo agradecerás por la mañana cuando estés durmiendo en tu escritorio.

—No, probablemente no. Nunca voy a poder dormir si me mudo, ¿verdad?

—¿Qué quieres decir con *si*? Te vas *a mudar*.

—Quise decir cuándo. No te asustes, cavernícola.

—Bien. Porque está sucediendo. Esto. Nosotros. Está sucediendo.

Casi puedo oír su sonrisa.

—Así es. Me muero de ganas.

—Vale, tienes que irte.

—Bueno —se queja—. Hablaremos mañana, ¿vale?

—Sí. Buenas noches, pequeña.

—Buenas noches, Dawson.

***

La semana pasa lentamente mientras cuento las horas que faltan para terminar de trabajar el viernes por la noche. Tengo un buen día de clientes, el último de los cuales se ha acomodado en mi silla y me pregunto si piensa marcharse pronto.

—¿Qué tal le va a mi sobrina en ese colegio pijo al que la obligas a ir? —pregunta Cruz, volviéndose a poner la camiseta después de hacerme cargar las tintas.

—Lo está haciendo bien. Creo que era lo que necesitaba.

—No puedo creer que aceptara. ¿Has visto el uniforme? —Hace una mueca—. Pensaba que el que tuvimos que llevar en su día era malo, ¿pero ese? Uf.

—¿Has terminado? —pregunto, haciendo un gesto de orden, preparándome para mi próximo cliente.

—Deberías haberla enviado a hacer un aprendizaje conmigo.

—Oh sí, lo consideré durante unos… cero segundos.

—¿Qué? Algún día tendrá que saber poner a punto una moto.

—Le he encargado una 125cc —admito, para su regocijo.

—Sí, hermano. Ahora sí. —Chasquea los dedos como si aún tuviera dieciocho años.

Pongo los ojos en blanco y le doy la espalda.

—¿Cuándo viene? Ella va a necesitar algunas lecciones especiales de Cruz sobre cómo montar esa cosa.

—Ha hecho bien su tarea, sabe lo que hace. No necesita que le enseñes nada.

—Eres un marica. La quieres para impresionar a esos malditos ricos, ¿no?

—No, la verdad es que no. Sólo quiero que saque buenas notas y se busque la vida. Preferiría que no muriera en su moto porque le enseñaste algún truco estúpido.

—Solías ser divertido, ¿sabes?

—¿De verdad? ¿Cuándo fue eso? —Ladro por encima del hombro.

—Necesitas un puto coño, amigo. ¿Cuándo fue la última vez que conseguiste un poco?

—No es de tu maldita incumbencia.

—Bueno, hay unas chicas nuevas en el club. No tengo ni idea de dónde han salido, pero joder, hermano. Tienes que venir a verlas.

—No necesito hacer nada. Sabes que no me vas a tentar ahí, ni con el mejor coño del mundo—.

—Sí, bueno, ahí es donde te equivocaste, hombre.

—Como quieras. ¿Ya te vas?

No le da tiempo a contestar, porque mi teléfono se enciende en la encimera y lo agarro antes de que vea el nombre de Piper.

—Lo siento, es la escuela de Emmie. Tengo que atender. —Espero que se vaya, pero el irritante hijo de puta se acomoda en mi silla. Cualquiera diría que no tiene trabajo ni casa a la que ir.

—Hola —digo en cuanto conecto la llamada.

—Hola, soy yo —dice como si no lo supiera ya—. Emmie ha tenido un accidente.

—Mierda, ¿está bien?

—Sí, sí, está bien. Lesión de hockey. —Hay algo en el tono de Piper que no me cuadra, pero apenas puedo preguntar qué pasa con los ojos de mi hermano taladrándome la espalda—. ¿Estás ocupado?

—Sí, tengo clientes seguidos todo el día. Pero puedo cancelarlos.

—Si me autorizas, puedo llevarla a casa. De todas formas, ya he terminado por hoy.

—¿Estás segura? No quiero causar problemas.

—¿Qué? Pues claro que no. Me aseguraré de que esté bien, le traeré algo de cenar o lo que sea. Estamos bien. No tienes que preocuparte.

—Esta bien —admito, pero me arrepiento cuando oigo movimiento detrás de mí.

—Vale, recogeré mis cosas y llamaré a un Uber.

—Gracias por hacérmelo saber —digo rígido, más que consciente de que tengo público.

—No hay problema. Hasta luego.

—Sí. Gracias, adiós.

Miro el móvil un segundo antes de que el cabrón entrometido que tengo detrás me pregunte—: ¿Todo bien?

—Emmie tuvo un accidente de hockey en la escuela. —Se me revuelve el estómago al pronunciar las palabras. Confío en Piper, pero aun así prevalece mi necesidad de saber que está bien y cuidar de ella.

—¿Ella está bien? ¿Quieres que vaya a buscarla?

—Ella está bien, y no, está todo arreglado.

—Si no confías en mí con tu hija, sólo tienes que decírmelo.

—Bien, no confío en ti con Emmie. ¿Contento?

—Eres un gilipollas —murmura, levantándose por fin de la silla y poniéndose el chaleco.

—No me importa. No quiero que la arrastren a tu mundo.

—Cuidado, hermano. Te olvidas de que también es tu mundo. Sólo puedes correr durante un tiempo.

—¿Es una amenaza, Cruz? —gruño, dando un paso hacia él. Puede que ahora que es el vicepresidente de papá se crea el más grande, pero tiene que recordar quién es el mayor y el más rápido de los dos.

—No, sólo la realidad, hermano. Volverás y lo sabes.

Entrecierro los ojos y me pregunto qué demonios le pasa hoy. A menudo me echa la bronca por mi decisión de alejarme, pero nunca así.

—Como quieras. Tengo trabajo que hacer.

Le rodeo con la mano, abro la puerta y le hago un gesto para que se vaya.

—Nada como una agradable visita de bienvenida a la familia.

—Estaba bien hasta que empezaste a hablar.

—Biff, guapísima, ¿cómo te va? —canta en cuanto la ve en recepción.

Como no quiero escucharle intentar ligar con ella, cierro la puerta y me doy unos minutos.

Cojo mi teléfono y escribo rápidamente un mensaje a Piper.

Lo siento, Cruz estaba aquí. ¿De verdad está bien?

Piper: Sí, no hay huesos rotos ni nada. Lo tenemos cubierto.
Disfruta del resto del día. Estaré esperando.

Me siento un poco mejor, termino y llamo a mi próxima víctima.

CAPÍTULO VEINTIDÓS

Piper

Estoy mirando inútilmente el reloj, preguntándome si puedo encontrar una excusa para salir pronto de aquí y poder ir a hacer las maletas para el fin de semana en casa de Dawson, cuando llaman a mi puerta.

—Pasa —llamo, girándome hacia allí cuando empujan la puerta para abrirla.

—Dios mío, ¿qué ha pasado? —Jadeo, empujando para ponerme de pie cuando Emmie emerge, con media cara cubierta de sangre.

—Estoy bien. Parece peor de lo que es.

—Emmie, te gotea sangre de la barbilla. —Rebusco y saco un paquete de pañuelos de mi bolso y se los doy—. Siéntate. Iré a por el botiquín.

—Estoy bien. Parará en un rato.

—Siéntate —repito antes de salir corriendo de la habitación, contenta de haber hecho mi formación en primeros auxilios cuando empecé aquí.

Vuelvo en unos minutos y veo que al menos ha hecho lo que se le había dicho y se ha sentado. Me agacho frente a ella y empiezo a limpiarle la sangre para intentar encontrar el corte causante del problema.

—¿Qué ha pasado?

—El hockey se puso un poco duro.

—¿Un poco? Dios, ¿se estaban peleando o algo?

—Más o menos. —Mis ojos se abren de par en par, porque no esperaba exactamente que estuviera de acuerdo—. A algunas de las chicas no les caigo muy bien —admite en voz baja mientras trabajo.

—¿Ellas te hicieron esto?

—Sí, pero…

—Pero…

—Puede que lo haya empezado yo.

—Emmie —advierto.

—¿Qué? Estaban charlando mierda. Se lo merecían.

—Em…

—Vas a decirle a papá que he estado peleando, ¿verdad?

—No—, Sus ojos se abren de golpe—. Sí que lo estás. No me voy a meter en medio de vosotros dos. Trabajar aquí e involucrarme contigo es un aprieto, pero no lo haré a tus espaldas, igual que no lo haré a las suyas.

—Me parece justo —murmura antes de hacer una mueca de dolor cuando le encuentro el corte justo encima de la ceja.

—Vamos a arreglar esto y a llevarte a casa. No creo que ir a tu última clase sea una buena idea. ¿Dónde han ido las demás?

—Ni idea. La señorita Peterson estaba tratando con ellas. Me alejé.

—Emmie…

—No estabas allí de pie escuchando cómo le decían que todo era culpa mía. Ella las ama, nunca tomará mi palabra sobre la de ellas. Sólo soy la chica nueva del lado duro de la ciudad.

—Em…

—No lo hagas. No intentes decirme que son tonterías, porque ambas sabemos que es la verdad. No encajo aquí y nunca lo haré.

—¿Has tenido otros problemas?

—Algunas zorras engreídas no pueden tocarme, señorita Hill. ¿Se creen mejores que yo? Bien, déjalas. Es agua pasada.

—No debería serlo. Dame sus nombres, me aseguraré… —Me mira fijamente, y mis palabras se interrumpen.

—Acabas de decir que no te meterías en medio.

—Sí, de cosas contigo y con tu padre. Pero este es mi trabajo. Estoy aquí para asegurarme de que eres feliz, de que te estás adaptando bien. Esto —digo señalando su cabeza—. no es asentarse bien.

—No pasa nada. Ya se les pasará. O aprenderán que puedo lanzar un golpe más fuerte. O lo que sea. No me mires así.

—Vale —le digo, poniéndole un par de puntos de mariposa sobre el corte—. A ver qué tal. Voy a llamar a tu padre.

—Genial —gime.

***

278

—Podría haber vuelto por mi cuenta, ¿sabes? —dice Emmie una vez que ambas estamos en la parte trasera de un Uber, en dirección a su casa.

—Lo sé, pero le dije a tu padre que cuidaría de ti, así que aquí estoy. Además, si te soy sincera, estaba más que preparada para terminar el fin de semana. Esto es sólo una buena excusa —admito, para su deleite.

—¿Aquí? —dice el conductor, deteniéndose a un lado de la carretera.

Dawson vive un poco más alejado de la ciudad de lo que yo esperaba, en una calle muy bonita y acogedora. Inmediatamente me siento como en casa, lo cual es extraño porque aún no hemos entrado en la casa.

—Genial, gracias. —Emmie se baja y, tras dar también las gracias al conductor, yo hago lo mismo.

La sigo hasta una casa situada en la acera de enfrente, con una barandilla de hierro forjado retorcido en la fachada y una puerta negra con herrajes cromados. No podría ser más Dawson aunque lo intentara, y sonrío cuando Emmie abre la puerta.

El sonido del motor de una moto me hace mirar por encima del hombro. Me siento ridícula cuando la decepción se apodera de mí al ver que no aparece. Acaba de decirme que tiene clientes toda la tarde y la noche; sé que no va a venir.

Sigo a Emmie al interior y encuentro más o menos lo que esperaba: un piso de soltero.

Las paredes están pintadas de un gris suave y el pasillo tiene suelo de madera oscura con un solo mueble contra la pared con cajas, supongo que para los zapatos.

—Sala. —Emmie señala una puerta y encuentro otra habitación gris con dos enormes sofás de cuero negro y muebles oscuros. Hay una manta rosa en uno de ellos que parece totalmente fuera de lugar. No necesito preguntar a quién pertenece—. Cocina. Jardín. —Señala un pequeño jardín al otro lado de las puertas de vidrio.

—¿Tienes hambre? —pregunto, estudiando su elegante cocina. Los muebles son, sorprendentemente, grises, pero ha añadido un acento verde azulado que le da mucho estilo.

—Sí. ¿Sabes lo que realmente me apetece?

—Vamos…

—Nachos. Mucho queso, guacamole, crema agria, jalapeños—. Se me revuelve el estómago mientras me lo cuenta todo. Sabiendo que Dawson no iba a aparecer hoy con un picnic, me vi obligada a conformarme con la ensalada que preparé esta mañana antes de salir de casa. Ni que decir tiene que no me ha gustado nada.

—¿Tienes todo para ello?

—No —dice con una mueca de dolor—. Hay una tienda en la esquina justo bajando la calle. Déjame cambiarme y podemos ir andando.

—No, yo iré. Sólo indícame la dirección correcta. Toma algunos analgésicos para eso y límpiate.

—Hice el mejor trabajo que pude con algunas toallitas en mi oficina, pero ella todavía está cubierta de sangre seca—. Ten cuidado con los puntos. Traeré más si tienen para que podamos rehacerlo, o le diremos a tu padre que traiga algo de camino a casa.

—¿Estás segura? —pregunta ella—. No me importa ir. Ya has hecho más que suficiente.

—Sí, segura.

—Vale, gira a la izquierda al salir de casa y sigue andando, no tiene pérdida. No son ni cinco minutos andando.

—Vale, nachos con queso enseguida.

La dejo mientras abre el refrigerador y agarra una lata de Coca-Cola.

Recojo mi bolso de la unidad del pasillo, junto con la llave de Emmie, y salgo.

En cuanto piso la acera, me invade la sensación de que me observan. Miro por encima del hombro, pero la calle parece abandonada.

Miro hacia la casa de Dawson al pasar y veo a Emmie allí de pie. Me saluda con la mano antes de darse la vuelta y, supongo, dirigirse a las escaleras.

Miro a mi alrededor, las hileras de casas, pero nada parece fuera de lo normal. Me subo un poco la mochila al hombro, saco el teléfono del bolsillo lateral y miro hacia abajo, dispuesta a enviarle un mensaje a Dawson, sabiendo que estará preocupado por Emmie. Pero ni siquiera tengo la oportunidad de desbloquearlo, porque un brazo me rodea la cintura, una mano me tapa la boca y me arrastran hacia atrás y hacia la oscuridad de la parte trasera de una furgoneta Transit.

Lucho contra el agarre del hombre, pero mi fuerza no es rival para la suya.

—Realmente eres una puta estúpida, ¿no?

—¿Cruz? —pregunto cuando suelta mi boca.

—Te acuerdas de mí. Es un honor, soplona.

No llego a decir nada más, porque me golpean en la cara con una cinta adhesiva cuando quien conduce la furgoneta pisa a fondo el acelerador y yo retrocedo dando tumbos hasta chocar con las puertas traseras, con el hombro ardiendo de dolor.

Sus manos se posan en mis brazos y me hace girar hasta que mi frente queda presionada contra el frío metal mientras me ata las muñecas a la espalda.

—Eso es, soplona. Sé una buena chica ahora.

—Que te jodan —grito, pero con la cinta tapándome la boca lo único que consigue es un grito ahogado.

Su nariz recorre la columna de mi cuello y me inhala mientras tengo arcadas.

—Siempre fuiste una zorrita peleonera. Probablemente por eso conseguiste hechizar tan fácilmente al tonto de mi hermano.

Aspiro todo el aire que puedo por la nariz, pero la cabeza me da vueltas.

Cruz me gira de nuevo, sus ojos malvados se posan en los míos y sus dedos rodean mi garganta, apretando lo suficiente como para que empiece a ver estrellas.

—¿Pensaste que podías volver a su vida y que no habría consecuencias? ¿Qué estúpida eres? —Se me saltan las lágrimas—. De verdad crees que te quiere, ¿no? —Se ríe, pero no hay nada de diversión en ello—. Ha estado jugando contigo, *pequeña*.

—No —grito, mis lágrimas salen más deprisa mientras un sollozo retumba en mi garganta. Se me revuelve el estómago al oír cómo me llama Dawson.

—El karma es una perra, ¿verdad? No eres nada para él, aparte del enorme cheque que va a cobrar. Si te metes con los *Royal*, puedes apostar tu culo a que eventualmente vendremos por ti. Bueno, nena, mi padre y yo hemos estado esperando por hoy durante mucho, mucho tiempo.

Se me revuelve el estómago.

Pero nunca llego a saber si vomito, porque el dolor irradia desde mi sien antes de que todo se vuelva negro.

***

Me duele todo el cuerpo cuando vuelvo en mí, y tengo frío. Mucho frío, joder. Me tiembla todo el cuerpo y me castañetean los dientes a pesar de la mordaza que tengo entre ellos.

Quiero que la oscuridad me reclame de nuevo. Al menos allí puedo fingir que nada de esto ha pasado. Puedo fingir que sigo en casa de Dawson con Emmie, esperando a que vuelva a casa.

Las palabras de Cruz vuelven a mí.

—*Ha estado jugando contigo, pequeña.*

No. No. Eso no puede estar bien. Lo que hemos tenido estas últimas semanas, ha sido real. Sé que lo ha sido.

Intento moverme para aliviar el dolor del hombro y la cadera, pero nada ayuda. Al final, me veo obligado a abrir los ojos y sucumbir a la realidad.

Al abrirlos, me encuentro en una habitación tan oscura que apenas puedo distinguir mis propias piernas, por no hablar de nada más.

Una brisa fría sigue soplando sobre mí. Al principio, supuse que debía de ser una ventana, pero estamos en septiembre. Hace demasiado frío para venir de fuera.

Mientras estoy tumbada, mis ojos empiezan a acostumbrarse a la oscuridad que me rodea y por fin soy capaz de distinguir la caja blanca de la esquina. No hace falta ser un genio para darse cuenta de que debe de ser un aparato de aire acondicionado.

Me muevo de nuevo, desesperada por sentarme, por hacer algo.

Intento moverme, pero sigo con los brazos atados a la espalda. Ahora también tengo los tobillos atados, pero puedo respirar mejor y pronto me doy cuenta de que han sustituido la cinta por un trozo de tela.

—Hijos de puta —grito alrededor de la mordaza, sabiendo que nadie me oirá, pero sintiéndome mejor por al menos intentarlo.

Después de lo que parece un año, al final consigo incorporarme y retroceder hasta chocar con un muro.

Subo las piernas hasta el pecho, deseando poder rodearlas con los brazos en un intento de mantener el calor.

Dejando caer la cabeza hacia delante, repaso lo que recuerdo del momento en que Cruz me arrebató de la calle, pero sólo puedo pensar en sus palabras.

—*Ha estado jugando contigo, pequeña.*

Me digo una y otra vez que no puede ser verdad. La forma en que me mira, la forma en que me toca. Todas las pequeñas cosas que ha hecho en las últimas dos semanas. No puede ser falso. No es tan buen actor.

¿Lo es?

La realidad me golpea. De verdad, ya no le conozco. El chico del que me enamoré no es el hombre que volví a encontrar por sorpresa hace dos semanas.

Joder. ¿Acaso fue una sorpresa?

¿Ha sido todo falso? ¿Un juego para vengarse de lo que le hice hace tantos años?

No. No.

Sacudo la cabeza, negándome a dejar que los pensamientos perduren mientras las lágrimas me queman los ojos. No quiero llorar; nada bueno puede salir de mis lágrimas, pero soy impotente para detenerlas. Más rápido de lo que puedo controlar, se derraman de mis ojos y empapan la tela que me corta la boca.

Lloro hasta que no me queda nada. Mi cuerpo está agotado, me duele la cabeza. No tengo ni idea de cuánto tiempo llevo en esta habitación oscura y fría, pero nadie más me ha visitado. A nadie le importa.

Un sollozo sale de mi garganta.

Pensé que había encontrado todo lo que faltaba en mi vida el día que Dawson entró en *Knight's Ridge*, pero me temo que la realidad es muy distinta.

Era sólo el principio del fin.

Capítulo Veintitrés

Dawson

—¿Va todo bien? —le pregunto a Emmie cuando le devuelvo las llamadas perdidas mientras estoy entre clientes.

Puede que reciba una llamada perdida suya cuando estoy trabajando -ella sabe que la llamaré cuando pueda-, pero ¿encontrarme con cinco suyas? Eso me pone los pelos de punta.

—Um… —vacila—. Yo… no lo sé.

—Emmie —le advierto, necesito que escupa lo que sea.

—Piper se fue a la tienda de la esquina hace casi dos horas. —Al instante me siento más erguida en mi taburete.

—¿Qué? ¿Segura?

—Sí, papá. Puedo decir la hora.

—Lo siento, es que…

—. Raro. Lo sé. Le dije que me apetecían nachos y me dijo que iría a buscarlos. Se fue, pero no ha vuelto a aparecer.

—¿Has intentado llamarla?

—No tengo su número.

Me siento culpable por no haberme disculpado con mi cliente y haberle contestado. Supuse que Piper estaba allí y que las cosas se arreglarían.

—Mierda. Vale, seguro que todo va bien —le digo, pero cuando las palabras salen de mis labios, sé que no son ciertas.

Piper no desaparecería, así como así. Especialmente cuando está cuidando de Emmie.

—¿Estás bien?

—Sí, papá. No ha sido nada. No ha sido nada. Estoy más preocupada por Piper.

—Sí, tú y yo. Voy a buscarla, ¿vale? Llámame si reaparece.

—Lo haré. ¿Es culpa mia? —pregunta dubitativa.

—¿Qué? No, claro que no. —*Es mía.* Suspiro, pellizcándome el puente de la nariz—. Pídete algo de cenar. No sé a qué hora llegaré a casa.

—De acuerdo. Te quiero, papá.

—Yo también te quiero, Em.

La sangre me corre por los oídos mientras recorro mi teléfono y pulso llamar a su número. Ni siquiera suena, se va directo a buzón.

—Joder.

Dejo mi cubículo como está, abro la puerta de un tirón y bajo corriendo a recepción.

—Necesito que canceles a todos mis clientes, probablemente también para mañana —le ladro a Biff al pasar.

—¿Va todo bien? —me grita mientras atravieso la puerta principal.

Hago una pausa, deseando tener una respuesta para ella.

—Sinceramente, no tengo ni idea.

—Si nos necesitas, llámanos. —No me quedo lo suficiente para responder.

En un abrir y cerrar de ojos, me subo a la moto y vuelo hacia su piso.

Consigo entrar cuando alguien se marcha y corro hasta su puerta.

En el fondo sé que no está aquí. Lo siento en el pavor que me recorre todo el cuerpo.

Cruz la tiene. Sé que la tiene. Por eso estuvo tan raro conmigo antes.

Lo sabe.

Y esa llamada sobre Emmie jugó justo en sus manos.

—Hijo de puta.

A pesar de saberlo, mis puños llueven sobre la puerta de su casa con la esperanza de que se haya despistado y haya acabado aquí.

Como sospechaba, no hay señales de vida dentro de su piso.

Giro para apoyar la espalda en su puerta y abro la aplicación de seguimiento con la que he sincronizado su teléfono.

La última vez que se la vio fue en mi calle, presumiblemente cuando salía para ir a la tienda.

Puede que les esté haciendo el juego si mis sospechas son ciertas y Cruz y papá están detrás de esto, pero ahora mismo, me importa una mierda.

Subo de nuevo a la moto y me dirijo a un lugar al que juré no volver.

La sede del club Royal Reapers.

Los clientes de la puerta me miran extrañados cuando llego. Puede que lleve poco tiempo aquí, pero eso no significa que no sepan quién soy.

Ambos asienten y me abren las puertas.

Al entrar, es como si me hubiera transportado a mi infancia. Todo parece exactamente igual. Los mismos edificios cansados de ladrillo rojo con ventanas sucias, los mismos carteles rotos y el estacionamiento lleno de baches. La única diferencia es las motocicletas nuevas y las caras más frescas.

Unos pocos me sonríen, pero la mayoría fruncen el ceño, ya sea en señal de desaprobación o de confusión. No estoy aquí para hacer amigos.

Abandono la motocicleta y me dirijo directamente al despacho de mi padre. El corazón me retumba en el pecho al imaginar lo que podrían hacerle.

Si la tienen, ¿sigue viva?

Recuerdo muy bien la ferocidad de su ira cuando descubrió lo que su padre había hecho. Le recuerdo jurando sobre su propia tumba que acabaría no sólo con la familia Collins, sino con toda la Hermandad del Diablo.

Y lo hizo.

O al menos eso creía.

Me tiemblan las manos de adrenalina al rodear con los dedos el picaporte de la puerta y empujarla para abrirla. No me molesto en llamar como debería. A la mierda pedir permiso, tiene algo que me pertenece.

Entro a toda prisa, esperando encontrar al menos a mi padre detrás de su escritorio, fingiendo gobernar el mundo. Pero está vacío.

Con una tormenta gestándose dentro de mí, me puse a revisar cada maldita habitación de este lugar.

***

Ha pasado casi una hora cuando llego al otro extremo del edificio. He recorrido todos los lugares que se me ocurren a los que podrían haberla llevado, y todos a los que he interrogado me dan la misma historia -la que esperaba-: que no han visto a mi padre, ni a Cruz, ni a una chica.

Es una mierda. Una puta mierda.

Sin estar cerca de tener respuestas, me encuentro de nuevo en mi moto, todavía con tíos mirándome como si no perteneciera a este lugar. Y no pertenezco. Ya no. Pero necesito algunas malditas respuestas.

Saco el móvil del bolsillo y encuentro un mensaje de Emmie preguntándome si todo va bien.

Sabiendo que se va a preocupar, pulso llamar y me acerco el teléfono a la oreja.

—¿La has encontrado? —pregunta apresurada en cuanto se conecta la llamada.

—Todavía no, no.

—Papá. —Su voz se quiebra con mi nombre—. Algo no está bien aquí.

—Lo sé, Em. Voy a llegar al fondo del asunto, te lo prometo.

—Vale. —Ella moquea y me parte el corazón en dos.

—Vuelvo a casa. Te veré en un rato.

—Papá, no. Necesitas… —Corté su argumento colgando.

Vuelvo la vista a la sede del club, con la sensación de que me estoy perdiendo algo. Está cerca, sé que lo está. Pero necesito más. No puedo seguir corriendo como un pollo sin cabeza. Mi padre me entrenó mejor que eso. Necesito información, y necesito un plan sólido si voy a sacarla de esto con vida. Suponiendo que aún lo esté.

El miedo se apodera de mi estómago cuando arranco la moto y salgo del recinto de los *Royal*. Echo un vistazo por encima del hombro antes de cruzar las puertas y prometo volver. Me niego a jugar a su jueguecito. Tienen algo que me pertenece y pueden estar seguros de que lo recuperaré.

***

—¡Papá! —Emmie casi vuela hacia mí antes de que haya cruzado la puerta principal.

La rodeo con mis brazos y la abrazo fuerte.

—Está bien, Em. Todo va a salir bien.

—¿Dónde está? La gente no desaparece así como así.

Me debato sobre cuánto debo contarle. Siempre la he mantenido alejada de esa vida y, por suerte, mis padres y Cruz -aunque a regañadientes- aceptaron interpretar el papel para protegerla.

—Ven y siéntate conmigo.

La guío hasta la sala y ambos nos dejamos caer en el sofá, pero antes de que pueda decir nada, me acuerdo de los acontecimientos que condujeron a todo esto en primer lugar.

—Mierda, Em. Tu cabeza. —Tomo suavemente su cara entre mis manos e inspecciono la herida.

—Estoy bien, papá. No es nada.

—¿Qué ha pasado?

Se acobarda un poco, levantando mis sospechas.

—¿Emmie? —Advierto.

—Algunas chicas dijeron algunas cosas. Tomé represalias. Sé que no debería haberlo hecho —añade apresuradamente, antes de que yo tenga la oportunidad de decir nada—. Pero es que me caen mal y quería demostrarles que no voy a tolerar sus gilipolleces.

Le rodeo el hombro con el brazo y la atraigo hacia mí. Quiero regañarla por pelearse, pero sabiendo hasta dónde llegaría ahora mismo para proteger a Piper, me parece bastante hipócrita.

—Sólo… por favor, que no vuelva a pasar.

—Lo intentaré, pero realmente no puedo prometer nada. Nunca he conocido a un grupo de zorras tan insípidas. Todos en mi antigua escuela estaban demasiado borrachos o drogados para preocuparse.

La abrazo con más fuerza, aliviado una vez más por poder protegerla ahora en lugar de verme obligado a dejarla con su madre.

—¿Qué le pasa a Piper, papá? —me pregunta, con sus grandes ojos oscuros mirándome y pidiendo respuestas.

Se me retuerce el corazón. No puedo mentirle. La respeto demasiado para eso.

—Tu abuelo… —Empiezo, con el temor corriendo por mis venas de que voy a decirle algo de la verdad.

—Es el presidente de un MC, sí, lo sé.

Se me cae la barbilla de asombro.

—¿Cómo…?

—Mamá. —Pone los ojos en blanco.

Por supuesto, tiene todo el sentido que todos estos años haya jurado a mi familia guardar el secreto y, sin embargo, esa zorra se lo haya contado todo.

—Lo escuché, si eso lo hace mejor.

Sacudo la cabeza.

—El padre de Piper era de un club rival, y cuando nos conocimos, cuando empezamos… a salir… no fue en buenas circunstancias. Las cosas se complicaron. Se puso muy, muy complicado y sus padres terminaron…

—Muertos. Papá —suspira—. Ya soy mayorcita, no tienes que endulzarme esto.

Asiento, odiando que haya crecido tanto. Es fácil pensar que sigue siendo mi niña inocente, pero eso está muy lejos de la realidad.

—Pensé que Piper había muerto junto a ellos. No tenía ni idea de que su padre la había sacado. No fue hasta que entramos en *Knight's Ridge* que supe la verdad.

—Que aún la amabas.

—Sí, eso también. Las cosas no acabaron bien entre nosotros, y no voy a mentir, mis intenciones cuando la volví a ver no eran precisamente honorables.

—Papá —suspira.

—Emmie —suspiro—. Ella realmente me hizo daño en su día. Me traicionó a mí y a mi familia. La amé tanto en un momento, y al siguiente la odié más que a nadie que hubiera conocido antes. Yo era sólo un poco mayor que tú ahora. Era mucho para soportar. Luego pensar que había muerto… Fue un desastre.

—Pero en realidad nunca la odié, y a medida que han pasado las últimas semanas, las cosas han cambiado.

—Realmente la amas, ¿verdad?

—Sí, Em. Lo hago. Siempre lo he hecho.

Me sonríe dulcemente.

—Lo supe en cuanto la viste. Todo tu comportamiento cambió. La forma en que la miraste… Nunca te había visto mirar a nadie así.

—Eres demasiado perspicaz para tu propio bien, ¿lo sabías?

—No, sólo quiero que seas feliz, papá. Has vivido aquí solo durante, bueno... demasiado tiempo. Te mereces encontrar a alguien.

—Eres una buena chica, Em —le digo besándole suavemente la cabeza.

—Sí, tú tampoco estás tan mal, viejo. —Me rodea la cintura con el brazo y se hace el silencio durante unos minutos—. ¿Así que la moraleja de esta pequeña historia, supongo, es que tu padre la tiene?

El hielo inunda mi cuerpo con solo pensarlo. Sé de lo que es capaz. He sido testigo de lo que está dispuesto a hacer a la gente que cree que le ha hecho daño, por no hablar de los que sabe que le han traicionado.

—Sí. Estoy seguro de que mi padre y Cruz la tienen.

—No pueden tener demasiados sitios donde la hayan llevado. ¿Crees que le harían daño?

—Sí, Em. Lo hago.

Me levanto del sofá y empiezo a pasear por el salón mientras sus ojos siguen mis movimientos.

Han pasado más de dos horas cuando mi teléfono emite una alerta. Mis cejas se fruncen al principio, sin saber a qué se debe ese sonido tan inusual, pero cuando lo saco del bolsillo, encuentro una notificación que hace que el corazón me salte a la garganta.

El teléfono de Piper se ha encendido.

Abro la aplicación de seguimiento y espero a que se cargue. Y, por supuesto, cuando lo hace muestra la sede del club.

—Voy por ustedes, hijos de puta —murmuro para mis adentros—. Voy a salir. —Intento que suene despreocupado cuando miro a Emmie, que está empujando la cena que he intentado obligarla a comer alrededor de su plato.

—¿Sabes dónde está?

—Creo que sí. Quédate en la casa. No abras la puerta —advierto.

—Crees que ellos…

—No, pero necesito saber que estás a salvo en todo esto. No puedo estar preocupándome por las dos.

Ella asiente, una sonrisa triste tirando de sus labios.

—No voy a ninguna parte, papá. Sólo… tráela de vuelta, por favor. Me gusta un poco.

—Sí. A mi también, chica.

Comprobando que tengo mi cuchillo, salgo por la puerta y subo a mi moto, dispuesto a empezar una guerra si es necesario para recuperar a mi chica.

Capítulo Veinticuatro

Piper

Cuando mi cuerpo empieza a despertar de nuevo, lo primero de lo que me doy cuenta es de que sigo temblando. Tengo los dedos de las manos y de los pies entumecidos y me siento muy débil. Pero lo siguiente que noto es que me arden los ojos por la luz brillante que me atraviesa los párpados.

Necesito toda mi energía para abrirlos y, cuando lo hago, desearía no haberme molestado.

—Piper Collins —el hombre en la silla delante de mí dibuja—. Nunca pensé que vería el día, ya que pensé que puse una bala en tu linda cabecita hace tantos años.

Charles Ramsey.

Un hombre que reconocería en cualquier parte, por muy canoso que sea su pelo o por muchas arrugas nuevas que cubran su rostro.

A pesar de los cambios a lo largo de los años, sus ojos son los mismos.

Los mismos pozos desalmados y fríos de oscuridad se clavaron en mí con más odio del que creo haber presenciado nunca.

—Pues está claro que no —escupo, descubriendo ahora que me han quitado la mordaza. No estoy dispuesta a acobardarme ante él como estoy segura de que hace todo el mundo. Si va a matarme, me niego a caer sin luchar.

Mi padre me enseñó mejor que eso.

—Claramente. Aunque esta vez no habrá dudas. Te arrancaré el puto corazón yo mismo si hace falta.

La imagen me revuelve el estómago.

—Que te jodan.

—Gracias por la oferta, pero no toco a las zorritas mentirosas y vengativas. Aunque estoy seguro de que Cruz no necesitaría mucho convencimiento. — En eso, su hijo menor sale de la esquina de la habitación—. Puede ser un cabrón malvado cuando quiere.

Cruz me guiña un ojo, pero no lo hace en broma. Es pura maldad.

El miedo me recorre la espina dorsal, agravando aún más mis temblores.

—Eso es, pequeña. Ten miedo. Sólo hace que mi polla se ponga más dura—. Cruz se toca através de sus jeans me dan arcadas.

—Vendrá por mí —suspiro, sin querer decirlo en voz alta.

Me arrepiento en cuanto Charles y Cruz empiezan a reírse.

—Chica estúpida e ilusa. Nadie viene a por ti. Nadie se preocupa por ti. Tú. Eres. Nada.

Me rechinan los dientes de rabia mientras se desata una tormenta en mi interior.

—¿Has olvidado lo que te dije? —Cruz empieza—. D no te quiere. Eras sólo su manera de conseguir un sueldo que necesita. ¿Cómo crees que está pagando para que Emmie vaya a esa escuela? Seguro que no es de tatuajes. Te necesitaba para conseguir su herencia. Ahora, no eres nada para él. No vendrá por ti. No te *quiere*. ¿Cómo podría, después de la forma en que lo trataste? ¿Nos trataste a todos? Sucia soplona.

Las lágrimas corren por mis mejillas. Les pido desesperadamente que paren, no quiero que sepan que sus palabras me afectan. Pero me afectan. Cada palabra cruel que sale de la boca de Cruz me desgarra un poco más.

Sabía que debería haber estado en guardia con Dawson. Y lo estaba, para empezar. Pero la joven enamorada que llevo dentro se apoderó de mí y nubló mi juicio.

Odio que tengan razón.

¿Por qué si no un hombre que me ha odiado durante la mayor parte de su vida me propondría matrimonio después de sólo un par de semanas de volver a conectar?

Por supuesto que era un juego. ¿Cómo podría ser otra cosa?

Pero aun así, en el fondo, no quiero creerlo.

¿Me habría dejado acercarme a Emmie, sabiendo que todo esto era falso?

Joder, la cabeza me da vueltas.

—Cruz —ordena Charles con un movimiento de cabeza.

Se mete la mano en el bolsillo y saca mi teléfono.

Veo cómo lo enciende y se queda mirando la pantalla.

Una sonrisa sádica se dibuja en sus labios antes de darle la vuelta.

—Bonita foto, pero mira… nada. No ha llamado, no ha enviado ningún mensaje. A él. No. le importas. Así que ahora que se ha divertido, ahora que ha conseguido lo que quería de ti, nos toca jugar a nosotros.

Cruz mete la mano por detrás y abre una puerta. Dos tipos enormes y malvados entran en la habitación.

Se detienen ligeramente detrás de Charles, como dos perros adiestrados. Casi me río para mis adentros, porque eso es exactamente lo que son.

Cachorros. Malditos cachorros malvados.

Cruz se acerca a mí y me rodea la garganta con la mano, levantando mi cuerpo débil y helado del suelo como si no pesara más que una pluma.

Se inclina hacia mí, la rugosidad de su mandíbula rasposa me araña la mejilla hasta que sus labios están frente a mi oreja.

—Vas a desear que te hubiera matado en esa furgoneta—. Sus palabras son frías, sin ningún tipo de emoción. Nada que ver con el joven que recuerdo tan lleno de vida.

—¿Qué te ha pasado? —susurro.

—Tú, *pequeña,* y estás a punto de arrepentirte cada segundo. Cuando mi hermano mayor se alejó de sus responsabilidades, me vi obligado a dar un paso al frente. Me han entrenado los mejores. —Me recorre el cuello con la nariz, inspirándome—. Hueles lo bastante dulce como para comértelo —murmura.

—Para, por favor —no quiero suplicar, pero cuando su agarre sobre mí se hace más fuerte, no sé qué más hacer.

—Creo que he cambiado de opinión —susurra, provocándome escalofríos antes de aumentar el volumen—. Creo que no quiero compartir.

—Bueno entonces, muchacho. Menos mal que aquí no mandas tú.

Cruz retrocede. Parece que su amo ha hablado.

Entrecierro los ojos y su mirada me inmoviliza. Busco desesperadamente cualquier rastro de aquel niño, el que se pasaba el día jugando al fútbol en el jardín de los Ramsey, el que soñaba con ser profesional algún día.

Me quita la mano de la garganta y respiro hondo, llenando los pulmones del aire que necesitan desesperadamente. Mis piernas apenas me sostienen.

Pero pronto me doy cuenta de que no ha terminado conmigo. Su mano se acerca a la corbata de mi vestido y tira de ella hasta que se afloja y la parte delantera se abre, dejando mi cuerpo al descubierto.

Sus ojos se deslizan hambrientos a lo largo de mí.

—Puedo entender por qué mi hermano decidió llevarte a dar otro paseo. Lástima que estemos a punto de arruinarte.

—Cruz, por favor.

—Oh, nena, por favor, sigue suplicando. —Me pasa el dedo desde la barbilla, por la clavícula y entre el valle de los pechos—. ¿Así conseguiste que Dawson te hiciera la pregunta? ¿Siendo su putita?

—Vete a la mierda.

—Ah, es verdad. Es todo falso. Ni siquiera tienes un anillo, ¿verdad? Ni siquiera le sobrarían unas libras de esa impresionante herencia que está a punto de recibir para comprarte algo con lo que recordarle.

Sus dedos bajan y mis ojos se aprietan mientras ruego a mi cuerpo que no reaccione a su tacto.

—Te vas a arrepentir de haberte metido con nosotros, Collins. Y estás a punto de aprender una lección muy valiosa. —Da un paso atrás, aunque sus ojos permanecen en mis pechos.

—Jinx, toda tuya.

Abro los ojos justo a tiempo para ver una sonrisa perversa en la boca de uno de ellos.

Tiene una edad parecida a la nuestra, la cabeza rapada y un tatuaje de serpiente de aspecto enfadado que le rodea el cuello y desaparece bajo la camisa. No carece de atractivo, pero cuando da un paso hacia mí, desearía que se dieran prisa en matarme en lugar de lo que sea que pretendan hacerme pasar.

—He oído hablar mucho de ti, soplona —gruñe una vez delante de mí. No tengo oportunidad de responder, aunque quisiera, porque levanta el brazo y me da un manotazo en la cara.

Incapaz de controlar mi cuerpo, caigo al suelo desplomada. Pero parece que eso no es suficiente para él, porque al instante me levanta de nuevo, inmovilizándome contra la pared por el cuello.

—Voy a partir en dos este bonito cuerpecito hasta que te arrepientas del día en que naciste, por no hablar del día en que te cruzaste con el presidente —suelta con tanto veneno que me recorre una nueva oleada de miedo.

Mis ojos vuelan hacia los de Cruz, pero los suyos son oscuros. No hay compasión ni cuidado en sus malvadas profundidades. Ya no es el chico que conocí.

—Ay, Dios —gimo cuando Jinx me da la vuelta y me empuja con fuerza contra la pared. La fuerza me quema la mejilla y me aparta el vestido del culo.

Sus dedos rodean el borde de mis bragas, listos para arrancármelas, cuando la puerta se abre de golpe.

—Quítale las manos de encima.

Todo mi cuerpo se hunde de alivio.

Él está aquí.

Dawson vino por mí.

Capítulo Veinticinco

Dawson

Llego a la sede del club en un tiempo récord. El corazón me retumba en el pecho cuando me acerco al mismo cliente que antes. Parece sorprendido de verme de nuevo tan pronto, pero no cuestiona mi reaparición y me deja pasar una vez más sin rechistar.

Estoy casi decepcionado porque cada músculo de mi cuerpo está tenso por mi necesidad de arrancar a alguien miembro a miembro por pensar que tenía derecho a tocar a mi chica.

Sé que esto es lo que había planeado hacer.

Iba a hacerla caer, convertirla en mi prometida y luego darle la vuelta y obligarla a aceptar su destino.

Pero eso era antes, y esto es ahora. Las cosas cambian, y parece que cambian rápido.

La sola idea de que mi padre o Cruz le hagan daño me vuelve loco. La única persona que debería tener el poder de hacerle daño soy yo.

Les hizo daño, nos hizo daño a todos, pero era una joven e inmadura, como lo era yo. No tenía elección. Y mirando atrás todos estos años después, me alegro de que lo hiciera. Cambió mi vida de una forma que nunca esperé, y aunque tenía el corazón roto y estaba furiosa, seguía sabiendo que ella era lo mejor que me había pasado nunca, eso es lo que hizo que todo me doliera tanto. Si hubiera sido sólo un poco de diversión, entonces habría estado a favor de la venganza. Pero no lo fue, y no lo soy.

Cuando paro la moto en el mismo lugar donde estacioné antes, un joven me observa desde las sombras.

Apago el motor, cuelgo el casco del manillar y me dirijo hacia él.

Observa mi aproximación, pero no revela nada. Pero es demasiado tarde. Ya sé que lo sabe.

—¿Dónde se la han llevado? —pregunto, crujiéndome los nudillos preparado para su negativa.

Pasa un segundo de silencio entre nosotros mientras él lucha con su conciencia.

—No sé de qué estás hablando —tartamudea, haciéndose parecer más culpable.

—No te lo voy a preguntar otra vez. ¿Dónde han llevado el presidente y el VP a la chica?

Desvía la mirada un instante y yo aprovecho su vacilación para echarle el brazo hacia atrás.

—Joder —gime, todo su cuerpo se retuerce alejándose de mí por la fuerza de mi puñetazo.

Alargo la mano, le agarro por la garganta y le inmovilizo contra la pared, con los pies en el suelo, en un santiamén. Maldita hierba; va a tener que hacerse más grande si cree que va a sobrevivir aquí. Bueno, eso si consigue vivir después de esto. Mi gusto por la sangre en este momento es casi tan fuerte como el de mi padre para obtener la información que necesito.

—¿Dónde están? —gruño en voz baja.

—No puedo.

—¿Sabes quién coño soy? —pregunto, encogiéndome de hombros por usar esa frase. Dije que nunca usaría el juego de mi padre para llegar a ninguna parte en la vida. Pero supongo que no me imaginaba esta situación.

—S-sí.

—Bien. Entonces sabes que no estoy bromeando cuando digo que te mataré si no me das lo que sabes, porque —me enfurezco—. Sé que lo sabes.

Tiembla bajo mi abrazo y le sonrío. Pero no es nada alegre. Es malvada, siniestra. Una que me vi obligada a dar a lo largo de los años, pero que odié por igual al mismo tiempo.

Me meto la mano en el bolsillo, giro la navaja y veo cómo toda la sangre se escurre de la cara del aspirante.

—Por favor, por favor, no hagas esto —suplica como una putita. ¿De dónde coño saca mi padre estos coños?

—Entonces dímelo.

Aprieto la hoja contra su garganta con la suficiente presión como para sacarle sangre al instante. Necesito que sepa que no estoy bromeando.

Sus grandes ojos se clavan en los míos, el miedo que hay en ellos alimenta a la bestia salvaje que llevo dentro. Lo reprimí hace mucho tiempo, pero ahora está emergiendo más rápido de lo que creía posible. Me entrenaron para esta vida desde muy joven. Es casi tan natural como montar en bicicleta.

—B-b-

—B-b-b —me burlo—. Escúpelo de una puta vez. ¿O tengo que matarte?

—Sótano B.

—¿Sótano? —pregunto, no recuerdo que este lugar haya tenido sótano.

—El almacén al lado de la oficina de tu padre. Tiene acceso.

—Buen chico —le digo con desprecio, apartando mi espada y dejándole caer al suelo.

Salgo hacia el despacho de mi padre, esperando que esa mierdecilla no me haya mentido.

Respiro hondo y me detengo ante la puerta de la que me acaba de hablar.

Quería un plan. Quería saber en qué me estaba metiendo, pero voy a ciegas. Podría estar ahí abajo sola, o podría haber un montón de chicos esperándome.

Enrollo los dedos alrededor del asa, expulso el aliento y empujo.

En cuanto se abre la puerta, me encuentro con unas escaleras.

Tan silenciosamente como puedo, bajo. Al fondo, hay cuatro puertas. Espero y, por suerte, la voz de alguien me indica a qué habitación debo dirigirme.

Con el cuchillo aún en la mano -deseando que fuera una pistola, joder- doy un paso adelante. Sin pensar en las consecuencias, abro la puerta de golpe y entro.

La visión me hace subir la bilis por la garganta y me aprieta el cuchillo.

—Quítale las putas manos de encima —gruño, volviendo todas las miradas hacia mí.

—Hijo, qué bien que te unas a esta pequeña fiesta.

—Suéltala —le exijo, para diversión de mi padre, si no me equivoco al ver cómo se le curvan los labios y se ríe.

—Siempre fuiste despistado, muchacho. Por eso no pudiste seguir con esta vida.

—Jinx, retrocede.

—No respondo ante ti, joder. ¿Presidente?

Afortunadamente, papá asiente y se aleja un poco de Piper, exponiendo su culo al resto de la habitación.

Me muevo más rápido de lo que nadie espera y consigo disparar a Jinx antes de que se desate el infierno a mis espaldas.

Mis nudillos y el metal que adorna mis dedos conectan con la cuenca de su ojo antes de voltear mi cuchillo y clavárselo en el costado.

Sus ojos se abren de par en par al darse cuenta de lo que acabo de hacer antes de que lo tire a un lado como si fuera un muñeco de trapo.

Me paro en medio de la habitación, con el pecho agitado, el sudor goteando de mí, la tensión crepitando a nuestro alrededor.

Piper está detrás de mí, apoyada contra la pared. Puedo oír su respiración agitada. Pero está bien. Algo se instala dentro de mí, pero solo dura un segundo porque Cruz viene hacia mí.

—He estado esperando mucho tiempo para esto, hermano.

Siempre ha sido más lento que yo, y parece que, aunque pasen los años, nada ha cambiado. Bloqueo su primer puñetazo con facilidad y luego lanzo un contragolpe que lo lanza volando por la habitación.

Se pone en pie y vuela de nuevo hacia mí, con los dientes enseñados, listo para matar.

No se dice nada cuando se pone a jugar y me da una verdadera pelea. Sé que me odia por la vida a la que cree que le condené después de que Piper "muriera" y yo me alejara de los *Royal*. Todos sabemos que ser vicepresidente de papá era mi trabajo. Era mi destino. Pero mi alejamiento significó que recayó en él, y él renunció a todo lo que tenía para dar un paso al frente. Se esperaba de él, sí, pero no tenía que cumplir. Era su elección al final del día. Papá podría haber insistido, pero él podría haber dicho que no. Papá no tenía mucho poder; ¿qué iba a hacer? ¿Matarlo?

—Dawson, no —grita Piper cuando Cruz consigue propinarme un sólido puñetazo que me hace estallar la nariz.

—Estoy bien, cariño. Prepárate para largarte de aquí —digo por encima del hombro antes de golpear a mi hermano tan fuerte en un lado de la cabeza que cae al suelo como un saco de mierda.

Un movimiento en la esquina de la habitación me llama la atención, y me giro justo a tiempo para ver cómo el otro matón de papá saca una pistola.

Apunta directamente a Piper.

—¡NO! —grito, el tiempo de repente se ralentiza hasta casi detenerse mientras corro hacia ella.

El estruendo suena un compás antes de que llegue hasta ella. Todo a nuestro alrededor queda en silencio cuando me detengo frente a ella antes de que un dolor ardiente estalle en mi hombro.

—Dawson, oh, Dios mío.

—Quédate detrás de mí, ¿vale?

Moviéndome tan rápido como puedo, alcanzo la pistola que sobresale de la cintura de Cruz.

Suena otro disparo, perforando el silencio de la pequeña habitación hasta que Piper grita. Me muevo justo a tiempo para que la bala solo me roce el brazo.

—Hijo de puta —rujo, quitando el seguro de la pistola de Cruz y disparando mi primera bala en años. Por suerte, mi puntería sigue intacta, porque le da directamente en el entrecejo.

Cae al suelo mientras me doy la vuelta, corto las ataduras de Piper y la levanto en mis brazos.

De pie junto al cuerpo de Cruz, alzo mi arma una vez más y luego miro a mi padre, que está de pie como una piedra, viendo cómo se desarrollan estos acontecimientos ante él.

—Estoy seguro de que sigue vivo, pero pronto podré arreglarlo. —La boca de papá se abre, pero no tiene oportunidad de decir nada porque en su lugar levanto la pistola y le meto una bala en el estómago a Jinx—. ¿Quieres que tu hijo sea el siguiente?

—Hijo —dice papá en voz baja, como si intentara ponerme de su parte.

—Ahora mismo, no soy tu puto hijo, Presidente. Soy tu maldito enemigo. Si quieres que tu hijo viva, déjanos salir de aquí y olvida que existimos.

—Dawson. —Las arrugas de su ceño marcan su frente, pero no bajo la puntería que tengo puesta en la cabeza de Cruz.

Familia o no, se llevaron a mi chica. Ellos lo hicieron, y merecen pagar. Sólo pensar en mi madre sollozando sobre sus tumbas me impide apretar el gatillo.

—Esto se ha acabado —afirmo, clavando mi bota en las costillas de Cruz antes de salir de la habitación.

Papá no dice nada mientras salgo con mi chica en brazos. Solo puedo interpretarlo como que está de acuerdo con mis condiciones.

Mientras subo las escaleras, agarro a Piper con más fuerza, odiando poder sentir cómo tiembla de miedo contra mí.

—Estás a salvo, pequeña. —Sus lágrimas empapan mi camisa donde ha metido la cara en el pliegue de mi cuello.

Abro la puerta principal de una patada y salimos al estacionamiento. Cuando salimos, nos miran, entre ellos un grupo con el que estuve muy cerca no hace mucho. Le doy las gracias con la cabeza. Nadie se atreve a decirnos nada mientras me dirijo a mi moto.

Es una ilusión, porque por mucho que intente convencerme de que mi hombro no está sufriendo una agonía insoportable, noto que empiezo a desfallecer tanto por el dolor como por la pérdida de sangre.

Decido no agarrar la motocicleta y fuerzo las piernas para que nos lleven hacia las puertas.

Cada paso se hace más difícil y mi cabeza empieza a nadar, el mundo se vuelve confuso a mi alrededor.

Tengo que seguir adelante. Tengo que mantenerla a salvo, me digo una y otra vez mientras avanzo a trompicones.

—¿Dawson? —Soy vagamente consciente de su voz y ella aparta su cabeza de mi cuello—. Dawson. Joder.

Algo golpea mi espalda, y entonces estoy cayendo.

—Estoy bien. Estoy bien —digo, pero hasta yo sé que es mentira.

Capítulo Veintiséis

Piper

—Dawson, no —grito mientras nos estrellamos contra la pared exterior del club. Su agarre se afloja y consigo ponerme en pie antes de que él caiga al suelo. Le rodeo la cintura con los brazos e intento bajarle con cuidado para que no se haga más daño del que ya se está haciendo.

Le recorro con la mirada rápidamente mientras vuelvo a ceñirme el vestido. Está cubierto de sangre, pero la tela de su hombro está empapada de la bala que recibió por mí.

—Dawson, ¿puedes oírme? —pregunto apresuradamente, sosteniendo sus mejillas ásperas entre mis manos.

—Estoy bien —respira. Es tan silencioso que casi no lo oigo.

—Joder. Tenemos que salir de aquí. — Miro alrededor de la tranquila calle. Apenas puedo llamar a una ambulancia o a un Uber.

La cabeza me da vueltas, me duele todo el cuerpo, aunque me alivia un poco que aquí fuera haga más calor que en aquella habitación.

Estoy a punto de volver a la puerta y rogar que alguien nos ayude cuando un todoterreno se detiene en la acera delante de nosotros.

—Ayúdame a meterlo —dice un tipo vestido de *Royal*.

Cuando levanto la vista, reconozco al hombre, pero no consigo situarlo.

Él soporta la mayor parte del peso de Dawson mientras yo abro la puerta trasera del todoterreno.

Me subo a su lado y acuno su cabeza en mi regazo.

—¿Tienes algún trapo o algo para que pare la hemorragia? —pregunto apresuradamente mientras abre la puerta del conductor.

—Joder. —Rápidamente se quita el chaleco y se pasa la camiseta por encima de la cabeza—. Toma, usa esto.

Hago una bola con ella y la aprieto contra el hombro de Dawson tan fuerte como puedo con la esperanza de contener un poco la sangre.

—¿Adónde? —pregunta el tipo, sus ojos me encuentran en el espejo retrovisor. Hay una suavidad en las profundidades azules que me alivia ver.

—Um… —Sé que no podemos ir a un hospital con una puta herida de bala. Papá solía tener un equipo de guardia para cuando algo así pasaba. Charles también. Un pensamiento me golpea—. La casa de Dawson. —Le doy la dirección, pero él ni siquiera la marca en el GPS.

—Son unos veinte minutos. ¿Va a estar bien?

El pavor se apodera de mi estómago y mis manos tiemblan de pánico.

—Sólo hay una forma de averiguarlo.

—Joder —ladra el tipo, golpeando el volante con la palma de la mano—. Lo llevaremos allí, Piper.

—¿Cómo sabes mi nombre? —Sé que no es importante ahora, pero siento que necesito saber quién es este tipo. El que potencialmente ha salvado la vida de Dawson.

—No me reconoces, ¿verdad? —Se ríe entre dientes. Sacudo la cabeza, a pesar de que está concentrado en conducir y no puede verme—. Bueno, supongo que tengo un aspecto un poco diferente al de la última vez que me viste. —Arrugo las cejas.

—Yo… creo que sí, pero…

—Me llamo Link. Aunque, probablemente me recordarás como Justin.

—¿Justin? —Jadeo, los recuerdos del mejor amigo de la adolescencia de Dawson vuelven a mí—. Bueno, mierda. Has…

—Cambiado, ¿no? El look de friki informático no me iba mucho, así que….

—Vaya —digo, mirando la manga llena de tinta que puedo ver desde aquí, y los músculos desgarrados—. ¿Estás remendado?

No contesta. Supongo que el hecho de que se haya cortado hace unos momentos es la única respuesta que necesito.

Tengo tantas preguntas, pero ahora no es el momento.

Me inclino con cuidado hacia delante, hasta que puedo sacar el teléfono de Dawson de su bolsillo.

Lo desbloqueo y miro el código de acceso.

—Joder.

—Prueba en tu cumpleaños —sugiere Justin.

—¿Q-qué?

—Tu cumpleaños. Ya sabes, seis dígitos.

Hago lo que me sugiere, aunque me parece una locura. Seguramente es más probable que sea Em…

—Bueno, mierda.

Miro sus ojos cómplices en el espejo durante un instante antes de ponerme a buscar el número que necesito.

—Nunca se olvidó de ti, Piper.

—Yo… —Empiezo, pero me doy cuenta de que no tengo palabras. Estoy tan confusa que esas palabras no me ayudan.

Al encontrar el número de la madre de Dawson, exhalo un suspiro tembloroso y rezo por no estar cometiendo un grave error.

Responde al segundo timbrazo y el corazón se me sube a la garganta.

—Dawson, ¿va todo bien? —pregunta apresurada. Suena como una madre preocupada y se me encoge el corazón por todo lo que he perdido.

—Um… es Piper. Dawson está herido. Le han… disparado —digo con la garganta atascada mientras ella jadea.

Sarah Ramsey siempre fue una mujer suave y cariñosa. Todo lo contrario, a su marido. A menudo me preguntaba cómo terminaron juntos.

—Dios mío —suspira.

—Nos dirigimos a su casa.

—Ya voy —dice antes de que haya empezado a formular mi pregunta.

—De acuerdo, gracias.

Estoy a punto de colgar cuando dice mi nombre.

—¿Sí?

—Gracias, gracias por llamarme.

Asiento para mis adentros y cuelgo. No quiero decirle que no tenía otra opción.

La respiración de Dawson se vuelve peligrosamente superficial cuando Justin detiene el todoterreno frente a su casa.

Está abriendo la puerta trasera en segundos.

—Vamos, llevemos a este hijo de puta adentro para que puedas curarlo.

—Le han disparado, Justin. No creo que pueda disfrazarme y hacer que todo mejore —murmuro, deseando poder hacer precisamente eso.

Justin se las arregla para sacarlo del carro, lo que me permite correr hacia la puerta principal. Estoy a punto de llamar cuando se abre para mí.

Los ojos de Emmie se posan en mí un instante antes de mirar por encima de mi hombro.

Toda la sangre se le escurre de la cara mientras asimila el estado de su padre.

—Va a estar bien, Em. Apartémonos. —Nos hacemos a un lado mientras Justin lo mete en la casa—. Ahí dentro. —Señalo la sala, tirando de Emmie en mis brazos mientras un sollozo retumba en su garganta.

—Va a morir, ¿verdad?

—No, Emmie. No, no lo hará. Pero necesita tu ayuda ahora mismo. Sube y coge todas las toallas que puedas y cualquier material de primeros auxilios que encuentres. Tu abuela está en camino.

—¿Llamaste a la abuela? —pregunta con cara de asombro—. Papá me lo ha contado todo —consigue decir entre hipidos.

—De acuerdo. Bueno, tu abuela era una de las mejores enfermeras de la ciudad. Ha hecho milagros a lo largo de los años.

Emmie asiente antes de darse la vuelta y subir corriendo las escaleras, mientras yo me uno a Justin, que intenta que Dawson se sienta cómodo en el sofá.

—Está bien, yo me encargo. —Me hago cargo y él se aparta para dejarme espacio—. ¿Vas a tener problemas por esto?

Ignora mi pregunta.

—¿Asumo que dejaron un desastre detrás de ustedes dos?

—Eh… sí. El presidente estaba allí, sin embargo, así que no tengo ninguna duda de que ya está resuelto.

—Debería volver. —Sale de la habitación, pero se detiene en el umbral cuando lo llamo por su nombre.

—Gracias. No sé qué habría… —Sollozo, cortando mis palabras.

—Está bien, Piper. Siempre cubro las espaldas de mi chico. Parca o no.

Le sonrío.

—Le diré que te llame cuando pueda —le digo, porque no puedo considerar otro resultado que Dawson esté bien ahora mismo.

—Te lo agradezco. Llámame si necesitas algo, Piper.

—Gracias, Justin. Muchas gracias. —Asiente una vez y sale de la casa.

—Abuela —grita Emmie al bajar las escaleras.

En unos segundos aparece en la puerta la madre de Dawson, todavía en pijama y con una bolsa enorme. Con suerte, de todas las cosas que necesitará para curar a su hijo.

—Gracias —susurro mientras ella se arrodilla a mi lado.

Sus ojos se clavan en los míos durante un segundo. Aparte de su evidente preocupación por su hijo, su expresión es totalmente ilegible.

—Puedes arreglarlo, ¿verdad? —Emmie pregunta desde la puerta, haciendo que ambos nos volvamos hacia ella.

Las lágrimas siguen cayendo por sus mejillas mientras sus ojos pasan de Dawson a Sarah y viceversa.

—Por supuesto. ¿Por qué no vas y me preparas un café mientras empiezo?

Emmie sale corriendo y Sarah abre su bolso.

—Mantén la presión —me dice mientras saca unas tijeras y empieza a cortar por el centro de la camisa de Dawson.

—De acuerdo.

—¿Esta es la única herida?

—Esto… —Recuerdo. Hubo un segundo disparo. ¿Le dio a él también?

—Yo… no lo sé. Hubo dos disparos, pero… —Mi voz se tambalea cuando todo empieza a ser demasiado.

—Está bien, Piper. Lo has hecho bien. Vamos a ver éste y luego nos ocuparemos de lo demás.

Asiento -no es que me esté mirando- mientras levanto la camiseta de Justin del hombro de Dawson.

Sarah jadea cuando se lo quito para mostrarle el agujero de bala en la piel. Espero que sea solo porque es su hijo y no porque sea realmente horrible o algo así.

—No eres aprensiva, ¿verdad?

—Creo que estamos a punto de averiguarlo.

Con Emmie de pie en la puerta, Sarah hace su magia con Dawson.

Resulta que la bala la atravesó, dejando una herida limpia para que Sarah la curara. No tengo ni idea de cómo no me dio a mí. Empieza a invadirme la culpa de que debería ser yo quien tuviera un agujero en el cuerpo ahora mismo, no Dawson.

Esa bala iba dirigida a mi cabeza, no hace falta ser idiota para darse cuenta.

Dawson me salvó la vida esta noche. No tengo ninguna duda al respecto.

Suelto un sollozo mientras me siento de rodillas, cogiendo la mano de Dawson.

Sarah le ha dado algún analgésico y está fuera de sí, afortunadamente inconsciente de lo que está haciendo.

—Esta es sólo una rozadura, la limpiaré y la envolveré. ¿Por qué no van Emmie y tú a tomar algo? Tómense un respiro.

—Yo… No estoy segura de poder dejarlo.

—Piper —suspira, volviendo los ojos hacia mí. Ahora son más suaves que cuando llegó y eso hace que una nueva carga de lágrimas llene mis ojos—. Se va a poner bien. Le has salvado.

Sacudo la cabeza.

—No estaría en este estado si no fuera por mí.

Se quita los guantes y me agarra la mano.

—Todo pasa por una razón, cariño. Ahora vete a tomar algo. Me vendría bien otra.

—Vale —suspiro, poniéndome en pie. La rodeo y me detengo para besar a Dawson en la frente.

—Vamos. Hago un chocolate caliente buenísimo —le digo a Emmie al pasar junto a ella.

Después de que Emmie me indique dónde está cada cosa en la cocina, trabajo en silencio hasta que bajo dos tazas de chocolate cremoso a la encimera frente a ella.

—Gracias —susurra sin mirarme.

Me siento a su lado, acerco la taza y la envuelvo con las manos, aliviado por tener algo caliente después de haber pasado tanto frío esta noche.

Ambos miramos nuestras tazas, la tensión entre nosotros crece a medida que pasan los segundos.

Cuando Emmie finalmente habla, me estremece hasta la médula.

—No puedo creer que jugaras con él. Confiaba en ti.

Se me corta la respiración al notar el dolor en su voz.

Realmente le contó todo.

—Emmie, yo…

—No —suelta ella, con voz repentinamente más dura y llena de odio—. No te quedes ahí sentada intentando excusar lo que hiciste. Él te quería, Piper. Te quiere, y tú… —Su voz se quiebra—. ¿Cómo pudiste?

—No voy a poner excusas, Emmie. Lo que hice estuvo mal, pero no tuve elección.

—Siempre podemos elegir.

Exhalo un suspiro. ¿Lo hice? ¿Habría cumplido mi padre sus amenazas si yo no lo hubiera hecho?

—No parecía que lo hubiera hecho. Pero esa no es la cuestión. Estuvo mal, pero…

—Pero… —Sus ojos se entrecierran en mí.

—Me enamoré —suspiro—. Mi padre lo preparó todo, pero está claro que no lo pensó bien. Porque al empujarme hacia Dawson, cambió mi vida para siempre. Tu padre…. —Me río para mis adentros mientras recuerdo nuestra época juntos—. Lo era todo para mí. Cuando estábamos juntos, era como si el resto de mi vida no existiera. Yo no era la hija de Arthur Collins. Mi vida no giraba en torno a hacer lo que me decían o tener que seguir la línea del club. Yo era sólo yo por primera vez en mi vida. Era… era increíble.

—Debería habérselo dicho, ahora lo sé. Pero sabía que me odiaría, y sabía que sólo adelantaría la inevitable guerra entre nuestros padres, y no quería perderle. Fui egoísta y codiciosa, pero estaba enamorada. Todos hacemos cosas estúpidas cuando el corazón está involucrado.

—Amén —dice Sarah, uniéndose a nosotros.

—Señora Ramsey, lo siento mucho —le digo, volviéndome hacia ella.

—Sarah, por favor. Aún no soy tan mayor. —Se ríe mientras camina hacia la cocina—. ¿Aún está caliente? —pregunta, señalando la tetera.

—Sí, pero déjame a mí —digo, bajando del taburete.

—No, no. Parece que ya has sufrido bastante esta noche. De la mano de mi marido y mi hijo menor, sin duda.

No necesita mi respuesta verbal para confirmar sus sospechas.

—Emmie, ¿podrías darnos un poco de privacidad, por favor? —le pregunta Sarah a su nieta.

—Claro. Iré a sentarme con papá.

Emmie se va con su taza mientras la tensión aumenta a nuestro alrededor.

Sarah no viene a sentarse a mi lado. En lugar de eso, permanece de pie.

—Lo sabía.

—¿Saber qué?

—Sobre ustedes.

Respiro.

—Mi hijo no puede mentir, no a mí al menos. Lo supe en el momento en que entregó su corazón a una chica.

—¿Por qué no dijiste nada?

—Muchas razones —admite—. Algunas las mismas que las tuyas. Charles y tu padre… su rivalidad duró más de lo que probablemente te imaginas. ¿Sabías que fueron juntos a la escuela?

Sacudo la cabeza.

—Se habían odiado antes incluso de saber que el otro existía. Porque sabían lo que significaban sus nombres. Una vez que supieron la verdad, sólo era cuestión de tiempo que al menos uno de ellos acabara en un ataúd. Me sorprende que tardara tanto, la verdad. Lo siento —añade.

—Era tan feliz, Piper. Nunca había visto el brillo en sus ojos que apareció después de conocerte. Quería creer que tus intenciones eran honorables, pero en el fondo, creo que sabía que no lo eran. Me resultaba difícil resentirme contigo cuando hacías sonreír a mi hijo como lo hacías.

—Pero todo eso cambió cuando me vi obligada a ver cómo se ahogaba de dolor después de que se descubriera la verdad. Si no creyera que ya estabas muerta, te habría matado yo misma en aquel entonces por el daño que le causaste.

—Lo siento mucho, Sarah. Si pudiera cambiar algo…

—Todo eso ya está hecho. Se han tomado las decisiones y se ha sentido el dolor. Lo que podemos controlar es lo que ocurra a partir de ahora.

Levanto la taza y le doy un sorbo al chocolate, con la esperanza de que me dé algunas de las respuestas que tanto necesito. Por desgracia, la inspiración no llega. En lugar de eso, lo único que sucede es que el cansancio me golpea. Ahora mismo necesito estar acurrucada en una cama con esto, no recibiendo un interrogatorio de la madre de Dawson.

—Supe que no podías estar muerta en cuanto miré a los ojos de mi hijo cuando vino a cenar el fin de semana pasado. Sabía que ninguna otra mujer podría poner esa mirada en su cara. También sabía que nada bueno podía salir de ello.

—Parece que no eras la única que lo sabía, porque Cruz no perdió mucho tiempo.

—Está enfadado, Piper. Nunca ha perdonado a Dawson por alejarse, y te culpa por eso.

—Eso he oído —murmuro, pensando en las palabras que me escupió en aquella habitación.

Se toma el chocolate a pesar de que aún está caliente y me mira con los ojos entrecerrados. Desaparece la suavidad de hace un momento y en su lugar hay una advertencia, una advertencia que se asegura de que oiga alto y claro.

—Mi hijo te quiere, Piper. No necesitaba atender a las secuelas de esta noche para saberlo. Mi marido, a pesar de sus acciones, también lo sabe. Si esto es lo que quieres, entonces tienes que luchar por ello.

Hablaré con Charles y Cruz y me aseguraré de que los dejen solos. Pero -y no te tomes a la ligera lo que voy a decirte, Piper- si vuelves a hacerle daño, iré a por ti, y me aseguraré de no alejarme hasta que vea esa bala atravesar tu cabeza con mis propios ojos.

Se me seca la boca y lucho por tragar.

—Sé que las cosas rara vez son sencillas. Tómate un tiempo para decidir lo que quieres, pero una vez que lo hagas, cíñete a esa decisión. No soy mi marido, no voy por ahí acabando con vidas porque sí, pero haz daño a los que quiero y puedes estar segura de que apareceré en tu puerta con una sola intención.

La veo volcar el contenido de su taza en el fregadero antes de meterla en el lavavajillas. Cuando se vuelve hacia mí, su expresión de madre preocupada vuelve a cobrar toda su fuerza.

—Le he dado a Dawson suficiente analgésico para unas cuatro horas. He dejado una caja de medicación en la mesita. Dos pastillas cada cuatro horas si lo necesita. Si no es suficiente, llámame. Si se te acaban, llámame. Si algo…

—Te llamaré —la tranquilizo—. Está en buenas manos, Sarah. Te lo prometo.

—Sé que lo es, cariño. Sólo soy su madre, no puedo evitarlo. —Sonríe—. Iré a despedirme de los dos y no te molestaré más.

—Gracias. Gracias por todo.

Asiente, me aprieta suavemente el hombro al pasar y sale de la habitación.

Sé que tiene razón. Tengo mucho en qué pensar. Esta noche me ha revelado muchas verdades, pero ahora mismo estoy demasiado agotado para recordarlas todas.

Escucho sus voces antes de que la puerta principal se abra y se cierre, indicando la marcha de Sarah.

Me doy dos minutos para terminar mi bebida antes de pasar a ver cómo están.

—¿Va todo bien? —le pregunto a Emmie, que está sentada en un cojín en el suelo junto a su padre, cogiéndole de la mano. Se me encoge el corazón al verlos.

—La abuela tiene razón, ¿sabes? —dice Emmie, sobresaltándome—. Si le haces daño, estaré a su lado mientras acaba con todo.

—Emmie, nunca fue mi intención hacerle daño. —Mis ojos permanecen fijos en el rostro de Dawson. Todo lo que siempre quise fue poder amarlo. Suspiro, y Emmie por fin levanta la vista hacia mí.

—Deberías ir a ducharte. Estás hecha un desastre.

Una risa triste cae de mis labios. No me he mirado, pero después de lo que he pasado esta noche, solo puedo suponer que dice la verdad.

—Papá tiene un baño en su habitación, segunda puerta a la izquierda.

—G-gracias. ¿Necesitas algo antes de que…? —Me detengo y miro las escaleras por encima del hombro.

—No, estoy bien. —Asiento, apartándome de ella y dirigiéndome a las escaleras—. Piper —me llama, haciendo que mis pasos vacilen—. Me alegro mucho de que estés bien. Siento lo de mi loca familia.

Me río, esta vez mucho más sinceramente. —Me alegro de que tu padre te mantuviera alejada de este mundo de locos, Emmie. Tienes mucha suerte de tenerlo.

—Lo sé —susurra, su voz quebrándose una vez más.

Los dejo juntos y subo a limpiarme.

No quiero hacerlo, pero en cuanto localizo el baño de Dawson, me paro junto al lavabo y me miro en el espejo. Tengo el cabello revuelto, la cara embadurnada de maquillaje y la mejilla aún enrojecida por el puñetazo que me dio aquel capullo. Mi vestido está cubierto de sangre de Dawson y rasgado en el hombro, pero por suerte cubre lo suficiente como para que no me haya pasado la noche exhibiéndome ante todos. Al levantar las manos, encuentro marcas alrededor de ellas donde las ataron con una cuerda áspera.

Suspiro mientras miro fijamente mis ojos enrojecidos. Sacudo la cabeza, no quiero que los recuerdos de esta noche me asalten. Al menos, todavía no.

Me quito la ropa, abro la ducha de Dawson y me meto bajo el torrente de agua caliente. Me cae un turbio tono marrón alrededor de los pies y mis labios se curvan de asco.

Nunca debimos llegar a esto.

Incapaz de detener las lágrimas, caen de mis pestañas y se mezclan con el agua de la ducha.

Está jugando contigo, pequeña.

Las palabras de Cruz llenan mi mente, por mucho que intente alejarlas. No puedo pensar en ellas ahora; solo necesito pasar la noche y asegurarme de que Dawson se cura, y entonces podré ocuparme de ello. Entonces podré descubrir la verdad y tomar algunas decisiones sobre mi futuro.

Capítulo Veintisiete

Dawson

Dolor. Es lo único que siento cuando empiezo a despertar de lo que parece el sueño más profundo de mi vida.

¿Por qué todo duele?

Mis ojos se abren de golpe mientras los recuerdos me asaltan uno tras otro.

La llamada de Emmie para decir que Piper se había ido.

Encontrarla en ese sótano.

Papá.

Cruz.

Jinx.

El sonido de los disparos resuena en mi mente como si acabaran de producirse, y el dolor en mi hombro no hace más que aumentar al recordar la bala atravesando mi piel.

Recuerdo haberla sacado. Estaba bien. Estaba viva, y luego… nada.

Miro a mi alrededor en la oscuridad de mi propio salón.

¿Cómo he vuelto aquí?

Al girar la cabeza hacia un lado, se me corta la respiración cuando veo a Piper dormida en el suelo, junto al sofá en el que estoy, cubierta con la manta rosa de Emmie.

Incapaz de ignorar mi necesidad de tocarla para asegurarme de que no estoy alucinando por el dolor, alargo el brazo bueno.

Mi otro hombro grita y hace que me lloren los ojos, pero no dejo que me detenga. Necesito saber que no estoy imaginando todo esto ahora mismo y que la realidad no es que los dos estemos muertos, que nuestros cuerpos estén siendo cuidados por el equipo que limpia todos los desaguisados de mi padre.

En cuanto mis dedos tocan su cálida mejilla, siento un alivio como nunca antes había sentido. La emoción me obstruye la garganta y las lágrimas me queman el fondo de los ojos.

Ella está bien. Nosotros estamos bien.

Se remueve con mi tacto, y me siento mal porque mi necesidad de ella la haya perturbado después de lo que ha pasado por mi culpa.

Estúpidamente pensé que mi padre y Cruz no se enterarían de esto. Que estaríamos a salvo por un tiempo antes de que me creciera un par y hablara con ellos al respecto.

Debería haberlo hecho antes en lugar de enterrar la cabeza en la arena.

Pero no te importó que la atraparan al principio. Me trago ese pequeño pensamiento. Puede que fuera así, pero todo eso cambió en algún momento. Puede que incluso ocurriera aquella primera noche que me la follé en su cocina, pero estaba demasiado sumido en la negación como para admitir la verdad.

Sus ojos se abren y me quedo sin aliento cuando sus cansados ojos violetas encuentran los míos.

—Piper —suspiro—. ¿Estás bien? ¿Emmie está bien?

Se ríe, pero sin humor.

—Yo estoy bien. Emmie está bien. Está dormida arriba. A ti te dispararon. ¿Cómo te sientes?

—Viviré.

Se pone de rodillas, coge mis dos manos entre las suyas y me mira fijamente a los ojos.

—No creí que fueras a hacerlo. Joder, Dawson. Eso fue lo más jodidamente aterrador por lo que he pasado.

—Lo siento… —Me pone la mano en los labios para cortarme la palabra.

—No estoy hablando de lo que me pasó. Pensé que ibas a morir en el carro de camino aquí. —Las lágrimas que llenaban sus ojos caen—. Pensé que ibas a morir porque sentías que tenías que protegerme.

—Tengo que protegerte, Piper. Eres mi chica.

Sacude la cabeza y aparta la mirada. El miedo empieza a crecer en mi estómago.

Sigue siendo mía, ¿verdad?

—¿El carro de quién? —pregunto, necesitando llenar los huecos.

—Ju… Link. Se detuvo después de que te desmayaras y nos trajo a los dos aquí.

Se me dibuja una sonrisa en la comisura de los labios. Por supuesto que era Link.

—¿Y esto? —Señalo mi hombro remendado.

—Tu mamá.

—¿Has llamado a mi madre? —pregunto asombrado.

—No sabía a quién más preguntar. ¿Necesitas más analgésicos? Tu madre dijo… —Le suelto la mano y le pongo dos dedos en los labios para que deje de hablar.

—Vamos a la cama.

—Dawson —advierte.

—Puedo subir las escaleras, pequeña. Me niego a que duermas en el suelo en vez de en mis brazos. —Mira de mí a la puerta y luego a su cama improvisada.

—Si estás seguro de que no es demasiado. Apenas puedo llevarte.

—Estaré bien.

Respiro antes de hacer acopio de toda la energía que puedo encontrar para empujarme a sentarme.

La habitación da vueltas; no sé si es el dolor o el analgésico que me ha dado mi madre. Es conocida por repartir la mierda extrafuerte como si fueran caramelos.

—¿Estás bien? —Piper pregunta, corriendo a mi lado bueno y envolviendo sus manos alrededor de mi brazo.

—Sí, estoy bien.

—Eres un mentiroso de mierda, lo sabes, ¿verdad?

Me río de sus palabras e inmediatamente me siento más ligera al conseguir ponerme en pie.

Tardo lo que parece un año en llegar a mi dormitorio, pero en cuanto me dejo caer en la cama, me alegro de haber hecho el esfuerzo.

Los pasos de Piper suenan por toda la habitación mientras juguetea.

—Nena, por favor, ven a la cama —le exijo cuando vuelve con una caja de pastillas y un vaso de agua.

—Sólo me aseguro de que tienes todo lo que necesitas.

—Todo lo que necesito eres tú, nena. Ahora ven aquí.

La observo mientras camina alrededor de la cama hacia lo que supongo que ahora es su lado.

No era así como esperaba presentárselo.

A medida que se acerca, voy bajando los ojos por su cuerpo, una sonrisa se dibuja en mis labios cuando me doy cuenta de que lleva puesta una de mis camisas.

—¿Tienes algo debajo de eso? —pregunto.

—Claro que sí—. Levanta el dobladillo, mostrándome un par de mis calzoncillos bóxer.

—Joder, nena. Creo que perdí demasiada sangre para que todo se esté yendo al sur.

—Oh, cállate. No habrá nada de eso.

Levanta las mantas y se sienta a mi lado. Su brazo roza suavemente el mío mientras copia mi postura, tumbada boca arriba y mirando al techo.

No puedo evitar sentir que algo enorme ha cambiado entre nosotros esta noche. Supongo que es comprensible; aún no sé por lo que la han hecho pasar, aparte de lo que yo he visto. Pero ahora mismo, siento como si hubiera un océano entre nosotros.

—¿Piper?

—Sí.

—¿Estamos bien?

Deja escapar un largo suspiro que no hace nada por la preocupación que no hace más que crecer en mi interior.

—Hablaremos mañana, Dawson. Ahora mismo, necesitas descansar.

Quiero discutir, exigir que hablemos ya, pero mientras estoy tumbado, con el cuerpo hundiéndose en el colchón de espuma viscoelástica, empiezo a perder la batalla con mi agotamiento.

—Ven aquí —le digo, levantando el brazo bueno para tirar de ella si es necesario.

—Dawson, yo no…

—Por favor, Piper. —Odio el tono desesperado de mi voz, pero necesito saber que está aquí y viva antes de volver a desmayarme.

***

La siguiente vez que me despierto, el dolor ha disminuido un poco y el sol ilumina la habitación. Pero cuando me giro para mirar al otro lado de la cama, está vacía.

Permanezco tumbada dos minutos antes de levantarme. Voy al baño y me lavo los dientes antes de ponerme una sudadera y salir de la habitación.

Me paro en lo alto de las escaleras, contemplando la posibilidad de volver a la cama, pero el aroma a café y tocino me inunda la nariz y comienzo la ardua tarea de bajar a la cocina.

—Papá —chilla Emmie en cuanto me ve. Se baja del taburete en un santiamén y me ayuda a entrar.

Mis ojos encuentran los de Piper y lo que veo me confirma que tenía razón al preocuparme. Se ha apagado.

—Tenemos bocadillos de tocino; ¿quieres uno? —pregunta mientras Emmie me dirige al taburete que ha dejado libre.

—Sí, me encantaría. —Consigo agarrarle la mano antes de que se escape por el mostrador y la atraigo hacia el hueco entre mis piernas. Alargo la mano, le acaricio la mejilla y la miro a los ojos—. ¿Cómo estás?

—Estaré bien. —Levanto una ceja en señal de pregunta. Odio que intente ocultar la gravedad de lo que vivió ayer.

—Vale —digo, porque, aunque sé que miente, no quiero tener la conversación delante de Emmie.

Piper me sonríe, pero lo hace forzadamente, mientras se aparta de mí y se dispone a prepararme un café y luego el desayuno.

—¿Cómo te sientes? —Emmie pregunta, saltando en el taburete que Piper dejó vacío.

—Estaré bien, Em. La abuela hizo un buen trabajo remendándome.

—No sabía que era tan mala.

—¿Oh?

—Sí, deberías haberla oído amenazar a Piper. Hasta yo me asusté.

—¿Mi madre te amenazó? —pregunto, arrancando mis ojos de Emmie a Piper.

—Está bien, Dawson. Ella tiene todo el derecho a estar enca… enojada.

Emmie pone los ojos en blanco.

—Puedes decir malas palabras, no soy precisamente una niñita tonta —murmura.

—No lo sé.

—Ella simplemente no quiere verte herido de nuevo. Ya te he causado bastante —dice Piper, ignorando nuestras bromitas de padre e hija.

—No le corresponde a ella involucrarse. Hablaré con ella.

—Por favor, no lo hagas. Tiene todo el derecho, es tu madre y te quiere. Me alegro de que haya sido más suave con su advertencia que tu hermano.

—¿Te hizo daño?

Sacude la cabeza y miro a Emmie.

—Em, ¿podrías darnos unos minutos?

—Claro, viejo. De todas formas, tengo deberes que hacer.

—Buena chica. —Vuelve a poner los ojos en blanco antes de besarme la mejilla y desaparecer escaleras arriba.

El silencio se apodera de la cocina mientras Piper cocina. El chisporroteo del tocino es lo único que se oye. La observo trabajar. Aún lleva la ropa con la que durmió anoche y no puedo evitar que mis ojos se posen en sus piernas desnudas.

Se ve increíble, sintiéndose como en casa en mi cocina, vestida así.

Se me hace la boca agua, pero esta vez no es por el café y el tocino.

—Aquí tienes —dice, poniendo un plato delante de mí.

Súbitamente hambriento, alargo la mano y me llevo el primer bocadillo a la boca.

Gimo con el primer bocado, sintiendo la mirada de Piper clavada en un lado de mi cara.

—¿Te hizo daño? —Vuelvo a preguntar.

Levanta las muñecas e inspecciona las ronchas.

—Sólo Jinx me lastimó físicamente. Cruz era más de palabras.

—¿Qué te dijo?

Abre la boca para responder cuando empieza a sonar el teléfono de casa. Lo ignoro, mi necesidad de hablar con Piper es más acuciante que cualquier cosa que alguien pueda decirme por teléfono ahora mismo.

—Ignóralo —le digo cuando parece a punto de moverse.

—¿Vas a atender? —Emmie llama desde lo alto de las escaleras.

—No. Tú tampoco.

Murmura algo antes de que salte el buzón de voz.

—*Este es un mensaje para el señor Ramsey. Soy Roger de los abogados Partridge Wright. Siento no haberle llamado esta semana. Felicidades por su compromiso. Si quiere devolverme la llamada cuando le venga bien, podemos hablar de cómo seguir adelante con el dinero que ahora le corresponde* —dice algo más, pero la sangre que me pasa por los oídos me impide distinguir las palabras.

Los pies de Emmie bajan atronadores por las escaleras hasta situarse en el umbral de la puerta. Mis ojos no se apartan de los devastados de Piper, pero siento los de Emmie clavados en mí.

—Es verdad —susurra Piper—. Lo que Cruz me dijo. Es verdad. Me estás utilizando. —Su voz tiembla y algo dentro de mi pecho se desgarra.

—No, Piper. No es sólo eso. Por favor, déjame explicarte. —Ya se ha bajado del taburete y retrocede hacia la puerta para escapar.

—Estabas jugando conmigo —solloza, aunque no llora. No hay lágrimas en sus ojos, sólo rabia.

—No, Piper.

—Para. —Levanta la mano para cortarme—. Deja de mentirme, Dawson. Todos lo hemos oído. Cruz lo sabe, tu padre lo sabe. ¿Era sólo yo quien no sabía que todo esto era una broma?

—No, yo no lo sabía.

—Sube, Emmie —le exijo, pero lo único que hace es ponerse las manos en la cadera y mantenerse firme.

—Y pensar que anoche estuve al lado de la abuela porque me preocupaba que Piper volviera a hacerte daño. Pero todo este tiempo, no ha sido ella la que ha estado jugando. Has sido tú. ¿Cómo pudiste? Ella te ama, idiota.

En el tiempo que tarda Emmie en abrirme una nueva, Piper ha huido de la cocina.

—Piper, espera —la llamo, bajo del taburete y la sigo. Ya ha salido por delante de la casa sin zapatos y llevando sólo mi camiseta y mis calzoncillos—. Vuelve dentro. Deja que te explique.

—No, Dawson. No hay nada que puedas decirme para arreglar esto. Confié en ti. Confié en ti con mi vida, y así es como me tratas. Entiendo que querías hacerme daño, que querías vengarte, pero creía que habíamos superado eso. —Otro sollozo brota de sus labios, y esta vez dos lágrimas caen con él—. Confié en ti —grita, empezando a perder el control.

—Por favor, vuelve dentro. Por favor, Piper. Puedo explicártelo.

Estoy a punto de arrodillarme para suplicarle cuando un carro se detiene detrás de ella.

La ventanilla baja y el conductor dice: —Carro para Piper Hill—.

—Sí, sí, soy yo —dice Piper apresuradamente, corriendo hacia la puerta trasera del carro.

—Piper, no, por favor. Sólo escúchame.

No me mira mientras entra en la parte trasera del carro y cierra la puerta.

—NOOO —grito, corriendo hacia delante, ignorando el dolor que me recorre el cuerpo. Pero voy demasiado despacio; el conductor pisa el acelerador y se alejan a toda velocidad por la calle.

No me muevo hasta que el carro ha doblado la esquina y ya no está a la vista.

—*Jodeeeeeeeeeeeer* —rujo en nuestra silenciosa calle.

—Vuelve dentro, papá —dice Emmie desde la casa.

Al volverme hacia ella, la encuentro de pie en la puerta con el teléfono en la mano.

—Llamaste a ese carro. —No es una pregunta. Ya sé la respuesta.

—No puedo creer que hayas jugado con ella. ¿Quién eres?

—Emmie, yo…

—No, no me interesa. —Dicho esto, se da la vuelta y sube corriendo las escaleras antes de que el sonido de la puerta de su habitación cerrándose de golpe me haga estremecer incluso desde aquí fuera.

Capítulo Veintiocho

Piper

En cuanto el carro se detiene en la dirección a la que le dije que se desviara, salgo volando por detrás sin pensármelo dos veces. Debería ser más amable con él. Me aguantó llorando todo el camino como si fuera algo totalmente normal. También aceptó mi nuevo destino sin rechistar. No es que tuviera ni idea de adónde me llevaba originalmente; con saber que era lejos de Dawson me bastaba.

Respiro entrecortadamente. Todavía siento que el corazón se me ha partido en dos mientras estiro la mano hacia el timbre.

—¿Sí? —Una voz somnolienta y atontada cruje por la línea.

—Lisa, soy yo. ¿Puedo subir? —Se me quiebra la voz y odio que tenga el poder de hacerme esto.

—Sí, sí —dice apresurada antes de que un zumbido llene mis oídos.

Atravieso la puerta principal de su edificio y subo hasta su piso. Cuando llego a su piso, encuentro la puerta abierta y entro.

Una nueva oleada de lágrimas me golpea en cuanto miro a mi amigo.

—¿Qué coño ha hecho? —pregunta, acercándose y rodeándome con sus brazos.

—Es... es... él... —Tartamudeo contra su hombro.

—Tranquila, no pasa nada —me tranquiliza, abrazándome un poco más fuerte.

Estoy tan agradecida por ella en esos pocos momentos. Llevo años en Londres. He tenido muchos trabajos, pero por alguna razón nunca congenié con nadie, no sólo con los chicos. Los compañeros de trabajo eran sólo conocidos. Pero el día que me acerqué a su recepción para mi entrevista de trabajo, sentí algo diferente entre nosotros. Por suerte, desde entonces estamos muy unidos, porque ahora mismo no tengo a nadie más.

Quizás fue mi miedo a acercarme a alguien y que me pillaran lo que me impidió hacer amigos. No lo sé. Lo único que sé es que ahora la necesito como nunca antes.

—Lo siento —digo, apartándome de su abrazo cuando me doy cuenta de que tengo lágrimas y mocos por todo el hombro.

No me doy cuenta de su aspecto hasta que la miro. Tiene el cabello revuelto, la cara embadurnada de maquillaje y, como yo, lleva una camisa de hombre, solo que la suya es más elegante que mi camiseta negra.

—¿Interrumpo algo? Puedo irme —le ofrezco, esperando que no me acepte. No creo que pueda soportar estar solo ahora mismo.

—¿Qué? No, no seas tonta. Tú eres más importante. ¿Quieres un café? Luego me cuentas lo que ha hecho ese hijo de puta.

Asiento, incapaz de formar palabras en cuanto pienso en la desesperación de su voz mientras me alejaba. Claro que estaba desesperado; me necesita para su paga.

Suelto un sollozo, me dejo caer en el sofá de Lisa y dejo caer la cabeza entre las manos. Aspiro a bocanadas de aire mientras me envuelve el aroma del café.

Al cabo de unos minutos, Lisa coloca una taza en la mesita para mí antes de acurrucarse en el otro extremo del sofá y ahuecar las suyas entre las manos.

—Tienes resaca, ¿verdad? —le pregunto, mirándola una vez más. Tiene la tez pálida y los ojos inyectados en sangre.

Extiende una mano y separa un poco el pulgar y el índice.

—Sólo un poquito.

Sacudo la cabeza, contenta por la distracción.

—Entonces, continúa. ¿Qué te tiene llamando a mi puerta tan temprano un sábado por la mañana?

—Lis, es casi mediodía.

—Huh, debe haber sido una buena noche. — Se encoge de hombros, tomando un sorbo de su humeante café.

—Es todo falso —susurro, pero como no me pide que lo repita, supongo que ha sido lo bastante alto como para oírme y entenderme.

—No, Piper. De ninguna manera. He visto cómo te mira.

Sacudo la cabeza.

—Anoche pasó una mierda con su familia — admito, viendo que ella ya sabe cómo hemos llegado a este punto—. Su hermano me robó cuando iba a la tienda. Él…

—Espera, ¿te robó? ¿Como si te hubiera secuestrado?

—Sí. Me amenazó y me dijo que todo lo de Dawson era mentira, que estaba jugando conmigo para vengarse. Que la única razón por la que me propuso matrimonio era porque le correspondía una herencia una vez comprometido.

—No, eso es mentira. Tiene que serlo.

—No lo es —confirmo, forzando las dos palabras a través de la emoción que obstruye mi garganta—. Podría haberlo creído si no fuera porque el abogado dejó un mensaje de voz muy incriminatorio esta mañana.

—Joder.

—Eso mismo. —Doy un sorbo a mi café, apenas sintiendo el ardor al tocar mis labios y escaldar mi lengua. Estoy demasiado entumecida. Lo único que siento es el corazón partiéndose en dos al revivir lo ocurrido en las últimas doce horas.

Se queda en silencio unos segundos mientras piensa.

—Retrocede un poco. ¿Qué pasó después de que te secuestraran?

—¿Tienes que parecer tan emocionada por esto? —murmuro, viendo el brillo en sus ojos.

—Lo siento, es que nunca había vivido algo así. Creía que sólo pasaba en la tele.

—Ojalá fuera así —murmuro—. Me amordazó, me ató y me llevó al sótano de su club. —Extiendo las muñecas para mostrarle los daños.

—Mierda, Piper.

—Hablaron mucha mierda. Me amenazaron. Habría ido mucho más lejos si *él no hubiera aparecido* y me hubiera rescatado.

—¿Te rescató? —Se emociona—. ¿Como si te hubiera rescatado a cañonazos?

—Algo así —admito—. Le dispararon.

—Joder—. Sus ojos se abren tanto que casi se le salen de la cabeza.

—Está bien. Fue un disparo limpio, dentro y fuera de su hombro. Sobrevivirá.

Lisa deja la taza sobre la mesa y se frota suavemente las sienes mientras intenta asimilar lo que acabo de decirle.

—¿Recibió una maldita bala por ti?

—Jugó conmigo, Lisa. Sólo me quería viva para reclamar lo que cree que se le debe. —Admitir eso duele como una perra, pero es la verdad—. Quería vengarse de lo que le hice hace tantos años. Igual que su padre y su hermano. Deberían haberme matado y sacarme de mi miseria.

—No —dice ella—. No, no vuelvas a decir eso.

—Esto es un desastre, Lis. Sabía cuándo volvió a mi vida que no debía confiar en él. Diablos, estoy segura de que él mismo me dijo que no lo hiciera. Sin embargo, fui y me enamoré de él otra vez.

—¿Realmente alguna vez te desenamoraste?

—No ayuda —gruño, molesta porque tiene razón. Siempre le he querido y estoy segura de que siempre le querré.

—¿Y cómo acabaste aquí?

Cuento la mañana y cómo supongo que fue Emmie quien me llamó un Uber para ayudarme.

—Chica lista.

—Ella es la mejor. Ella no se merece nada de esto, por eso se alejó de esta vida hace años. Un minuto me odia por lo que hice, y al siguiente descubre que su padre es igual de malo.

—Estará bien. Sabes mejor que nadie lo resistentes que pueden ser los niños.

—Ya ha perdido a su madre y ha desarraigado su vida. Esto es demasiado.

Volvemos a agarrar nuestros cafés y bebemos en silencio, pero los ojos preocupados de Lisa no se apartan de los míos.

—¿Tienes tus cosas? —pregunta finalmente, echando un vistazo al mueble junto a la puerta de entrada, donde descansa su bolso.

Sacudo la cabeza.

—No he visto mi bolso desde Cruz… —Suelto un suspiro—. Ni siquiera puedo entrar en mi piso —admito, con los ojos otra vez llenos de lágrimas.

—Tengo tu llave de repuesto, así que eso no es un problema. Puedes conseguir un teléfono nuevo y reemplazar todo lo demás. Lo que importa ahora eres tú—. Se acerca y toma una de mis manos entre las suyas.

—Gracias, Lis.

—Cuando quieras, ya lo sabes. ¿Y ahora qué?

Exhalo un suspiro de dolor.

—¿Ahora? Supongo que intento rehacer mi vida una vez más. —Abro la boca para decir algo más, pero me lo pienso mejor. Durante el viaje se me pasó por la cabeza abandonar la ciudad. Empezar de cero y que nadie me conozca. Me encanta la vida en la ciudad, pero Londres no es la única. Estoy seguro de que me encantarían otras. Manchester, Liverpool, Glasgow… hay muchas opciones que están a kilómetros de distancia.

Pero no puedo decírselo ahora.

Me dirá que es demasiado pronto para tomar ese tipo de decisión que cambia la vida, y probablemente tenga razón. Pero sabiendo que va a estar en el colegio con Emmie, sabiendo que ella podría entrar por la puerta de mi despacho en cualquier momento y recordármelo todo… No estoy segura de poder hacerlo.

—¿Te duelen? —pregunta de repente, mirándome las muñecas y los tobillos—. Tengo algunos…

—No, está bien.

Un ruido en otra parte del piso me hace mirar hacia la puerta de su habitación.

Por el estado de Lisa era bastante obvio que había un hombre aquí, así que no es ninguna sorpresa oír a alguien moviéndose ahí detrás. Lo que me sorprende, sin embargo, es lo tensa que se pone Lisa en cuanto lo oye.

—Piper, tengo que decirte algo —dice tímidamente.

—Bueno. —Entorno los ojos hacia ella, preguntándome qué la tiene tan nerviosa. Sólo hay un hombre al que no quiero ver salir de su habitación ahora mismo, y estoy seguro de que no me ha golpeado hasta aquí, ni siquiera sabe dónde vive. Ni siquiera estoy convencido de que le guste.

—Es que… mierda. —La puerta se abre, y alguien a quien no esperaba ver emerge vistiendo sólo sus pantalones, su torso tonificado y dorado en plena exhibición, y su vello sexual desordenado por todas partes.

—¿Henry? —pregunto, asombrada. Sé que estos dos flirtean de vez en cuando, pero nunca pensé que realmente pasaría algo entre ellos. Henry no es el tipo de Lisa, como ella me ha señalado una y otra vez.

—Hola —dice, con la voz todavía áspera por el sueño—. ¿Va todo bien? —Sus ojos se fijan en lo que llevo puesto, en mi nueva tinta, y quiero que me trague el sofá.

—Esto…

—Piper tiene problemas con los hombres —señala Lisa.

Los hombros de Henry se tensan y sus labios forman una fina línea. Su necesidad de protegerme es dulce, pero está totalmente fuera de lugar—. ¿Qué ha hecho? —ladra.

—Es una larga historia. Una que no voy a repetir otra vez. Yo sólo... —Suspiro—. ¿Podría agarrar esa llave de repuesto? —Le pregunto a Lisa, de repente sintiéndome agotada y necesitando mis propias cosas a mi alrededor.

—Por supuesto. ¿Quieres que te preste algo de ropa también?

—Sí, de hecho. Sería estupendo.

—Vamos —dice, haciéndome señas hacia su dormitorio—. Henry, ya sabes dónde está la cafetera. Haz algo útil.

Nos mira desaparecer a las dos con las cejas fruncidas.

—Lo siento mucho —dice Lisa, girando sobre mí—. Quería decírtelo cuando llegaste pero...

—No pasa nada —le digo, dejándome caer en el extremo de su cama, intentando ignorar el hecho de que su habitación huele a Henry y a sexo—. Nunca hubo nada serio entre nosotros. Es un juego limpio.

—Anoche bebimos demasiado, y bueno... aquí es donde acabamos. Es bastante decente; no puedo creer que nunca me hablaras de...

—Para, por favor, te lo ruego. Dije que me parecía bien, no que quería intercambiar notas.

Asiente y se vuelve hacia su armario.

—Estos deberían quedarme bien, a mí me aprietan un poco —dice, dándome un par de leggings—. Y… toma. —Me pasa una camiseta.

—Gracias. Sólo voy a… —Hago un gesto hacia su cuarto de baño.

—Tómate tu tiempo, usa lo que sea. Ahora mismo salgo. ¿Quieres otro café?

—No, creo que sólo necesito llegar a casa.

—De acuerdo. —Me sonríe y sale de la habitación.

Recojo la ropa que me ha dejado y la llevo al baño para ponérmela.

A pesar de que estoy casi cubierta de pies a cabeza, saber que no llevo ropa interior me hace sentir desnuda y expuesta cuando vuelvo a salir para reunirme con ellos.

Henry sigue aquí. Se ha acomodado en el sofá de Lisa.

—Aquí está la llave.

—Muchas gracias por esto.

—¿Quieres que vaya más tarde? ¿Podemos pedir comida para llevar? ¿Emborracharnos?

Considero mis opciones por un momento. Podría hacer esas cosas sola solo para recordarme que vuelvo a estar soltera mientras mi corazón sigue perteneciendo a un hombre que me lo robó cuando tenía dieciocho años, o podría pasar el tiempo con mi amiga.

—Si no tienes otros planes, sería genial.

—Lo que necesites.

—Hola —dice Henry, acercándose—. ¿Quieres que te lleve a casa? Tengo que salir de todos modos.

—Um… —¿De verdad quiero meterme en un carro con él ahora mismo? Supongo que es mejor que un extraño en un Uber—. Eso sería genial, si no te importa.

—Por supuesto que no. Deja que me ponga la camiseta. —Mira a Lisa, que se ríe como una colegiala bajo su mirada, y luego se vuelve hacia el dormitorio para cambiarse.

Diez minutos después, me encuentro sentada en el asiento del copiloto de Henry, cruzando la ciudad en dirección a mi piso.

—¿Quieres hablar de ello? —pregunta.

—No, la verdad es que no. —Me rodeo con los brazos y me acurruco en su asiento.

—¿Quieres que vaya y lo noquee?

Resoplo una carcajada y él me mira como si mi reacción le doliera.

—Lo siento, pero ya lo has visto. No tienes ninguna posibilidad.

—Oye, puedo aguantarme.

—Seguro que puedes —digo, esperando que suene tranquilizador. Contra cualquier otro tipo normal, podría. Pero no estamos hablando de un tipo normal. Estamos hablando de Dawson. Creo que ya quiere aplastar a Henry por haberme tocado alguna vez; no necesita más excusas.

—¿Necesitas parar en una tienda o algo?

—Henry —respiro—. entiendo que intentes ayudar ahora mismo, y te lo agradezco, de verdad. Pero, por favor, ¿puedes llevarme a casa?

—Claro.

—Y cuando llegues a casa, necesitas ducharte, porque tienes el pintalabios de Lisa por todo el cuello.

Sus mejillas enrojecen ante mis palabras.

—Mierda, lo siento. ¿Esto es raro para ti?

Una parte de mí cree que quiere que le diga que sí, sólo para saber que lo que tuvimos realmente significó algo para mí. Pero nunca le mentí.

—Por supuesto que no. Sólo haz una cosa por mí.

—Dispara.

—No le hagas daño. —No tengo ni idea de si lo de anoche fue algo aislado, si fue un accidente o si Henry estaba intentando vengarse de mí de alguna manera. Quiero decir que estoy alucinando, pero la forma en que me miró cuando salió de su dormitorio me hizo un nudo en el estómago. Espero equivocarme, pero no dejo de ser prudente.

—Por supuesto. Era sólo un poco de diversión.

—Eso está bien.

—¿Quieres que te acompañe? —me pregunta después de aparcar en un espacio para visitantes frente a mi edificio.

—Gracias por traerme, pero estoy bien.

—Vale. Te llamaré más tarde, para asegurarme de que estás bien.

—No tengo mi teléfono.

—Oh… ¿Qué demonios ha pasado, Piper?

—Ahora no. —Sacudo la cabeza—. Te veré el lunes.

Antes de que pueda decir nada más, empujo la puerta y acabo con su oportunidad.

Una vez en la puerta principal, le hago un gesto con la mano y desaparezco dentro, sabiendo ya que no saldrá hasta que yo lo haga.

Cuando entro en mi piso, todo me parece igual, pero al mismo tiempo, todo es diferente.

Cuando salí de aquí ayer por la mañana, pensé que volvería en unas horas para hacer la maleta y pasar el fin de semana con mi prometido. Qué equivocada estaba.

Enciendo la cafetera y coloco en ella una taza antes de dirigirme a mi dormitorio, despojándome de la ropa de Lisa mientras avanzo.

Entro directamente en mi cuarto de baño, bloqueando la idea de que se duche allí mismo y la visión del agua corriendo sobre su cuerpo. Le doy la espalda a la mampara de cristal y giro los grifos de la bañera antes de echar unas burbujas. El aroma inunda la habitación de inmediato, pero no me hace sentir mejor. No estoy segura de que nada pueda hacerlo ahora.

Recupero mi café antes de hundirme en el agua ardiente. Pero, aun así, apenas siento la punzada de dolor.

Descansando de espaldas, cierro los ojos y me torturo repasando mentalmente los acontecimientos de anoche y de esta mañana.

No tengo ni idea de cuándo ha ocurrido, pero debo de haberme quedado dormida. Me despierto sobresaltada y el agua fría cae al suelo cuando me incorporo demasiado rápido.

—Mierda —murmuro, levantándome y entrando directamente en la ducha. El chorro frío me ayuda a despertarme antes de que el chorro caliente mi piel.

Agarro mi gel de ducha, pero me lo pienso mejor. Puede que sea mi perfume, pero lo único que va a hacer es recordarme a él.

Al final, no me molesto. En lugar de eso, salgo y me envuelvo en mi mullido albornoz, enroscándome una toalla sobre la cabeza.

Tiro mi café, ahora frío, por el fregadero y me preparo otro antes de acurrucarme en el sofá y encender la televisión con la esperanza de encontrar algo que me distraiga.

No funciona. Nada funciona. Todo lo que veo es a él, y me parte en dos.

Apenas sobreviví a él una vez. Sabía que no sobreviviría a él una segunda vez. ¿En qué estaba pensando?

Capítulo Veintinueve

Dawson

—Eres un cabrón con suerte —me dice Link en cuanto abro la puerta y me lo encuentro al otro lado.

—Fue un tiro limpio al hombro. Difícilmente iba a matarme.

—Díselo al pobre cabrón que tuvo que limpiar tu sangre de la parte de atrás de mi camioneta —murmura, siguiéndome hasta la cocina—. Pero no me refería a eso.

—Por favor, ilumíname.

Link o Justin, como solía llamársele, y yo siempre estuvimos muy unidos cuando éramos niños. Fue la última persona que pensé que mostraría interés en unirse a los *Royal* y parchear, pero un par de años después de que yo me alejara de esa vida, él se metió de lleno en ella. Supongo que han pasado cosas más locas.

—Piper.

—Oh, sí.

—¿Por qué ese tono de cachorro triste?

—La cagué un poco.

—¿Cómo? Estabas inconsciente. ¿Cómo te las arreglaste para joder la mierda mientras estabas inconsciente?

Le paso un café y me siento a su lado con el mío. Mis movimientos siguen siendo lentos de cojones,

357

pero gracias a las pastillas que me ha dejado mi madre, ahora me duele un poco menos.

—Espera, ¿no te sorprende saber que está viva? —Sacude la cabeza, la culpa cubriendo sus rasgos.

—Link —gruño. Esta no sería la primera vez que los *Royal* se interponen entre nosotros. Odio que mi padre tenga su lealtad sobre mí.

—No es así. Cruz te ha estado siguiendo. Sospechó y empezó a mirar más de cerca.

—¿Cuánto tiempo?

—Una semana.

—Estaba esperando para atacar.

—¿Y no pensaste en decir nada?

—No podría. Bueno, a ti no. Pero a él sí. Le dije que lo dejara pasar, que ya no era nuestro problema. Los dos parecían felices, y era como debería haber sido siempre.

—Pero no te escuchó.

—Por supuesto que no. La odia, D.

—Lo sé. La culpa por lo que se convirtió su vida. —Link no necesita decirme eso, lo he escuchado de la boca del caballo suficientes veces a lo largo de los años.

—Deberías haberme avisado.

—¿Qué diferencia habría habido? Lo de anoche siempre iba a pasar de una forma u otra.

Me rechinan los dientes, odio que tenga razón.

—Debería haber hablado con ellos.

—Tal vez. Estoy seguro de que no los habría detenido.

—¿Y ahora qué? —pregunto, con el miedo en el estómago.

—Tu madre se ha metido. —Agacho la cabeza y me froto las sienes. *Claro que sí.* Es la única que puede hacer entrar en razón a mi padre, y a veces incluso a Cruz si está de buen humor—. Presidente ha cancelado todo. Deberías poder irte.

—¿Así, sin más? —pregunto con curiosidad. Después del esfuerzo que hicieron anoche, me sorprende que se rindan tan fácilmente.

—No creo que el presidente quiera perder más hombres por tus manos de gatillo fácil.

—¿Jinx? —pregunto, sabiendo que lo dejé con una bala alojada en el estómago.

—Crítico.

—El cabrón se lo merecía. Estaba a punto de…

—Me quedo. Link no necesita que le des una imagen de lo que pasó. Él ha estado alrededor de esa mierda el tiempo suficiente para saber lo que pasa.

—Lo entiendo, amigo.

—Entonces, ¿qué hiciste?

—¿Quieres decir que Cruz no te lo ha dicho ya? —Levanto una ceja.

—Todo lo que sé es que ha vuelto de entre los muertos.

Suelto un suspiro.

—¿Sabes que matriculé a Emmie en *Knight's Ridge*?

—Sí. ¿De qué coño va eso? No estoy seguro de que ninguno de nosotros pertenezca a una escuela privada.

—Puede que no pertenezca, pero es lo que se merece. —Asiente—. De todos modos, necesito pagarlo. Tengo una herencia de mi abuela, pero para conseguirla, necesitaba estar comprometido. Piper apareció en el momento justo.

—¿Te la jugaste?

—Para empezar, sí. Pero luego...

—¿Te has acordado de lo chocho que te pone y te has vuelto a enamorar de ella?

—Algo así. No me importa una mierda el dinero, de verdad. Sólo pensé que podría darle a Emmie un mejor comienzo en la vida adulta. Fue casi como el destino. Necesitaba una prometida falsa, y ahí estaba ella, como un puto ángel.

—Dios, D.

Doy un sorbo a mi café, sin saber muy bien cómo responder a eso.

—¿Ya tienes un plan?

—¿Un plan? —pregunto—. Encontraré el dinero de alguna manera. No voy a sacarla ahora que ha empezado.

—No estoy hablando del puto dinero, gilipollas. Estoy hablando de tu chica. Todavía la quieres, ¿verdad?

—Nunca he dejado de hacerlo.

—Así que tienes que luchar por ella.

—Se merece algo mejor.

—Jodidamente cierto, ¿pero vas a dejar que se vaya con otro?

Link sólo se queda el tiempo suficiente para beberse su café antes de sacar su teléfono y decirme que va a pedir un Uber.

—Espera, ¿cómo llegaste aquí?

—¿Qué te ha parecido, hijo de puta? —Abre de un tirón la puerta de mi casa y señala un poco hacia la calle, donde está mi moto junto al bordillo.

—Cabrón. Cómo hiciste eso sin las llaves… espera, no me lo digas. No creo que quiera saberlo.

—Sabia elección, hombre. Pero que sepas que ahora está como nueva. El bolso y los zapatos de Piper están en la caja superior. Tal vez deberías llevárselos —sugiere segundos antes de que su carro se detenga—. Es por mi, estoy fuera. Ya sabes dónde estoy —dice, dándome la espalda y metiéndose en el coche.

Agarrando mis llaves de un lado, bajo a mi moto y agarro las cosas de Piper.

Tiene razón. Debería llevárselos. Va a necesitar su teléfono y su bolso.

Los dejo en la cómoda del pasillo antes de subir. Emmie ni siquiera ha salido desde que cerró la puerta de un portazo esta mañana, de verdad que tengo que hablar con ella.

—Em —llamo, golpeando ligeramente.

—Vete.

—Emmie, vamos.

—No, estoy enfadada contigo.

—Lo siento, Em.

—¿Y eso es todo?

—¿Qué? Pues claro. Nunca quise hacerte daño.

—No, sólo querías herir a Piper. Ella te traicionó, lo entiendo, papá. Pero era una niña. Me gustaría pensar que los errores cometidos a los dieciocho se pueden pasar un poco por alto una vez que somos adultos. El infierno sabe que voy a meter la pata en los próximos años. Ella te quiere, papá. Te quiere de verdad. Y tú la destruiste totalmente.

—Lo sé —susurro, apoyando la frente en su puerta.

—¿La amas?

—Sí.

—¿De verdad quieres casarte con ella, incluso si no sacas nada más que a ella?

—Sí.

—Bien. Entonces ve y hazlo bien.

Resoplo y me pregunto cómo demonios voy a conseguirlo. Algo me dice que no me va a perdonar fácilmente -si es que me perdona alguna vez- por esto.

En cuanto entro en mi habitación, me dejo caer en la cama, demasiado cansada para ignorarlo. Cuando vuelvo a despertarme, el sol se está ocultando y mi habitación es de un cálido tono naranja.

El bajo ritmo de la música de Emmie llena el silencio a mi alrededor y me empujo para apoyarme en el cabecero de la cama.

Agarro el agua y las pastillas que aún están en la mesilla de noche y me tomo dos antes de ir a la ducha, con la esperanza de que me hagan efecto rápidamente.

Me lavo con todo el cuidado que puedo antes de ponerme un pantalón de chándal limpio e intentar ponerme una camiseta, pero me rindo a mitad de camino y en su lugar agarro una sudadera con capucha y cremallera.

—Em —llamo a través de la puerta una vez más.

—¿Qué? —ladra. Es bueno saber que sigue enfadada, entonces.

—Voy a salir un rato. ¿Estás bien?

—Eso depende de adónde vayas.

—Link dejó la bolsa de Piper, voy a llevársela.

—Bien. Haz que te escuche y tráela de vuelta.

—Haré lo que pueda.

Sacudo la cabeza ante mi hija y me alejo, abriendo la aplicación Uber mientras avanzo, sabiendo que no podré ir en moto.

Ya es de noche cuando estaciono delante del edificio de Piper. El corazón me retumba en el pecho. No sé cómo se va a tomar que me presente así, pero no puedo quedarme en casa sin hacer nada.

Salgo del carro y miro por la ventana del salón. Las luces están encendidas, pero es la única señal de que podría estar en casa.

Después de dar las gracias al conductor, me dirijo a su edificio, agradecido por no tener que llamar para avisarla de mi llegada. Saco las llaves del bolsillo de su bolso y entro.

Por primera vez, uso el ascensor en lugar de subir las escaleras arrastrando el culo. En cuanto entro, entiendo por qué Piper no lo usa. Huele ligeramente a pis.

Se me tuercen los labios, pero sigo con ello. No tengo energía para mucho más.

Me lo pienso mejor antes de entrar en su piso, guardo las llaves y llamo a su puerta.

—¿Quién es? —pregunta al cabo de unos segundos una voz femenina que no pertenece a Piper.

—Dawson.

—Vete a la mierda.

—Qué tal si esperamos a que Piper me lo diga.

Juro que oigo un gruñido antes de que la cerradura haga clic y la puerta se abra.

—Me alegro de ver que estás hecho una mierda —es lo primero que sale de los labios de Lisa en cuanto me mira.

—¿Está aquí? —pregunto, dando un paso hacia ella.

—¿Qué quieres?

— Hablar con ella.

—No va a pasar. Gracias por venir, pero estamos bien sin ti. —Intenta cerrarme la puerta, pero yo soy más rápido y extiendo la mano, haciendo una mueca de dolor que me recorre desde el hombro hasta la columna vertebral.

—No me iré hasta que haya hablado con ella.

Nuestras miradas se sostienen, se produce una silenciosa batalla de voluntades hasta que oigo una voz que hace que cada músculo de mi cuerpo se relaje.

—¿Es la cena?

—No. A menos que hayas ordenado una escoria.

—Mierda, es…

—Piper, por favor. Déjame explicarte.

—No me interesa. Pensé que lo había dejado claro.

Desesperado por verla, abro la puerta a pesar de la desaprobación de mi hombro. Me quedo sin aliento en cuanto la veo. Lleva el cabello recogido y un chaleco blanco con unos joggers grises y nada más. Está preciosa.

—Por favor, pequeña. Te necesito.

—Deberías haberlo pensado antes de mentirme. —Sus ojos se entrecierran, retándome a decir algo más.

—Nunca mentí sobre lo que siento por ti, Piper. Siempre has sido tú.

—Lo que sea, Dawson. No te creo.

Mis labios se separan para responder, pero no encuentro palabras.

—Esa es tu señal para irte —añade Lisa.

—Y una mierda. —Me abalanzo sobre ella, para su irritación, y me acerco a Piper—. Piper, te quiero —le digo, cogiéndole las manos—. Te quiero muchísimo, joder.

Se le llenan los ojos de lágrimas, pero no deja que caigan.

—Lo siento, Dawson. Esto… —arranca sus manos de las mías y hace un gesto entre nosotros—. Se ha acabado. Lisa tiene razón, tienes que irte.

—Pero…

—No hay nada más que decir. —Se aparta de mí y se me parte el corazón en dos, pero me niego a quedarme aquí desangrándome delante de su amiga. Si estuviera sola, podría rebajarme a niveles más bajos.

—Traje tu bolso. Pensé que la necesitarías. —La coloco a un lado y camino de espaldas hacia la puerta. Los hombros de Piper se tensan, pero no muestra ninguna otra señal de que me oye—. Te daré algo de tiempo, Piper. Pero te equivocas. Esto no ha terminado. Ni mucho menos. —Con mis palabras suspendidas en el aire, doy media vuelta y salgo de su piso.

Lisa cierra la puerta detrás de mí, pero no es lo bastante rápida. Oigo el sollozo de Piper antes de que la cerradura encaje en su sitio.

CAPÍTULO TREINTA

Piper

No puedo decir que me sorprenda que la primera persona que vea a la mañana siguiente, aparte de Lisa y las otras chicas de recepción, sea Emmie.

—Le odio, joder —resopla, dejándose caer en el asiento y cruzando los brazos sobre el pecho.

—Emmie —suspiro.

—No —responde—. No me digas cómo sentirme. Le odio por hacerte daño.

—Las cosas entre tu padre y yo siempre han sido complicadas.

—Lo sé, y también sé que *las relaciones siempre son complicadas* —dice en un tono que supongo que imita al de un adulto—. Pero esto es una puta mierda.

No puedo discutir con ella.

Después de que Dawson hiciera lo que se le dijo el sábado por la noche y se marchara, Lisa y yo nos emborrachamos a ciegas en mi necesidad de sacarlo de mi organismo. Darle la espalda así casi me mata, pero no veía otra opción. Por mucho que mi corazón lo deseara y mi cuerpo lo anhelara, no iba a volver directamente a sus brazos después de aquello.

Yo no era esa chica, por mucho que mi corazón quisiera que lo fuera. Mi cabeza es más fuerte.

—Lo sé, Em. Siento mucho que te arrastraran a esto.

—Eso es, cierto.. Si esto fuera falso, nunca me habría dejado acercarme a ti.

—Es mi trabajo.

—Eso es mentira, y lo sabes. Tenías que pasar el fin de semana con nosotros. No te habría dejado acercarte a mí si no fuera en serio.

—Realmente necesitas dejar de sobreanalizar esto. Tu padre hizo lo que hizo. No importan sus intenciones al final, al principio sabía exactamente lo que hacía.

—¿Sabes para qué quería el dinero?

Sacudo la cabeza, aunque tengo mis sospechas.

—Lo quería para mí. Para aquí —dice, señalando a nuestro alrededor—. Podría haber encontrado a cualquier vieja hace años para reclamarlo si quería el dinero. Ambos sabemos que la mayoría de las mujeres se tropezarían para tener la oportunidad de atraparlo. Pero él nunca lo hizo.

—¿Así que fue sólo suerte que me encontrara primero?

—El destino, Piper. Fue *el destino*.

Quiero creerla y pensar que ha sido el universo el que nos ha vuelto a unir y ha arreglado lo que salió muy, muy mal hace tantos años, pero no son más que ilusiones. Nunca había creído en esas tonterías, ¿por qué iba a hacerlo ahora?

Por suerte, suena el timbre y Emmie no tiene más remedio que irse a clase, dejándome sola una vez más con la cabeza dándome vueltas.

—Créeme, le odio tanto como tú ahora mismo. Pero los dos están dolidos. Por favor, escúchalo.

—Me lo pensaré —es todo lo que consigo decir ante el enorme nudo que se me hace en la garganta.

***

Una parte de mí quería seguir la sugerencia de Emmie y escuchar lo que Dawson tenía que decir, pero por desgracia -o tal vez no- una parte mayor de mí era demasiado testaruda para siquiera considerar la posibilidad de dejar que intentara derribar mis muros una vez más. Ya había sido bastante malo permitirle escalarlos la primera vez.

A medida que pasaban los días, me decía a mí misma que tal vez me pondría en contacto al día siguiente. Pero esos días pronto se convirtieron en una semana, y esa semana en dos.

Si no estaba en el colegio, acosada por Emmie o emborrachándome con Lisa, estaba en casa, acurrucado en el sofá y llorando por ese gilipollas.

Quería dejarlo atrás y seguir adelante con mi vida. Pensé que debería ser capaz de hacerlo de nuevo.

Ha pasado un mes desde aquella fatídica noche. Apenas pasa un minuto sin que piense en Dawson y en lo que pasó, pero sé que estoy haciendo lo correcto.

A pesar de lo que parece, quizá nosotros dos no estábamos hechos el uno para el otro.

Me doy la vuelta en la cama, me subo las sábanas hasta la mejilla y suspiro aliviada porque hoy empiezan las vacaciones escolares. Ya no tengo que preocuparme por los demás ni esbozar una sonrisa falsa cada dos por tres para intentar convencer a los demás de que estoy bien. Por suerte, salvo Lisa y Henry, todo el mundo se deja engañar. Lo único que tengo que hacer es evitarlos a ellos y a Emmie, y casi puedo fingir que no ha pasado nada.

Suena el timbre, arruinando mi apacible descanso. Gimo, me pongo boca arriba, salgo de la cama y me pongo la bata.

Al pulsar el botón de mi intercomunicador, encuentro a Lisa mirándome fijamente.

—Es demasiado pronto para esto —gimo por el altavoz.

—Déjame subir y deja de quejarte. Tengo una sorpresa para ti.

—¿Oh?

—No lo conseguirás si dejas que me congele las tetas aquí fuera. —Riéndome de ella, pulso el botón para dejarla entrar en el edificio y abro la puerta principal antes de ir al baño a refrescarme.

—Prepara una bolsa de viaje —me dice mientras me cepillo los dientes.

—¿Qué? —pregunto, pensando que la he oído mal.

—Prepara una bolsa de viaje —repite.

—Eso es lo que pensé que habías dicho.

—Necesitas un bikini, algo bonito para esta noche, y algo informal para mañana. Además de tus cosas habituales.

Entorno los ojos hacia ella.

—¿Qué has hecho?

—Pensé que nos merecíamos mimarnos por una vez, así que eso es lo que vamos a hacer. Tienes diez minutos. Hay un carro abajo esperándonos.

Se me cae la barbilla.

—Bien, de acuerdo.

Corro por mi habitación, empaquetando todo lo que puedo necesitar y, después de obtener la aprobación de Lisa, coge mi bolsa de la cama y casi me saca a rastras de mi piso.

—Ni siquiera he tomado café —me quejo mientras bajamos las escaleras.

—Te tengo cubierta, no te preocupes —llama por encima del hombro.

—Lisa, dime que no lo has hecho —jadeo mientras salgo del edificio y echo un vistazo al vehículo con el motor en marcha que tengo ante mí.

—Te dije que nos tratábamos.

Le hace un gesto con la cabeza al conductor, que se baja y nos abre la puerta trasera.

—Es una maldita limusina, Lis.

—Lo sé —chilla emocionada, asomando la cabeza por la puerta—. Vamos, nos he traído Starbucks. También hay pasteles.

No tengo ni idea de por qué estoy de pie en medio del estacionamiento discutiendo sobre esto. Mi mejor amiga nos ha organizado una limusina. Esto es jodidamente increíble.

Me acomodo en un asiento y agarra el café que me espera.

—¿Adónde vamos?

—Sorpresa. —Ella guiña un ojo—. Ahora, siéntate, relájate y disfruta del viaje.

Inmediatamente, hago lo que me dicen.

—Vaya, podría acostumbrarme totalmente a esto.

—Lo sé, ¿verdad? Sólo necesitamos un par de novios multimillonarios y nos reiríamos. Hablando de novios. ¿Alguna noticia de…?

—¿Creía que nos íbamos a tratar?

—Lo estamos.

—Entonces, ¿podemos acordar no hablar de él? Me lo preguntaste ayer, y anteayer, y anteayer. Y mi respuesta es la misma. No, no he oído ni pío.

—Qué raro. Juraría que… —Se detiene cuando le lanzo una mirada mordaz.

—Vale, lo siento. Entonces… ¿algún otro plan para el descanso?

Suspiro. No tengo ningún plan. Literalmente ninguno. Me he planteado hacer una escapada de última hora y salir de la ciudad. De hecho, era lo que iba a hacer nada más levantarme esta mañana, pero parece que Lisa lo ha desaconsejado.

—No, libre y… soltera. —Hago una mueca de asco a mí misma—. ¿Tú?

—Todavía no, aunque espero poder encontrar a alguien que me entretenga unas noches.

—¿Qué pasó con Henry? ¿Ya te has aburrido de él?

Considera mi pregunta durante unos instantes.

—Sí y no. No lo sé. Viene un poco fuerte.

—Con eso, ¿quieres decir que no desapareció instantáneamente de tu vida en cuanto llegaste?

—Algo así.

—Algo así como lo que pasa cuando mojas la pluma en la tinta de la oficina.

—Hey, él era el que estaba haciendo toda la inmersión, voy a tener que saber.

Suelto una carcajada y, después de semanas ahogándome en mi propia miseria, me siento muy bien.

Me sorprendo cuando la limusina entra en un camino de grava y se detiene. El trayecto ha sido más corto de lo que esperaba. Me inclino y miro por primera vez por la ventanilla.

—Vaya —suspiro, mirando fijamente la impresionante casa señorial que tengo ante mí—. ¿Qué es este lugar?

—Es un hotel con un spa de cinco estrellas.

El balneario no me sorprende, ya me lo imaginaba cuando me hizo meter en la maleta el bikini, pero no esperaba algo tan lujoso.

—Vamos, tenemos reservada una tarde de mimos.

La emoción estalla en mi vientre y me doy cuenta de que es la primera vez que la siento en mucho tiempo. Mi vida ha sido una aburrida mezcla de grises durante semanas, así que es agradable tener por fin un poco de color.

Lisa se acerca a la puerta mientras el conductor tira de ella para abrirla.

—Gracias —le dice al conductor antes de esperar a que me una a ella.

—¿Cuánto te ha costado? —pregunto mirando el enorme edificio.

—No tanto como te imaginas, en realidad.

—Bueno, hazme saber mi mitad y te la paso.

Me hace un gesto con la cabeza y nos dirigimos a la recepción para registrarnos.

Lisa nos había organizado un check-in temprano, así que enseguida nos entregaron las llaves de la habitación y nos dirigieron a la quinta planta del edificio.

—La quinta es la última planta —murmuro, pulsando el botón del ascensor. Lisa me sonríe y se me revuelve el estómago—. Dime que no.

—Puede que sí. —Me guiña un ojo y yo chillo de emoción.

—Este es el mejor comienzo de las vacaciones.

—Valió la pena verte sonreír, Piper.

Sonrío un poco cuando me recuerda por qué ha estado ausente durante semanas, pero no me detengo en ello; estoy demasiado emocionada por ver nuestra habitación.

—Este es, con diferencia, el sitio más bonito en el que me he alojado —digo, dando vueltas en el salón de nuestra suite.

—Hoy nos vamos a emborrachar mucho —anuncia, agarrando la botella de champán fría del cubo que hay junto al sofá.

—No puedes empezar con eso todavía —grito, pero es demasiado tarde; ya ha disparado el corcho por toda la habitación.

—Sólo se vive una vez, Piper. Más vale aprovecharla al máximo. —Lo sirve en copas y entrega una—. Por aprovecharla al máximo.

—Muchas gracias —digo antes de llevarme el vaso a los labios y dejar que las burbujas exploten en mi lengua—. Mmm, qué rico —digo, dando otro sorbo.

—Vale, deshaz la maleta y ponte el bikini. El spa te llama.

Con los albornoces blancos del hotel y la botella de champán, nos dirigimos al spa. Lisa confirma nuestras reservas para la tarde y nos indica el vestuario, la piscina y la zona de relajación.

Buscamos un par de tumbonas y nos dejamos caer. A nuestro alrededor suena una música suave que se mezcla con el goteo de la cascada al otro lado de la piscina.

Suspiro y me llevo el vaso a los labios.

—¿Por qué no hacemos esto todos los fines de semana?

—Literalmente no tengo ni idea —dice Lisa, recostándose y cerrando los ojos.

A medida que pasa la tarde, nos restriegan, enceran, pulen, abrillantan y masajean. Me siento como una mujer nueva. Es una pena que ninguno de los tratamientos arregle mágicamente un corazón roto.

—No estoy segura de tener energía para vestirme y comer —admito cuando volvemos a trompicones a nuestra suite esa misma noche.

—Uh-uh, no te vas a librar. Ve a ducharte y ponte el vestidito que trajiste. Si tenemos suerte, podríamos atrapar a esos multimillonarios que buscamos.

Se me revuelve el estómago, pero le doy la razón y me dirijo a mi habitación.

No es mi intención, pero cuando llego al final de la cama, meto la mano en el bolso y saco el móvil. Mi corazón se hunde cuando veo que no hay mensajes.

No sé por qué sigo torturándome, esperando que me haya tendido la mano. Ha pasado un mes. Es obvio que su advertencia de que no habíamos terminado era tan falsa como nuestra breve relación.

Lo vuelvo a meter en el bolso, me dirijo al cuarto de baño y abro la ducha.

***

—Vaya —dice Lisa cuando me reúno con ella en el salón poco más de una hora después—. Si fuera un chico, estaría totalmente empalmado por ti ahora mismo.

—Porque eso no es espeluznante.

—¿Qué? Te ves sexy.

—Podrías haberlo dicho sin más —murmuro, tirando del corto dobladillo de mi vestido, sintiéndome un poco expuesta para una comida en un restaurante elegante.

—Basta —me reprende, apartándome las manos de un manotazo—. Vámonos. Me muero de hambre.

El vino y la comida son de otro mundo, y para cuando nos dirigimos a nuestra suite, más de tres horas después, ya tengo un agradable zumbido y todo me resulta más fácil con el estómago lleno de comida de cinco estrellas y exquisito vino francés.

—Ve a ponerte algo más cómodo. Tengo otra botella que viene hacia aquí.

—Estás bromeando, ¿verdad?

—¿Parece que estoy bromeando? Estamos viviendo, ¿recuerdas?

—O morir de intoxicación etílica —murmuro mientras me dirijo a mi habitación.

Me quito rápidamente el vestido y me pongo algo más cómodo. Me digo a mí misma que no debo mirar el móvil, pero como soy débil, lo hago de todos modos. En cuanto veo que no hay nada, mi necesidad del vino que mencionó Lisa se multiplica por diez. ¿Es posible beberse a una persona?

Capítulo Treinta y Uno

Dawson

Pasaron dos semanas hasta que casi volví a sentirme normal, pero me temo que mi hombro nunca volverá a estar bien. Volví al trabajo la semana pasada, desesperado por hacer algo que no fuera estar deprimido en casa y salir de copas con los chicos, algo que no debería haber hecho además de tomar analgésicos. Necesitaba algo, cualquier cosa, que me ayudara a mitigar el dolor de haberme alejado de ella aquel día.

No tenía ni idea de cuánto tiempo le iba a dar, pero supuse que sabría cuándo era suficiente.

Emmie apenas me habla. Lo máximo que conseguí de ella fue en la reunión de padres, donde se vio obligada a hablar conmigo y con sus profesores. Me encantó oír que sus profesores pensaban que se había adaptado bien y que estaba trabajando duro. Por lo que yo sabía, no había vuelto a pelearse desde aquel partido de hockey, y me tranquilizó que sus profesores no tuvieran nada que añadir. Fue una noche estupenda, aparte de las constantes miradas asesinas que recibí de Henry. Sin embargo, en ningún momento se atrevió a hablar conmigo. Se limitó a quedarse ahí de pie, con ojos duros y una sonrisa de suficiencia en la cara.

Me cubro la cabeza con la capucha y vuelvo a las sombras. Ahora que puedo moverme un poco mejor sin hacer muecas de dolor, creo que es hora de hacerle una visita a mi hermano pequeño.

No sé si cree que olvidé lo que le hizo a Piper. Es aún más estúpido de lo que pensaba, si es que lo era. Él debe saber que no voy a dejar que esa mierda mienta.

Mamá ha venido a verme un par de veces desde que me curó. Vino unos días después para quitarme los puntos, pero no la he vuelto a ver. La entiendo. Es leal a mi padre, como casi todo el mundo en mi vida. Pongo los ojos en blanco. Puede que me alejara hace tantos años, pero en realidad nunca escaparé. Puede que ahora esté aún más alejada de ellos que antes, pero parece que mi padre sigue controlando mis hilos en lo que respecta a algunas de las personas que me importan.

Al ver movimiento más adelante, aprieto más la espalda contra la pared y espero a ver si es él. En cuanto lo veo, dejo que gire hacia las escaleras que conducen a su edificio y le sigo.

Pongo el pie en la puerta principal para impedir que se cierre y espero a que tenga la puerta abierta antes de moverme.

Me coloco detrás de él, le hundo la rodilla en la espalda y le rodeo la garganta con el brazo.

—Ah, hermano. Te estaba esperando —gruñe a través del dolor.

Le empujo hacia el interior del piso y cierro la puerta de una patada. Para mi sorpresa, no se resiste. Como de costumbre, su piso es un puto desastre, con latas de cerveza, botellas de vodka y bolsas de hierba por todas partes. Echo un vistazo más de cerca a su mesa de café y descubro que la tapa de cristal está cubierta de polvo.

—Creía que te habías librado de la nieve, hijo de puta —le gruño al oído.

—Sí, y yo que pensaba que te habías aburrido de intentar arruinarme la vida.

—¿Arruinar tu vida? —Grito, empujándole a la habitación.

—Tú y tu zorrita… eso es todo lo que han hecho.

—No hables así de ella, joder. —Vuelo hacia él, mi mano rodea su cuello y aprieta lo suficiente para que no olvide dónde está.

Mi frente se acerca a la suya y le respiro con rabia en la cara. Mientras tanto, el hijo de puta me sonríe.

—Yo no controlo tu vida, Cruz. Sólo tú tienes el poder de hacerte feliz.

—Mentira —escupe—. Sabes de sobra que no tuve elección después de que decidieras tan egoístamente abandonar la vida en la que naciste. Deberías ser tú quien recibiera las órdenes de ese cabrón ahora mismo, no yo.

—Podrías haber dicho que no.

Se ríe de mí, pero está lleno de malicia y odio.

—¿De verdad? ¿Realmente crees eso?

—Sé que puede ser un cabrón, Cruz, pero sigue siendo nuestro padre.

Cruz niega con la cabeza, con los ojos llenos de tristeza.

—No tienes ni idea, ¿verdad? Ni puta idea.

—¿No? Dímelo. Dame una puta pista.

Pero lo único que hace es seguir negándome con la cabeza.

—Está hecho —gruñe finalmente—. Se han tomado las decisiones y se han hecho los votos… bueno, casi. ¿Cómo se tomó tu mujercita la verdad? —se burla.

—Que te jodan. —Tirando de mi brazo hacia atrás, sigo con lo que vine a hacer aquí.

Mis nudillos y mis anillos chocan con su pómulo y su cabeza se inclina hacia un lado.

—Te falta práctica, hermano. —Cruz se lanza desde la pared a pesar del agarre que tenía en su garganta. No es el niño débil que recuerdo de pequeño, el que preferiría estar dando patadas a un balón de fútbol que entrenando dentro de un ring de lucha.

Gruñe alguna advertencia inaudible antes de contraatacar. Pero, para su disgusto, soy más rápido. Bloqueo todos los disparos que intenta antes de meterle unos cuantos.

—Ni siquiera vas a volver a mirarla, y mucho menos a tocarla, a amenazarla. ¿He sido claro? —Rujo una vez que finalmente lo he llevado al suelo. Me arrodillo sobre su pecho, que se agita por el esfuerzo. La sangre le mana de la cara, con los ojos ya hinchados y el labio roto. No puedo decir que yo tenga mucho mejor aspecto; el sabor a cobre me llena la boca y noto cómo me gotea por la barbilla.

—Vete a la mierda, Dawson.

Me aparto de su cuerpo y retrocedo hacia su puerta.

—Toma esto como una advertencia. La próxima vez que respires cerca de ella, te meteré una bala en la puta cabeza.

Sin esperar respuesta, abro la puerta de un tirón y la atravieso.

Me limpio el labio y vuelvo a bajar los escalones y salgo a la calle en busca de mi bicicleta.

Ahora que me he quitado eso de encima, es hora de ir a por mi chica.

Creo que ya la he hecho esperar bastante.

Capítulo Treinta y Dos

Piper

—No estoy lista para irme —me quejo mientras Lisa y yo llevamos nuestras maletas a la puerta de nuestra suite.

—¿Cuánto crees que costaría vivir en un sitio así?

—Más de lo que ganarías en toda tu vida, Lis.

Exhala un largo suspiro.

—Una chica puede soñar, ¿verdad?

Me río de ella mientras abro la puerta y echo un último vistazo a nuestro pedacito de cielo. Con un suspiro, cierro la puerta cuando ella pasa junto a mí.

El ligero martilleo en las sienes por el vino de anoche casi ha desaparecido, gracias a las pastillas que encontré en el fondo de mi bolso y al increíble desayuno que nos han servido esta mañana. Estoy segura de que nunca había comido tanto de una sentada. Me sentí tan mal, pero tan bien. Comeré ensalada toda la semana para compensarlo.

Entregamos las llaves a la recepcionista y le damos las gracias por nuestra estancia.

—¿Listo para volver a la realidad? —pregunta Lisa mientras los recuerdos que he intentado mantener a raya desde que subimos ayer a la limusina amenazan con tragarme entero.

Se me llenan los ojos de lágrimas, y Lisa no se lo pierde.

—Piper —suspira, tomando mi mano entre las suyas—. Tienes que hablar con él. Odio verte así.

—¿De qué servirá? Sigue mintiéndome.

—¿De verdad estás dispuesto a perder lo que los dos teníais por un error? No es que nunca hayas cometido ninguno —añade en voz baja.

Se me retuerce el estómago. Quiero decirle que fue diferente. Que me vi obligada. Pero, al fin y al cabo, aunque puede que fuera joven y sintiera que no tenía elección, no tenía por qué manejarlo como lo hice.

—Sinceramente, no tengo ni idea.

—Bueno, esto es sólo mi opinión, así que tómalo como quieras. Pero tienes que escucharle al menos. Ponlo todo sobre la mesa para que puedas tomar esta decisión con todos los hechos. Ahora mismo, todo lo que tienes son rumores de su hermano -que suena como un cabrón, por cierto-, un mensaje de voz y la hija del hombre.

Resoplo y subo detrás de ella a la parte trasera de la limusina.

Antes de que nos demos cuenta, estamos instalados en la parte trasera de nuestro vehículo de última generación y volvemos hacia la ciudad.

—Gracias por esto. Realmente lo necesitaba.

—Me alegro de que te haya ayudado —dice, acercándose y apretándome la mano.

—¿Vas a salir esta noche?

—Sí. Mis planes están resueltos. —Se frota las manos emocionada—. Espero encontrar un hombre que aprecie todo este trabajo. —Se señala el cuerpo y me río de su idiotez.

Espero que me invite porque es lo que suele hacer, tanto si sale con un grupo del trabajo como con otros con los que sale de fiesta, pero la invitación nunca llega.

No le doy más vueltas. Estoy más aliviada que otra cosa. Después de tanto mimo y relax, lo único que quiero es dormir.

Anoche decidí que voy a buscar una escapada de última hora en cuanto llegue a casa. Quizá de lunes a viernes, y luego, dependiendo de cómo me sienta, me animaré y hablaré con Dawson cuando esté de vuelta, espero que con la cabeza más despejada.

Debe de haber pasado media hora cuando la limusina se detiene. Sabiendo que es imposible que hayamos llegado ya a casa e intuyendo que no se trata solo de una parada por el tráfico, me siento hacia delante y miro por la ventanilla.

—¿Qué demonios? —murmuro, viendo un recinto ferial vacío a pocos metros.

Cuando me vuelvo hacia Lisa, encuentro una expresión extrañamente tensa en su rostro.

—¿Qué? Ladro, la confusión me invade y casi me parte el estómago en dos.

—Necesito que salgas del carro, Piper.

—¿Qué? Esto es una locura. Sólo quiero irme a casa.

—Piper, haz lo que te digo —se ríe.

Un segundo después, la puerta se abre de un tirón y entra el aire fresco de finales de octubre.

Miro de ella a la puerta abierta, con las cejas fruncidas.

—Vamos —me anima, pero, aunque sonríe, noto sus propios nervios.

Entorno los ojos hacia ella, pero, intuyendo que no va a darme nada, me adelanto y salgo del coche.

El sol me hace entrecerrar los ojos al pisar el suelo, pero a pesar de que apenas puedo ver, no paso por alto un cosquilleo familiar que recorre mi espina dorsal.

Cuando levanto la vista, lo primero que veo es la noria a lo lejos. Jadeo, sabiendo que está cerca, con el corazón retumbándome en el pecho.

Me han tendido una trampa.

Me doy la vuelta y busco a la persona que sé que me está mirando. No tengo que buscar mucho; en cuanto mis ojos se posan en la entrada del recinto ferial cerrado, lo encuentro.

Se me escapa un suspiro mientras lo asimilo.

Mis ojos se posan en sus pies, encontrando sus botas bien puestas, y me dirijo hacia arriba. Sus vaqueros oscuros están rasgados en las rodillas, dejando al descubierto su tinta, antes de asentarse en su delgada cintura, su camiseta blanca muestra sus abdominales rasgados antes de que su chaqueta de cuero cubra sus brazos y hombros. Me duele el cuerpo de estar tan cerca de él después de tanto tiempo. Llevamos más tiempo separados que juntos, pero no importa. La atracción está ahí. En todo caso, es más fuerte que nunca.

Endureciéndome, intentando prepararme para verle la cara y mirarle a los ojos, levanto la cabeza.

Se me corta la respiración al ver las sombras oscuras que rodean sus ojos, pero son el labio y la ceja cortados lo que realmente me preocupa. Ha estado luchando. Quiero volver a mirar sus nudillos para confirmar lo que ya sé, pero en cuanto mis ojos se fijan en los suyos oscuros, caigo bajo su hechizo.

—Piper —respira, dando un paso hacia mí.

Mi cabeza grita que huya, que estar aquí es una mala idea, pero mi corazón anhela que dé un paso adelante y me meta directamente en su cuerpo, que sienta sus brazos rodearme y que me diga que todo va a ir bien.

—¿Qué es esto? —pregunto cuando está lo bastante cerca para oír mi voz susurrante.

—¿Esto? —pregunta, señalando detrás de él— . Este soy yo intentando hacer las cosas bien, pequeña. ¿Quieres dar una vuelta conmigo?

Miro hacia la noria y trago saliva nerviosa.

—Te mantendré a salvo, lo prometo.

Sus palabras amenazan con paralizarme.

Cierro los puños y aprieto las palmas con las uñas, en un vano intento de mantener los pies en la tierra. Es inútil, ya sé que es imposible cerca de él.

La puerta de un carro se cierra detrás de mí y, cuando giro, veo a Lisa sentada en el asiento del copiloto de Henry antes de que éste salga del estacionamiento.

—Ella… tú… —Me quemo, mirándole de nuevo.

—No te enfades con ella, le di pocas opciones. Me asalta un pensamiento.

—Anoche, en el hotel… fuiste tú, ¿verdad? No necesito la respuesta, puedo leerlo en su cara—. Juegas sucio, Dawson.

—Sólo hago lo que creo necesario para conseguir lo que quiero. —Su sonrisa casi me derrite. Me tiende la mano, pero, para su decepción, lo único que hago es mirarla.

Sus ojos caen de tristeza, pero de todos modos da un paso hacia la entrada cerrada.

Camino a su lado, manteniendo una distancia prudencial.

—¿Tenemos que entrar aquí? —le pregunto mientras desengancha la cadena de la valla y abre la puerta improvisada.

—Creía que te gustaba romper las reglas. —Me guiña un ojo, y eso me dice todo lo que necesito saber. Ha organizado esto.

No para de andar hasta que estamos delante de la noria.

—Espero que sepas que sigo teniendo tanto miedo a las alturas como entonces.

—No lo dudo, pequeña. Vamos, hora de enfrentarse a esos miedos.

Me hace un gesto para que entre en el coche y yo, estúpidamente, sigo sus órdenes. El coche se balancea en cuanto me siento y el corazón me da un salto en la garganta.

Me trago el miedo. Ahora mismo no es lo más importante. Necesito mantener la cabeza fría para escuchar lo que Dawson tenga que decirme.

Se une a mí, sentándose tan cerca que todo su cuerpo presiona contra el mío, y luego me rodea el hombro con el brazo.

Se me hace la boca agua cuando su olor me inunda la nariz.

Estoy tan jodida ahora mismo.

Un hombre aparece de la nada y entra en la pequeña cabina para poner en marcha la atracción.

—Estoy seguro de que había una forma menos aterradora de exponer tu punto de vista —murmuro mientras la atracción se pone en marcha.

—Seguro que sí. —Se queda callado unos minutos y empiezo a preguntarme si no me ha traído aquí para hablar. Pero entonces el carro se detiene bruscamente cuando estamos en la cima. El carro se balancea y se me revuelve el estómago, con los ojos cerrados de miedo.

—Dime que sabe que está roto. Dime que no tengo que bajar, por favor—.

Dawson se ríe suavemente a mi lado y me estrecha más contra él.

—Lo ha parado porque yo se lo pedí, Piper. No hay nada roto, y no habrá escalada. —Sus labios se acercan a mi oreja—. A menos que quieras escalarme —susurra, haciendo saltar chispas de deseo por todo mi cuerpo.

Me reprendo a mí misma. Estoy enfadada con él; no debería querer hacer lo que me acaba de sugerir.

Con los ojos aún cerrados, me imagino estúpidamente cómo es estar envuelta en su cuerpo con sus grandes manos sujetándome y volviéndome loca.

Sacudo la cabeza, esperando que los pensamientos caigan con el movimiento.

—P-por favor, ¿puedes decir lo que tienes que decir para que podamos bajar?

—Mírame, pequeña.

Me vuelvo hacia él, pero mis ojos permanecen cerrados.

—Abre los ojos —susurra—. Sólo estamos tú y yo, cariño.

Al cabo de un rato, hago lo que me dice, jadeando ante la mirada acalorada de sus ojos cuando los encuentro de inmediato.

—Emmie apareció un día en el estudio, diciéndome que se mudaba conmigo. Se había peleado con su madre, otra vez, y dijo que había terminado. Era lo que yo había querido durante años, pero su madre apenas la dejaba pasar el tiempo que le correspondía conmigo, y mucho menos mudarse conmigo.

—Bueno, esta vez fue diferente. Cuando la llamé esa tarde, me dijo que hiciera lo que fuera y que nuestra hija era ahora mi responsabilidad. Aún no sé qué fue lo que los llevó al límite. Emmie se ha negado a hablar de ello y, desde aquella llamada, no he podido localizarla.

—De todos modos, Emmie se mudó conmigo. Siempre ha sido una buena chica, pero su madre no le dio precisamente el mejor comienzo en la vida. A pesar de mis constantes ofertas de ayuda, vivían en uno de los barrios más duros de Londres, y Emmie se veía obligada a presenciar Dios sabe qué a diario. ¿Esas historias de terror que se oyen en las noticias sobre las escuelas de los barrios pobres? Pues palidecen en comparación con lo que ocurría en su antiguo instituto.

—Recogimos sus resultados, eran tan malos como ambos esperábamos, y pude ver la decepción en su cara. Era mejor que la mierda que se veía obligada a soportar a diario con su madre.

—Allí mismo decidí que iba a hacer algo al respecto. Conozco a algunas personas de la junta de *Knight's Ridge* y me puse en contacto para ver qué podía hacer.

—Estuvieron de acuerdo, pero me dijeron que no habría subvención de tasas. No es que lo esperara. Tenía una herencia en una cuenta bancaria desde que era un crío. Sabía que podría cubrir los dos primeros trimestres, pero después iba a ser un problema si no hacía algo drástico.

Exhala un suspiro. Sus ojos se cruzan con los míos un instante antes de volver la vista al cielo azul que tenemos delante.

—Cuando murió mi abuelo hace cinco años, mi abuela me explicó que me lo dejaban todo a mí. Pero que había una cláusula. Tenía que estar comprometida para recibirlo.

—Me reí de ella en ese momento, pensando que era una locura. Pero los dos llevaban casados toda la vida y sabía que sólo querían verme feliz.

—Nunca volví a pensar en ese dinero después de aquel día. No me interesaba casarme y no lo necesitaba.

—Pero todo eso cambió con Emmie. Quería darle el mundo, abrirle posibilidades que nunca tendría sin una educación decente. Así que decidí que necesitaba encontrar una mujer.

—Mis intenciones eran una mierda, no puedo negarlo. Iba a usarla para lo que necesitara y luego dejarla. No puedo fingir que iba a hacer otra cosa. Mi hija era la prioridad, y eso era todo lo que podía ver.

—Entonces, antes de que pudiera empezar a poner mi plan en marcha, te encontré.

Alarga la mano y me la coge entre las suyas, entrelazando nuestros dedos. Su tacto me tranquiliza y me impide apartarme.

—Estaba tan enfadado aquella mañana. No sólo arrastraste el dolor y la angustia que dejaste a tu paso, sino que estabas viva y nunca me tendiste la mano. Ni una sola vez intentaste decírmelo. Te quería tanto, Piper, y me dejaste pensar que te habías ido.

—Lo siento, yo…

—No —dice, acercando sus ojos a los míos una vez más y negando con la cabeza—. No se trata de lo que hiciste. No tienes nada por lo que disculparte.

—Pensé que era la venganza perfecta. Hacer que te enamoraras de mí otra vez y luego dejarte caer casi tan rápido como lo hiciste conmigo.

Me retumba el corazón al escucharle hablar de esto con tanta sinceridad. Quiero enfurecerme con él, quiero gritar y chillar por intentar tratarme tan mal, pero no puedo. Puedo ver su dolor de hace tantos años brillando en sus ojos. Por mucho que sus acciones de las últimas semanas hayan estado mal, no puedo ignorar el papel que yo tuve en ellas.

Yo fui quien puso ese dolor ahí. Le causé tanto dolor.

—Pero olvidé algo.

—¿Qué? —pregunto cuando se calla.

—Olvidé lo increíble que eras, cómo podías hacerme sonreír como nadie, cómo tu sola presencia mejoraba todo en mi vida. Y… —suspira, apretando más fuerte mi mano y mirándome fijamente a los ojos—. Olvidé lo mucho que te quiero. Intenté ignorarlo, apartarlo y mantenerlo en el pasado, donde creía que pertenecía, pero la verdad es que nunca dejé de quererte.

Las lágrimas que se habían estado acumulando en mis ojos por fin caen.

—Siempre fuiste tú, Piper.

—Dawson.

—Cuando te pedí que te casaras conmigo, no pensaba en el dinero. Las palabras no eran de engaño. Surgieron del pánico, porque sabía que no podría volver a perderte. Necesitaba conservarte esta vez, pequeña. Nos habían ofrecido una segunda oportunidad, y sabía que tenía que agarrarla con las dos manos.

—Pero… ni siquiera me has comprado un anillo —digo, sintiéndome ridícula. En realidad, una joya no significa nada, pero las palabras de Cruz siguen resonando en mi cabeza.

Se ríe.

—Claro que sí, nena. Había planeado salir contigo ese sábado por la noche y pedírtelo como es debido. Sólo que… nunca llegamos a hacerlo.

Me suelta la mano, mete la suya en el bolsillo y saca una cajita de terciopelo negro.

—Dios mío —jadeo, tapándome la boca con la mano.

Se vuelve hacia mí, la determinación en su rostro hace que se me apriete el corazón mientras espero lo que va a decir.

—Piper… lo único que siempre he querido eres tú. No me importa el pasado, no me importa tu familia, ciertamente no me importa el dinero. Sólo tú, Piper. Siempre tú. Te quiero tanto. Nunca pensé que tendríamos otra oportunidad, pero no la dejaré escapar. Prometo arrodillarme en cuanto volvamos a pisar tierra firme si tú quieres, pero, Piper Collins, ¿quieres casarte conmigo?

Abre la caja y descubre el anillo de compromiso de oro rosa más impresionante, con un enorme diamante en el centro.

—Dawson —respiro, incapaz de apartar los ojos de ella. Es perfecto, absolutamente perfecto—. ¿Tú elegiste esto? —pregunto.

—Sí, te encantaba el oro rosa, así que…

Sacudo la cabeza, apenas capaz de creer lo que acaba de ocurrir.

—Tú… ¿realmente quieres esto… a mí… después de todo?

—Oh, Piper. —Me suelta el hombro y me acaricia la mejilla—. Más de lo que puedo explicar. Siempre estuvimos destinados a ser tú y yo.

—Lo fue —sollozo, incapaz de contenerlo por más tiempo.

—¿Qué me dices? ¿Lo hacemos oficial?

—Sí —grito, olvidándome de todo menos de este increíble hombre que tengo delante.

Sus dedos se enroscan en mi pelo mientras atrae mis labios hacia los suyos.

Me besa suavemente para empezar antes de que su lengua se deslice entre mis labios y busque los míos.

No tengo ni idea de cuánto tiempo hemos estado ahí arriba, besándonos como un par de adolescentes, pero cuando se retira, me doy cuenta de que no ha sido ni mucho menos suficiente.

—Yo también te quiero —le digo. La sonrisa que ilumina su rostro hace que el tiempo que pasamos separados casi merezca la pena.

Se sienta, saca el anillo de la caja y me agarra la mano.

Observo asombrada cómo el chico que ha tenido mi corazón desde que tenía dieciocho años desliza ese increíble anillo en mi dedo.

—Qué te parece, me queda perfecto. —Sonríe.

—Sabías que lo haría, ¿verdad?

—Puede ser. —Guiña un ojo—. ¿Lista para volver al mundo?

—Sí, por favor. —Se ríe de mi impaciencia y no puedo evitar unirme a él.

—Ya podemos bajar —brama, haciéndome dar un respingo.

—Sólo tú me encerrarías aquí contra mi voluntad para pedirme que me case contigo —digo mientras la rueda empieza a moverse.

—Necesitaba asegurarme de que me escuchabas.

—Sigue pareciéndome un poco innecesario —murmuro, pero no puedo borrar la sonrisa de mi cara.

En cuanto llegamos abajo, empuja la barra y me saca del carro. A duras penas consigo dar las gracias al tipo que nos ha hecho un gran favor esta mañana, ya que los tres somos los únicos que estamos aquí.

—Dawson, más despacio —grito, mis piernas van más rápido de lo que puedo controlar mientras me arrastra detrás de él.

—No, tengo planes.

—¿Ah, sí? —pregunto mientras corremos por la puerta hacia la limusina que nos espera.

—Sí, ahora entra. —Abre la puerta y me empuja dentro antes de que el conductor pueda salir.

—No puedo creer que nos hayas conseguido una limusina.

—Sólo lo mejor para mi chica —susurra mientras me echa hacia atrás en el asiento y luego se arrastra por mi cuerpo, sin darme otra opción que recostarme.

Su enorme cuerpo engulle el mío, su mano recorre desde mi muslo hasta mi cintura.

—Joder, te he echado de menos —murmura antes de tomar mis labios una vez más en un beso amoratado.

Estoy tan perdida en él que ni siquiera pienso en mirar si el cristal de privacidad está levantado cuando su mano se desliza por dentro de mi sudadera y llega hasta mi pecho. Solo llevo un sujetador debajo, y Dawson no tarda en abrirse paso bajo la tela.

—Ay. Dios —gimo cuando me pellizca el pezón con fuerza.

Aprieta la rodilla entre mis muslos y mis piernas rodean automáticamente su cintura, su longitud presionando mi sensible núcleo.

—Dawson, por favor —gimo, apretándome descaradamente contra él. Hace demasiado tiempo que no me toca, y ahora que está aquí, estoy casi desesperada.

Aparta sus labios de los míos y me mira. Sus ojos son oscuros, hambrientos y peligrosos, y solo consiguen que me moje más por él.

—La pregunta es: ¿cuántas veces puedo hacer que te corras antes de que lleguemos a tu casa? —Sus manos rodean el borde de mis leggings y los arrastra junto con mis bragas por mis caderas.

Mi piel arde de necesidad por él, mi temperatura se dispara.

Me rodea la nuca con la mano y me levanta del banco. Mi sudadera y mi sujetador se unen a mis leggings en un montón en el suelo antes de que vuelva a acercar sus labios a los míos y me baje de nuevo.

Sus labios recorren mi mandíbula y bajan por mi cuello. Alterna besos suaves con mordiscos agudos que me vuelven loca.

—Más —suplico—. Más. —Giro mis caderas contra él para encontrar algo de fricción.

—Mi chica golosa —gime contra mi clavícula antes de descender a por mí pecho.

Sus labios calientes me rodean el pezón y grito de placer.

—¿Puede oírnos? —pregunto, mi mente de repente consciente de que no somos los únicos en su vehículo.

—Joder sabe. Mientras no pueda verte, me importa una mierda.

—Dawson —grito cuando me muerde el pezón con tanta fuerza que veo las estrellas.

Capítulo Treinta y Tres

Dawson

Se me hace la boca agua cuando separo sus muslos y recorro su coño con la lengua.

Está tan mojada, tan lista para que le meta la polla hasta el fondo, pero tengo que esperar. Ese momento está por llegar. Ahora mismo, se trata de ella. Mi prometida.

Sé que lo ha sido durante un tiempo, pero ahora es oficial. Dijo que sí a pesar de todo -y mientras mi polla no estaba dentro de ella- y lleva mi anillo. Mi maldito anillo.

Vuelvo a la realidad cuando sus dedos se deslizan por mi cabello y lo retuercen hasta que juro que está a punto de arrancármelo.

Le acaricio el clítoris hasta que grita pidiendo más. Levanto los dedos, le doy lo que necesita y se los meto hasta el fondo.

—Oh, Dios —grita, arqueando la espalda sobre el banco, y yo froto sin descanso ese punto de su interior que la vuelve loca—. Dawson, Dawson, Dawson —canta, y mi pecho se hincha de orgullo y amor.

No tenía ni idea de si mis palabras iban a ser suficientes hoy. Una gran parte de mí pensaba que se negaría incluso a bajar de la limusina en cuanto supiera que la estaba esperando. Pero lo hizo, y no sólo eso, me permitió subirla a ese coche y decirle todas mis verdades, todas las cosas que debería haberle dicho en cuanto me di cuenta de lo que sentía.

—Mierda, voy a… —Se interrumpe cuando se libera de golpe, pero no paro hasta que vuelve de su subidón. Su cuerpo se convulsiona, sus jugos inundan mis dedos, y sus dedos se agarran aún más fuerte mientras ella lo aguanta.

Sentado, la llevo conmigo hasta que me acomodo de nuevo en el asiento y la coloco a horcajadas sobre mi regazo.

Al instante, sus labios encuentran los míos y desliza su lengua en mi boca, gruñendo al saborearse.

Me rodea los hombros con los brazos, encuentra mi polla dura debajo de los vaqueros y empieza a frotársela.

—Nena —le advierto, mis manos se acercan a sus caderas para frenar su movimiento.

Aparta sus labios de los míos y me mira fijamente a los ojos. Sus habituales ojos violetas están oscuros y llenos de lujuria. Bajan hasta los míos un instante, cuando paso la lengua por el inferior, antes de que ella vuelva a levantarlos.

—Fóllame, Dawson. Muéstrame cuánto me has echado de menos.

Hace círculos con las caderas.

—Estaba esperando hasta que…

—Si se te ocurre decir nuestra noche de bodas, puedo decirte ahora que no llegarás hasta entonces.

Me dan ganas de reír, pero la expresión seria de su cara acaba con mi diversión. Saber que me necesita tanto me hace reflexionar tanto como me folla la cabeza.

La miro fijamente, realmente fijamente.

—Joder, te amo.

Sus manos se dirigen a mi cintura antes de que mis brazos tengan tiempo siquiera de moverse, y me desabrocha la bragueta en un tiempo récord. Levanto ligeramente las caderas y ella tira de la tela lo suficiente para liberar mi dolorida polla. Sus dedos ardientes envuelven mi torturada polla. No puedo evitar el gruñido que sale de mis labios en cuanto conectamos. Hace demasiado, demasiado tiempo que no estoy dentro de ella.

—Piper —gimo mientras me masturba un par de veces.

—Hmm… ¿quién es el impaciente ahora? —bromea.

—Cariño, por favor, sólo… —Pierdo las palabras en cuanto ella se levanta y guía la punta de mi polla hasta su entrada. Está tan resbaladiza por su anterior orgasmo que me deslizo dentro de ella con un movimiento suave.

—Joder —ladro. Mi cabeza cae hacia atrás un segundo, mis ojos se cierran mientras me deleito con la sensación de su cuerpo envuelto a mi alrededor—. Qué bien, nena —susurro, levantando la cabeza y enredando los dedos en su pelo—. Tan bueno. —Choco sus labios contra los míos mientras ella empieza a moverse. Es increíble, pero no es suficiente.

Tomo sus caderas con las manos y la levanto hasta que se separa casi por completo de mí, antes de dejarla caer al mismo tiempo que subo mis caderas.

—Oh, joder —grita cada vez que la cabeza de mi polla golpea su cuello uterino.

Su espalda se arquea y me pone las tetas en la cara. Inclinándome hacia delante, me meto una en la boca y la chupo con fuerza antes de morderla y lamerla con la lengua. Paso al otro lado y le doy el mismo tratamiento. Mientras tanto, sus movimientos se vuelven más erráticos a medida que se acerca su liberación.

—Córrete por mí, nena.

—Dawson —gime, sus uñas rastrillando mis hombros. Si no fuera por mi camiseta, no dudo de que ahora mismo me estaría arrancando la piel del cuerpo.

La muevo más rápido, golpeándola con más fuerza.

Su cuerpo empieza a tensarse y dejo caer mis dedos sobre su clítoris para darle el empujón final.

Mi nombre resuena en el espacio cerrado mientras su cuerpo se bloquea durante un instante antes de que el placer la invada. Me aprieta tan fuerte que no tengo más remedio que seguirla. Cierro los ojos de golpe mientras mi polla se sacude dentro de ella. Un gemido sale de mi garganta y las yemas de mis dedos se clavan en sus caderas, sujetándola mientras ambos aguantamos los últimos latidos de nuestra liberación.

Es imposible que el conductor no sepa lo que está pasando aquí ahora mismo. No es que me importe una mierda.

—Dios mío, Dawson —jadea Piper mientras mira por la ventanilla e intenta zafarse de mi regazo.

Siguiendo su mirada, descubro que nos hemos detenido y estamos aparcados frente a su edificio.

—Huh, supongo que estamos de vuelta.

—¿Cuánto tiempo llevamos aquí? —pregunta, cuando por fin permito que se separe de mí para que pueda buscar su ropa.

—Ni idea —digo, viéndola luchar con sus leggings en su pánico, una sonrisa jugando en mis labios ante su evidente vergüenza.

—Las ventanas están oscurecidas, cariño. Nadie vio…

—El conductor lo sabe. Tiene que saberlo.

—¿Y? —pregunto, moviéndome finalmente para recogerme.

—¿Y? Dios mío—. Deja caer la cara entre las manos.

—No tiene sentido hacerse la inocente ahora. Recuerdo vívidamente que fuiste tú quien exigió que te follara.

—Uf, ¿qué me haces? —murmura, tirándose de la sudadera por la cabeza y metiéndose los pies en las botas.

Me río entre dientes mientras me dirijo a la puerta y la empujo para abrirla. En cuanto mis ojos se ajustan, veo a nuestro chófer de pie a unos metros con una sonrisa burlona.

—Qué buen paseo. Gracias, amigo. —Le paso un par de billetes que llevaba en el bolsillo y agarro la bolsa de Piper de su lado—. Vamos, nena —vuelvo a llamar dentro, sabiendo que está escondida.

—No puedo creer lo que acabas de decir —murmura para diversión mía y del conductor.

Por fin sale, con las mejillas enrojecidas por la vergüenza, y yo no mejoro las cosas cuando la echo por encima del hombro y le doy una bofetada en el culo.

—Aún no he terminado contigo —anuncio, y me dirijo a la puerta principal de su edificio justo cuando uno de sus vecinos la mantiene abierta.

—Bájame —exige, sus pequeños puños golpean mi culo, pero no tienen absolutamente ningún impacto—. Dawson, no estoy bromeando, bájame ahora mismo o...

No puedo evitar reírme ante su advertencia.

—¿O qué?

—Yo... Yo...

—Vuelve a mí cuando tengas una amenaza real que repartir, nena.

—No volveré a acostarme contigo —suelta.

Una risita divertida cae de mis labios.

—¿Es eso cierto?

—Sí, tal vez imponga la regla de la noche de bodas.

—Me gustaría verte intentarlo. No durarás ni veinte minutos cuando estemos dentro de tu piso.

—Pruébame —murmura.

—Oh, cariño. Voy a hacer más que eso.

Rebusco en su bolso para encontrar sus llaves con ella aún colgada de mi hombro.

—Ya puedes bajarme —resopla.

—No.

Empujo la puerta, dejo las maletas en el suelo y me dirijo directamente a su dormitorio.

—Dawson. —Echa humo, reanudando su asalto a mi culo. Hasta que chilla, vuela por los aires y aterriza en medio de la cama. Rebota un par de veces, pero no me quita ojo de encima.

Me encojo de hombros y me quito la camiseta de un tirón.

Piper da un grito ahogado y mi sonrisa se amplía, mis dedos caen hasta mis vaqueros y los abro. Me quito los zapatos y me quito todo, excepto los calzoncillos.

—Ahora… —Gruño, acechando hacia ella—. ¿Dónde estábamos?

—Te decía que eras un imbécil y que no íbamos a volver a acostarnos. —Ya puedo ver que su contención disminuye mientras sus ojos recorren mi cuerpo.

—Oh, es cierto. Lo único es que… —Meto la mano dentro de mis bóxer y me agarro. Sus ojos siguen mi movimiento, sus dientes se hunden en su labio inferior—. Eso no funciona conmigo.

Continúo moviéndome, pero ocultándome de ella.

Sus ojos se oscurecen, su piel se ruboriza una vez más.

—¿Caliente, nena?

Ella sacude la cabeza, su desafío sacando lo mejor de ella. No durará mucho.

—Quítate la capucha —le exijo, con los ojos clavados en los suyos.

Se queda inmóvil durante un rato antes de avanzar y seguir las órdenes.

Su sudadera cae al suelo y le sigue el sujetador antes de volver a bajarse los leggings y las bragas. Cuando se levanta, se acerca tanto a mí que sus pezones rozan mi pecho.

Un gruñido sale de mi garganta antes de que le empuñe el cabello y le eche la cabeza hacia atrás.

—Estás jugando con fuego, nena. Y te vas a quemar.

Sus ojos brillan mientras las yemas de sus dedos recorren mi vientre. Mis músculos se agolpan en todas las partes que toca antes de deslizar ambas manos por la cintura de mis bóxer y quitármelos de las caderas.

Mis ojos buscan los suyos mientras nuestras respiraciones se entremezclan. Se desata una batalla de voluntades que ella ya ha perdido.

Crepita la tensión entre nosotros, la culminación de la desesperación tras tanto tiempo separados, la pasión que siempre está hirviendo a fuego lento en la superficie y el deseo del que nuestro tiempo juntos en la limusina apenas arañó la superficie.

—A la mierda —murmura, saltando a mis brazos y rodeando mi cintura con sus piernas.

No puedo evitar reírme con su beso.

—Sólo bésame, Dawson.

Me olvido de murmurar las palabras te lo dije y la acompaño hacia la cama. La bajo con cuidado y me arrastro sobre ella.

—Ahora… —murmuro, salpicando besos a lo largo de su mandíbula—. Déjame demostrarte lo mucho que te he echado de menos.

Mis labios recorren su cuerpo como en la limusina, pero esta vez no tengo prisa y saboreo cada centímetro de ella.

—Oh, Dios, por favor —me suplica mientras deslizo mi lengua por el interior de su muslo.

—¿Qué quieres, nena?

—Tú, cualquier cosa, sólo… tú.

—Buena respuesta —susurro, arrastrando el dedo por su humedad y hundiéndolo en su interior lo suficiente para volverla loca—. Pero no es lo suficientemente específica para mí.

—Tu polla, Dawson. Necesito tu polla. Necesito que me folles.

Cuando me alineo contra su entrada, ronronea como una maldita gata e intenta chuparme más profundamente.

—¿Qué te parece esto? —Me lanzo dentro de ella, disparándola hacia la cama hasta que su cabeza choca con el cabecero, pero le rodeo las caderas con las manos y la vuelvo a acercar a mí antes de doblarme sobre ella y rozar mis labios con los suyos—. Tienes mi polla, pero en vez de follarte, te digo lo mucho que te quiero… —Le doy un beso en la comisura de los labios y muevo las caderas lentamente—. Te digo lo increíble que eres, lo hermosa que eres…

—Dios mío, Dawson. —Sus ojos se llenan de lágrimas no derramadas mientras me muevo dentro de ella con movimientos lentos y meditados.

—Qué ganas tengo de pasar el resto de mi vida contigo y hacerte el amor. —No le doy la oportunidad de responder. En lugar de eso, mi lengua se desliza entre sus labios y lame los suyos al mismo ritmo lento que mis caderas.

Una de mis manos rodea su nuca para poder inclinarla y profundizar el beso, y ella engancha su pierna sobre mi cadera.

—Te quiero, Piper. Siempre te he amado y siempre te amaré.

—Yo también te amo, Dawson. Siempre.

Capítulo Treinta y Cuatro

Piper

Dawson me ha dejado terminar en la ducha hace cinco minutos, prometiendo tener un café preparado para cuando salga.

Me quito las burbujas de la piel, salgo y descubro que me faltan las dos toallas.

—Dawson —llamo, acercándome a la puerta del baño con el agua corriendo por mi cuerpo.

Se me corta la respiración cuando le veo mirándome fijamente, sólo que ahora vuelve a estar completamente vestido.

—¿Vas a alguna parte? —pregunto, intentando disimular la decepción en mi voz.

Puede que por fin nos hayamos levantado de la cama para lavarnos el sudor de las últimas horas, pero no pensaba irme, ni siquiera vestirme, a corto plazo.

—Sí. Haz la maleta, tenemos que irnos.

—¿Ir? ¿Ir a dónde? —El corazón me salta inmediatamente a la garganta y me precipito—. ¿Va todo bien? ¿Emmie? ¿Todavía… me quieren?

—Todo está bien —me tranquiliza, tirando de mí hacia sus brazos a pesar de que voy a mojarle la ropa—. Simplemente no podemos estar aquí.

—¿Por qué? —pregunto, frunciendo las cejas—. ¿No te gusta mi piso? Me siento ligeramente ofendida. Este ha sido mi hogar durante años; ¿por qué no le iba a gustar?

—Es genial. Sólo tiene un problema.

—¿Oh? —Enarco una ceja.

—No es nuestro hogar.

Las mariposas estallan en cuanto esas dos palabras salen de sus labios.

Nuestro hogar.

Piper y Dawson.

Una amplia sonrisa amenaza con dibujarse en mis labios, pero la contengo por ahora.

—¿Nuestro hogar?

—Llevas mi anillo, pequeña. Ahora, empaca lo que necesites para esta noche. Te vas a mudar.

—Pero…

—¿De verdad vas a discutir por esto?

—Um… —Mis ojos sostienen los suyos mientras espera a ver qué voy a decir—. No, sólo me preguntaba cuándo vamos a tener el resto. —La sonrisa que he estado conteniendo se libera.

—Me voy a arrepentir de esto, ¿verdad? —Se ríe—. Ahora, ponte algo de ropa antes de que te coja otra vez y no puedas entrar en nuestra casa.

Me pongo en marcha, me pongo la ropa interior y luego la ropa. Ahora que ha mencionado estar allí, es el único sitio en el que quiero estar. Puede que este piso haya sido mi hogar, pero ahora tengo uno nuevo, y es dondequiera que esté Dawson. Siempre ha tenido mi corazón, así que puede tener mi cuerpo.

***

Treinta minutos más tarde, estamos sentados en la parte trasera de otro coche, cruzando la ciudad.

Mi mano se tensa en su agarre y siento que sus ojos se vuelven hacia mí.

—Estás pensando en la limusina, ¿verdad?

—¿Qué te hace decir eso?

—Sé lo que dices, cariño. Tus mejillas están sonrojadas, tu respiración es agitada, y apuesto a que si metiera mis dedos...

—Vale, ya me has explicado tu punto de vista —digo, cerrándome rápidamente para darle a otro conductor algo de entretenimiento para el día.

—No eres divertido —se enfurruña, con los labios curvados en un mohín.

—¿Quién estaba al otro lado de esto? —pregunto, pasando los dedos por los cortes recientes de sus nudillos. He querido preguntárselo desde que se los vi por primera vez, pero él se ha encargado de distraerme por completo.

—Le hice una visita a Cruz.

—Oh.

—Ya no tienes que preocuparte por él ni por mi padre. Se acabó, cariño.

—¿Cómo?

—Versión corta, les dije a todos que se fueran a la mierda y nos dejaran en paz.

—¿Y la versión larga? —pregunto.

—No importa. He terminado con ellos, para siempre. Somos sólo tú, Emmie y yo de aquí en adelante, cariño.

—Lo siento mucho, nunca quise romper tu familia.

—Piper, mi familia lleva rota mucho tiempo. Esto fue sólo el último clavo en un ataúd ya muy rocoso. Me alegro de que nadie acabara en uno.

—¿Así que Cruz sigue vivo?

—Tristemente —murmura.

—Dawson, es tu hermano —le reprendo.

—Y tú vas a ser mi esposa. Eso gana siempre, nena.

—¿Y Jinx? —pregunto, pensando en él desangrándose en esa habitación después de que Dawson le disparara en el estómago.

—Está bien.

—Vale. Eso está… bien, supongo.

—¿Lo es? —pregunta, enarcando las cejas—. Después de lo que pasó… —se interrumpe, sin querer decir las palabras tanto como yo no quiero pensar en ellas.

—Sólo quería decir que cuanta menos gente… —Miro al conductor, dándome cuenta de cómo le debe sonar esta conversación—. Sí… sólo… cuantos menos mejor, ¿sabes?

Dawson se ríe y se me hincha el pecho. Alarga la mano y me atrae hacia su cuerpo.

—Sí, nena. Lo sé. —Me da un beso en la cabeza y nos quedamos en silencio unos minutos mientras Londres pasa a nuestro lado.

—Al menos Emmie debería empezar a hablarme de nuevo ahora —murmura.

—¿Qué? ¿Por qué no habla contigo?

—No lo ha hecho desde que te fuiste.

—Pero eso ha sido…

—Lo sé. Mucho puto tiempo.

—Sabía que estaba cabreada. Se presentaba en mi oficina todos los días para decírmelo.

—¿Todos los días?

—Sí. Realmente necesita empezar a hacer algunos amigos.

Se queda en silencio.

—¿He tomado la decisión correcta al dejarla allí? Quiero hacer lo correcto por ella, darle una buena educación, pero igualmente, no quiero que sólo exista.

—Estás haciendo un trabajo increíble, Dawson. Tiene suerte de tenerte.

—No lo sé. Pero no es demasiado tarde para trasladarla; aún podría ponerse al día en otra parte… en algún sitio… más barato.

—¿De qué estás hablando? Tienes ese dinero para pagar su matrícula.

—No voy a tomarlo.

—No, Dawson. No hagas eso sólo por lo que pasó. Los dos se merecen ese dinero.

—No quiero que pienses…

—Yo no lo hago. —Tomo sus dos mejillas con la mano y le miro fijamente a los ojos—. Olvídate de la razón para conseguirlo. Es sólo una herencia, Dawson. Una herencia que podría hacer la vida de tu hija. No la rechaces por mi culpa. Dale todo lo que se ha perdido, todo lo que se merece.

—Eres jodidamente increíble, ¿lo sabías?

Me encojo de hombros en su abrazo.

—Sólo soy yo, Dawson.

—Lo sé, esa es la parte increíble.

El carro se detiene ante la casa de Dawson y salimos antes de que agarre mis maletas del maletero.

—Silencio —advierte antes de introducir la llave en la cerradura y entrar.

Echo un vistazo a su casa. Es exactamente como la recordaba, y al instante me siento relajado. Hay algo en esta casa, aunque estoy segura de que no tiene nada que ver con los ladrillos y sí con las personas que la habitan.

—Emmie —Dawson llama—. ¿puedes venir aquí por favor?

Cuando responde con un sonoro

—No —tengo que reprimir una carcajada. Está realmente cabreada.

—Emmie —advierte—. Creo que te va a gustar.

Se oye un fuerte gemido antes de que sus pasos rechinen contra las tablas del suelo por encima de nuestras cabezas.

Esperamos en silencio mientras ella baja las escaleras. El corazón me late en la garganta mientras espero a ver su reacción.

En cuanto se da cuenta de que estoy aquí, se le ilumina la cara.

—Piper —respira—. Papá, por favor dime que esto es de verdad.

Mira entre los dos, esperando confirmación.

—Lo es, Em. Ella dijo que sí, correctamente esta vez.

Le tiendo la mano para que vea el anillo y Emmie chilla, corre hacia nosotros y nos abraza.

Levanto la vista cuando noto que Dawson me mira fijamente.

—Te amo, nena —me dice por encima de la cabeza de su hija.

—Yo también te amo. —Me acerco y aprieto sus labios una vez que Emmie ha retrocedido.

—Qué asco. ¿Voy a tener que aguantar esto todo el tiempo ahora?

—Intentaremos no hacer mucho ruido —murmura Dawson contra mis labios, sin molestarse siquiera en intentar ocultar su sonrisa.

—Uf, para Navidad quiero unos altavoces mejores —anuncia antes de volverse hacia la cocina—. Tenemos que celebrarlo. ¿Champán?

—Sí —acepto, siguiéndola para encontrarla sacando una botella del refrigerador.

—Me preguntaba por qué había aparecido esto de repente —dice, mirando a su padre cuando me sigue.

Me giro para mirarle con los ojos muy abiertos.

—¿Qué? —dice riendo—. Me sentía esperanzado. Y tú, jovencita, puedes tener una y sólo una.

—No te despeines, viejo, no es que quiera emborracharme con ustedes.

Dawson se ríe, le quita la botella de las manos y la destapa.

Los tres levantamos nuestras copas.

—Por el futuro, la familia y el amor de mi vida.

Ambos chocamos mientras Emmie hace una arcada.

Ignorándola, tomamos un sorbo antes de que me atraiga hacia sus brazos.

—Como siempre debió haber sido, nena.

Y en ese momento, no soy más que una chica de dieciocho años enamorándose de nuevo.

EPÍLOGO

Piper - Dos meses después...

—Nunca pensé que llegaría a hacer esto —dice Emmie desde detrás de mí, con voz suave y llena de emoción.

Miro al espejo y mis ojos encuentran los suyos. Están llenos de lágrimas no derramadas, pero ella tiene una amplia sonrisa en la cara. Conozco esa sensación.

—Estás preciosa.

—Gracias, pero no es nada comparado contigo. Papá va a perder la cabeza.

—Em —advierto, pero no puedo evitar reírme.

Se encoge de hombros, metiendo los pies en los tacones que le convencí para que se pusiera hoy. Puede que tuviera algo que decir sobre el vestido, pero era imposible que se pusiera unas Converse como había pedido.

La observo, con el mismo sentimiento de preocupación que ha ido creciendo en las últimas semanas.

Empecé a creerla cuando me dijo que era sólo la presión del trabajo escolar. Que no estaba acostumbrada a tener tanto y a que los profesores se preocuparan de si lo entregaba o no. Pero con el paso de los días, no puedo evitar sentir que hay algo más en la historia.

Por lo que sé, no se ha metido con las chicas desde el incidente del hockey, pero sólo porque no hay heridas visibles, sería estúpido pensar que ha parado como ella ha intentado decirme que ha hecho.

Intento por todos los medios no aprovecharme de mi posición en la escuela y profundizar. Necesito confiar en que si -cuando- nos necesite, nos pedirá ayuda.

—¿Están listas? El carro nos espera.

—Sí —digo, dejando a un lado mis preocupaciones y saltando del taburete.

Agarro mi chal rojo para envolverme los hombros antes de copiar a Emmie y deslizar los pies dentro de mis zapatos.

Nos volvemos el uno hacia el otro, con la emoción brillando en nuestros ojos.

—¿Estás lista para esto? —me pregunta, recorriendo con la mirada mi vestido vintage de encaje color marfil.

—Más que lista.

—No puedo creer que después de todos estos años mi papá finalmente se va a casar.

—Dímelo a mí. —Me río. Me acerco a ella y le agarro la mano—. Sólo demuestra una cosa —le digo.

—Ah, ¿sí?

—Los milagros pueden ocurrir. —Me sacude la cabeza—. Todo ocurre por una razón, Emmie. No importa lo difíciles que parezcan las cosas, siempre hay una luz al final del túnel.

—Me parece que intentas decir más de lo que realmente dices —dice, frunciendo las cejas. Es demasiado perspicaz para su propio bien.

—Yo sólo… —Me detengo, sin querer estropear el día—. Estoy aquí para ti, Em. Para lo que necesites, ¿vale? Sólo necesito que lo sepas.

—Lo sé, Piper, y te lo agradezco, pero… ¿de verdad quieres llegar tarde por esta conversación?

—Ven aquí. —La estrecho entre mis brazos y la abrazo. Ella me devuelve el abrazo y eso no hace nada por las lágrimas de mis ojos.

Enderezo la columna y cuadro los hombros, la suelto y doy un paso atrás.

—Bien, hagamos esto.

Su mano se desliza entre las mías y juntos cruzamos el pequeño puente que une mi dormitorio y el de Dawson con la cabaña principal y salimos a la puerta principal para recibir al conductor.

Dawson se encargó de organizar el transporte, así que no me sorprende encontrar un viejo carro esperándonos a los dos.

—Es precioso —dice Emmie, recorriendo con la mirada el elegante vehículo negro.

—¿Alguien te ha dicho alguna vez que eres la hija de tu padre? —pregunto riendo.

—Sí, todo el maldito tiempo. No estoy segura de cómo me siento al respecto, si te soy sincero.

—Tómalo como un cumplido. Tu padre es la mejor persona que conozco.

—Eh —se queja señalándose a sí misma.

—Tú le sigues de cerca.

—Yo también lo creo.

Cuando nos acercamos, el conductor nos abre la puerta trasera. Emmie se levanta el vestido rojo hasta el suelo, entra y yo la sigo.

El trayecto hasta el registro civil es corto, pero cuando salimos, me tiemblan las manos y me sudan las palmas de las manos.

—Sabes que sólo lo viste hace como dos horas, ¿verdad? —Emmie me pregunta, pareciendo un poco demasiado divertida por mis nervios.

—Lo sé, pero… —Exhalo un suspiro—. Esto es algo grande. Una cosa de una vez en la vida. Lo entenderás cuando sea tu turno.

—Sí, ya veremos.

—Puede que pienses eso ahora, Em. Pero un día, alguien entrará en tu vida, te guste o no, y te robará una parte de ti que nunca te devolverá.

Algo pasa por su cara. ¿Comprensión? ¿Dolor? No estoy segura, porque tan rápido como aparece, lo cierra.

—Vamos, es hora de convertirte en mi nueva mamá.

—Em, sabes que nunca rep…

—Ni se te ocurra soltarme ese discurso. Mi madre es una mierda, eres más que bienvenida a ocupar su lugar.

La miro con la barbilla caída.

—O-okay.

El conductor vuelve a abrir la puerta, salimos y entramos rápidamente. Es media tarde, pero hace tanto frío que la escarcha sigue cubriendo el suelo a nuestro alrededor. Casi parece que hayamos celebrado la perfecta boda blanca de Navidad. Casi.

En segundos estoy frente a la puerta donde sé que me espera Dawson, y mis nervios se cuadruplican.

Sacudo los brazos, intentando librarme de la ansiedad, mientras Emmie vuelve a reírse de mí.

La música cambia tras las puertas cerradas y uno de los asistentes me hace un gesto con la cabeza antes de abrirlas.

Resoplo preparándome para verle. Emmie tiene razón: acabo de verle esta mañana y, dado que hemos ido en contra de casi todas las tradiciones nupciales, anoche dormimos en la misma cama. Aun así, se me revuelve el estómago de mariposas cuando levanto el pie del suelo y doy un paso hacia él.

Todas las cabezas de la sala, salvo la de Dawson, se vuelven hacia mí y trago saliva, con la boca tan seca como el maldito desierto.

Lisa me sonríe mientras se seca una lágrima mientras toda la familia *Tinta Rebelde* de Dawson -que rápidamente se está convirtiendo en la mía- me sonríe.

Aparto los ojos de todos ellos y miro a mi hombre, o mejor dicho, a su espalda.

Un segundo estoy de pie al fondo de la sala, desesperada por que se dé la vuelta, y al siguiente, me pongo justo detrás de él.

Sabiendo que estoy ahí, se gira y ambos respiramos entrecortadamente mientras nos miramos.

—Piper —suspira, sus ojos recorren mi cuerpo.

Mi vestido vintage de encaje sin tirantes abraza cada una de mis curvas antes de caer directo al suelo. Es sencillo, clásico e impresionante. Supe que era el adecuado en cuanto Emmie, Lisa y yo entramos en la tienda hace unas semanas.

—Pareces… —Su voz se quiebra, y amenaza con llevarme al límite—. Vaya…

—Tú tampoco te ves tan mal —digo, tratando de mantener la compostura. No puedo llorar antes de empezar.

Exactamente como sabía que sería, lleva una camisa blanca, con el cuello abierto y las mangas remangadas hasta los codos, dejando al descubierto su tinta, y unos elegantes pantalones negros. El conjunto me hace la boca agua.

Me paro ante él mientras el oficiante comienza el servicio. No veo a nadie más en la sala. Apenas oigo las palabras que dice porque estoy demasiado perdida en un par de ojos marrones que nunca pensé que volvería a mirar, y mucho menos que juraría mirar el resto de mi vida.

—Te amo —digo con la boca, ignorando por completo lo que nos están diciendo.

—Yo también te amo.

Decimos nuestros votos e intercambiamos los anillos en un abrir y cerrar de ojos. Pero en cuanto Dawson tiene permiso para posar sus labios sobre mí, todo se detiene, al menos durante unos segundos.

Sin darme cuenta de que tenemos una habitación llena de amigos y de que la hija de Dawson

422

nos está mirando, cuando su lengua se desliza para acariciar la mía, profundizo el beso con impaciencia. Cuando por fin nos separamos, todos se divierten.

Pero no se aparta de mí. En lugar de eso, se inclina hacia mí, su barba roza mi mejilla y sus labios me hacen cosquillas en la oreja.

—Como siempre debió ser.

***

Emmie

—¿Alguien más piensa que es un poco raro que la chica de Spike y Emmie estén más cerca en edad que ella con el resto de nosotros?

Los ojos de Kas se clavan en los míos antes de girar sobre sí misma. Kas me cae muy bien. Me entiende de una forma que la mayoría de la gente no entiende. Y eso sin mencionar que anoche me consiguió un porro a escondidas cuando mi padre estaba demasiado ocupado entreteniendo a su nueva novia.

—Cierra el pico, Titch —gritan varias voces desde distintos lugares de la enorme sala diáfana en la que hemos pasado juntos el día de Navidad. Llevamos aquí dos días y papá ya ha renunciado a reprenderles por su lenguaje. Entiendo que intente proteger mi virtud o lo que sea, pero no tiene sentido. He oído y visto cosas mucho peores que las que estos tipos pueden decirme. Los conozco de casi toda la vida; son como esos tíos raros que todos los niños tienen y de los que nunca pueden escapar.

Cuando papá me propuso pasar las vacaciones con él, Piper y todos sus amigos, no puedo decir que me hiciera mucha ilusión, pero sus ojos se iluminaron de esa manera que lo hacen ahora que Piper ha vuelto a su vida, y no pude negarme. Tampoco podía despedirlo y optar por pasar el tiempo con mi madre, ya que ella sigue desaparecida de la faz de la Tierra.

—¿Qué? Sólo digo —se enfurruña, llevándose la lata de cerveza a los labios—. Y, ya que estamos, esto es bonito y tal, pero no es exactamente Las Vegas.

—Sí, bueno, no todos somos tan estúpidos como para emborracharnos tanto que tengamos una boda de escopeta —señala Spike.

—Es hora de que te pongas a planificar, ¿sabes? Aparte de Emmie, eres el único soltero que queda —añade Titch.

—Lo que tú digas, amigo —dice Spike, apartando a su amigo y atrayendo a Kas a su lado. Por la forma en que la abraza y la mira, tengo la sensación de que ya tiene un plan. Desde luego, no va a dejar que se vaya pronto.

—Así que Emmie, ¿cómo están los chicos en la escuela pija? ¿Ya te has buscado un caballero con fondo fiduciario? —pregunta Titch, dirigiendo su inquisición hacia mí. Se me revuelve el estómago cuando una cara aparece en mi mente. Una que no debería estar ahí, pero que, sin embargo, aparece más a menudo de lo debido.

—No, Emmie tiene prohibido tener novios hasta que tenga al menos veinticinco años. ¿No es así, Em? —dice papá con una sonrisa de comemierda en la cara.

—Lo que sea que te ayude a dormir por la noche, viejo.

—Tomaré eso como un sí, entonces. Vamos, danos todos los chismes. ¿Qué tan grande es su…?

—Titch —ladra papá.

—Fondo fiduciario. ¿Cómo de grande es su fondo fiduciario? Joder, D. No voy a preguntarle a tu hija cuánto mide la polla de su novio. —Pone los ojos en blanco como si la mera idea fuera ridícula, pero creo que todos en la sala no esperarían menos de él.

—No tengo novio —digo con un suspiro. Es la verdad, no tengo. Y si puedo evitarlo, también voy a escapar de ese infierno de instituto sin novio. Todos los chicos son unos capullos pretenciosos que creen que todas las chicas deben postrarse a sus pies, ¿y las chicas? No son más que un puñado de zorras engreídas que les siguen a todas partes como putos cachorros perdidos. Patético.

Antes de pisar suelo de *Knight's Ridge* sabía que no encajaría allí. Pero, por desgracia, parece que subestimé hasta qué punto sería un paria. No tengo ni idea de por qué, pero parece que aquella primera mañana entré en aquel lugar con una diana en la espalda y desde entonces no han dejado de dispararme.

La mayoría puedo soportarlo. La mayoría puedo ignorarlos.

Sus burlas e insultos me caen como agua de borrajas.

Todos menos uno.

Porque hay algo en él. Algo que me hace pensar que es personal, a pesar de que no tengo ni puta idea de lo que es. Y tengo la sensación de que, si sigue como hasta ahora, no voy a sobrevivir a mi estancia en esa escuela olvidada de Dios.

Pero no se lo pondré fácil.

Soy un puto Ramsey, y no nos rompemos fácilmente.

Incluso para gilipollas ricos y privilegiados como Theo Cirillo.

AGRADECIMIENTOS

No puedo creer que hayamos llegado al final de la serie Tinta Rebelde. Pasé tanto tiempo con Zach rogándome por su propia historia, y ahora, no sólo obtuvo exactamente lo que quería, sino que toda la serie está terminada.

He querido mucho a estos chicos y a sus chicas. Sus historias me han llevado a lugares a los que nunca esperé ir, y me han mantenido en vilo durante todo el viaje.

Espero que hayas disfrutado con mis chicos malos tanto como yo. Realmente parece el final de una era con esta última publicación, pero tengo muchas ideas para lo que está por venir y, con un poco de suerte, ¡éste no será el final de mis chicos! Estoy segura de que tendré muchos personajes futuros que necesitarán tinta por el camino.

¿Debería mencionar a Emmie? Esa chica me ha robado el corazón. Desde el primer segundo que la escribí en Te Reto supe que iba a ser algo especial. ¿Así que va a tener una historia? Por supuesto que sí. No para de gritarme. Aún no sé cuándo, pero todas las ideas están ahí, sólo necesito unas cuantas horas más al día para sacarlas, pero al igual que Zach, no creo que se calle pronto.

Como siempre, tengo que dar las gracias a muchísima gente por apoyarme y ayudarme a dar vida no sólo a este libro, sino a toda la serie. No podría hacer todo esto sola y cada uno de ellos junto con todos los blogueros, bookstagrammers y vosotros, mis lectores, hacen que esto sea posible. Así que gracias por estar en este loco viaje conmigo.

Hasta la próxima,

Tracy xo